Apocalypses

Du même auteur
aux Éditions Albin Michel

Le Jeu de la Damnation

Le Royaume des Devins

Cabale

LES LIVRES DE SANG

Livre de sang
Une course d'enfer
Confessions d'un linceul

Clive Barker

Apocalypses

LES LIVRES DE SANG IV

traduit de l'anglais
par Hélène Devaux-Minié

Albin Michel

Édition originale anglaise :
CLIVE BARKER'S BOOKS OF BLOOD, VOLUME IV.

Sphère Books, Londres.

Traduction française :

22, rue Huyghens, 75014 Paris

ISBN 2-226-05230-5

Tout être est un volume de sang
Qui perle à chaque page coupée

à A. et C.

Le corps politique

A son réveil, Charlie Georges avait toujours les mains immobiles.

Parfois il avait trop chaud sous ses couvertures, il en faisait passer une ou deux du côté d'Ellen. Parfois même, à moitié endormi, il se levait, se rendait dans la cuisine à pas de loup et se servait un verre de jus de pomme glacé. Ensuite, retour au lit, il se glissait contre les courbes douillettes de sa femme, et se laissait doucement envahir par le sommeil. Ses mains attendaient ce moment-là, quand ses yeux se fermaient, que sa respiration prenait une régularité d'horloge ; alors elles étaient sûres qu'il dormait profondément. Ensuite seulement, une fois certaines qu'il avait sombré dans l'inconscience, elles osaient reprendre leur vie secrète.

Cela faisait plusieurs mois que Charlie se réveillait avec une douleur gênante dans les poignets et les mains.

« Va consulter un docteur, lui avait dit Ellen, avec son indifférence habituelle. Pourquoi ne vois-tu pas un médecin ? »

Il avait horreur des docteurs, voilà pourquoi. Quelle personne sensée aurait confiance en un type qui faisait profession de fourrer son nez dans les maladies des autres ?

« J'ai dû travailler trop dur, se dit-il.

— Tu parles ! » marmonna Ellen.

C'était la plus vraisemblable des explications, non ? Il était emballeur de métier et travaillait de ses mains toute la journée. Elles se fatiguaient C'était bien naturel.

« Arrête de te tracasser, Charlie ! » lança-t-il un matin à son image, et il se gifla pour insuffler un peu de vie à son visage, « tes mains sont capables de tout. »

Ainsi, au fil des nuits, la routine s'installa. Voici le tableau :

Les Georges dorment côte à côte dans leur lit conjugal. Lui, sur le dos, ronfle doucement ; elle, en chien de fusil, à sa gauche. Charlie a la tête posée sur deux gros oreillers. Sa bouche est légèrement ouverte et, sous le voile veiné de ses paupières, ses yeux contemplent une aventure en rêve. Ce soir, les exploits d'un pompier, peut-être, ou une plongée héroïque au cœur d'un bordel en flammes. Il rêve paisiblement, parfois il fronce les sourcils, parfois il sourit.

Quelque chose remue sous le drap. Avec lenteur, *avec prudence* semble-t-il, les mains de Charlie se glissent hors du lit bien chaud et se retrouvent à l'air libre. En se rejoignant sur son abdomen qui ondule, les index s'agitent comme des têtes couronnées d'ongle. Ils s'étreignent comme pour accueillir leur camarade d'armes. Charlie grogne dans son sommeil. Le bordel s'est effondré sur lui. Ses mains s'aplatissent immédiatement, feignant l'innocence. Au bout d'un moment, une fois le rythme régulier de sa respiration retrouvé, elles reprennent sérieusement leur débat.

Un observateur de passage, assis au pied du lit des Georges, pourrait interpréter cet échange comme un signe de désordre mental chez Charlie. A voir la façon dont ses mains se tordent et se contorsionnent, dont elles semblent tantôt se caresser, tantôt se battre. Mais visiblement, il y a un code ou une logique dans leurs mouvements, malgré leurs convulsions. On croirait presque que le dormeur est sourd et muet, et qu'il parle dans son sommeil. Mais les mains n'expriment aucun langage par signe connu ; elles n'essaient pas non plus de communiquer avec l'extérieur, mais uniquement entre elles. Il s'agit d'une réunion clandestine, qui ne concerne que les mains de Charlie. Toute la nuit, elles resteront là, perchées sur son ventre, à comploter contre le corps politique.

Charlie n'était pas complètement inconscient de la sédition qui couvait dans ses poignets. Une espèce de doute existentiel s'était insinué en lui. Il avait l'impression croissante d'être tenu à l'écart d'une expérience ordinaire ; de devenir de plus en plus spectateur, plutôt qu'acteur, de rituels diurnes (et nocturnes) du quotidien. Prenons sa vie amoureuse, par exemple.

Il n'avait jamais été un amant formidable, mais il n'éprouvait pas non plus le besoin d'avoir honte de ses performances. Ellen semblait satisfaite de ses attentions. Pourtant, ces jours derniers, il se sentait comme étranger à l'acte sexuel. Il regardait ses mains parcourir le corps d'Ellen, lui prodiguer leurs caresses intimes avec toute l'adresse dont elles étaient capables, mais il les voyait manœuvrer de très loin, incapable de jouir des sensations de chaleur, de moiteur. Ses doigts n'en étaient pas moins agiles. Loin de là ! Depuis peu, Ellen s'était mise à lui embrasser les phalanges et à le féliciter de leur savoir-faire. Ces louanges ne le réconfortaient pas du tout. Elles avaient plutôt tendance à augmenter son malaise à la pensée que ses mains procuraient un tel plaisir alors qu'il ne ressentait rien.

Il y avait aussi d'autres signes de son instabilité. Des petits riens, irritants. Il s'était aperçu que ses doigts pianotaient des rythmes guerriers sur les cartons qu'il emballait à l'usine, que ses mains s'étaient mises à casser des crayons, à les réduire en petits morceaux et à laisser des fragments de bois et de graphite partout par terre, avant même qu'il ne se rende compte de ce qu'il (qu'elles) faisai(en)t.

Plus embarrassant encore, il s'était surpris à prendre la main de parfaits inconnus. Cela lui était arrivé à trois reprises. Une fois dans une queue de taxi, et deux fois dans l'ascenseur de l'usine. Il s'était dit qu'il ne s'agissait là que d'un besoin primaire de contact avec autrui dans un monde en mutation ; c'était la meilleure explication qu'il avait pu échafauder. Peu importe, c'était bigrement déconcertant, surtout quand il s'était surpris à tenir clandestinement la main de son contremaître. Pire encore, la main de cet homme avait fortement serré celle de Charlie et tous deux s'étaient vus baisser les yeux sur leur bras comme deux maîtres qui regardent leur gentil toutou mal élevé copuler au bout de la laisse.

Voilà que Charlie scrutait de plus en plus ses paumes, à la recherche de poils. C'était le premier signe de la folie, lui avait un jour dit sa mère. Pas les poils, mais le fait de les chercher.

Maintenant c'était la course contre la montre. En discutant la nuit sur son ventre, les mains de Charlie savaient très bien à quel point son état mental s'était dégradé ; ce n'était plus qu'une question de jours pour que son imagination débridée tombe sur la vérité.

Alors, que faire ? Risquer une séparation précoce, avec toutes les conséquences que cela comporte, ou laisser libre cours à l'instabilité imprévisible de Charlie, avec la possibilité que, sur la voie de la folie, il découvre le complot ? La discussion se fit plus enflammée. A son habitude, la Gauche, était circonspecte :

« Et si nous nous trompions, dit-elle, et qu'il n'y ait pas de vie après celle du corps ?

— Eh bien, nous ne le saurons jamais, répondit la Droite. »

La Gauche réfléchit un moment, puis :

« Comment ferons-nous, le moment venu ? »

C'était une question embarrassante et la Gauche savait que, plus que toute autre, elle tracassait la main dominante.

« Comment ferons-nous ? », demanda-t-elle de nouveau, profitant de l'avantage. « Comment ? Comment allons-nous donc procéder ?

— Nous trouverons un moyen, répondit la Droite. Du moment que l'entaille est nette.

— Suppose qu'il résiste ?

— Un homme résiste à l'aide de ses mains. Ses mains seront en révolution contre lui.

— Et qui de nous deux choisirons-nous ?

— Il se sert de moi avec plus d'efficacité, répondit la Droite, je brandirai donc l'arme. Tu t'en iras. »

La Gauche se tut alors un moment. Elles ne s'étaient jamais quittées de toutes ces années. La pensée d'une séparation n'était pas agréable.

« Plus tard, tu reviendras me chercher, disait la Droite.

— Oui.

— *Tu le dois.* Je suis le Messie. Sans moi il n'y aura nulle part où aller. Il faudra que tu lèves une armée, puis tu viendras me chercher.

— Au bout de la terre, s'il le faut.

— Pas de sentiment, je t'en prie ! »

Puis elles s'embrassèrent comme deux sœurs après une longue séparation, et se jurèrent une fidélité éternelle. Ah, quelles folles nuits à préparer la rébellion dans l'effervescence ! Même dans la journée, alors qu'elles s'étaient juré de rester séparées, il leur était parfois impossible de ne pas se rejoindre à la sauvette, à un moment d'oisiveté, pour se tapoter. Pour se dire :

Bientôt, bientôt,

pour dire :

Cette nuit, je te rejoindrai de nouveau sur son ventre,

pour dire :

A quoi ressemblera le monde quand il nous appartiendra ?

Charlie savait bien qu'il était au bord de la dépression. Il se surprenait parfois à jeter un coup d'œil à ses mains, à regarder leur index dressé en l'air comme la tête d'une bête au long col sondant l'horizon. Il se surprenait, dans sa paranoïa, à fixer les mains des autres, obsédé par leur façon de parler un langage à part, indépendant des intentions de leur propriétaire. Les mains aguicheuses de la secrétaire vierge, les mains furieuses de l'assassin vu à la télévision, disant son innocence. Des mains qui, par leurs gestes, trahissaient leur propriétaire, remplaçaient la colère par l'excuse, l'amour par la rage. Ils semblaient se trouver partout, ces signes de mutinerie. Au bout du compte, Charlie comprit qu'il lui fallait parler à quelqu'un avant de perdre la raison.

Il choisit Ralph Fry, le comptable, un homme sobre, pas très inspiré, en qui il avait toute confiance. Ralph fut très compréhensif.

« Ça arrive ces choses-là, dit-il. Moi, j'ai eu ça quand Yvonne m'a plaqué. Des crises nerveuses terribles !

— Et qu'est-ce que tu as fait ?

— J'ai vu un analyste. Jeudwine qu'il s'appelle. Tu devrais essayer l'analyse. Tu seras changé. »

Charlie tourna et retourna l'idée dans sa tête.

« Pourquoi pas ? dit-il après plusieurs révolutions. Il est cher ?

— Oui. Mais il est bien. Il m'a débarrassé de mes problèmes, à l'aise. Enfin, tant que j' l'avais pas vu, j' croyais que j'étais un type ordinaire avec ses problèmes conjugaux. Maintenant, regarde-moi (Fry fit un geste ample), j'ai tellement de tendances libidinales refoulées que je ne sais plus où donner de la tête. »

Il sourit comme un dément.

« Mais je suis heureux comme un roi. Jamais été plus heureux. Essaie-le ! Il saura vite te dire ce qui cloche chez toi.

— Mon problème, ce n'est pas le sexe, dit Charlie à Fry.

— Crois-moi, dit Fry avec un sourire entendu. Le problème, c'est toujours le sexe. »

Le lendemain, sans en parler à Ellen, Charlie appela le docteur Jeudwine, et la secrétaire du psychiatre lui donna un premier rendez-vous. Charlie transpirait tellement des mains en passant son coup de téléphone, qu'il crut que le combiné allait lui échapper, mais lorsqu'il eut fini, il se sentit mieux.

Ralph Fry avait raison, le Dr Jeudwine *était* vraiment très bien. Il ne rit d'aucune des petites craintes que lui confia Charlie ; au contraire, il écouta chacune de ses paroles avec la plus grande attention. C'était très rassurant.

Au cours de la troisième consultation, le psychiatre extirpa un souvenir singulier de la mémoire de Charlie : celui-ci revit avec une précision extraordinaire son père couché dans son cercueil, les mains croisées sur sa forte poitrine ; il se rappela leur dos rouge et poilu. Des mois plus tard, Charlie était encore hanté par l'autorité absolue de ces grandes mains, même dans la mort. N'avait-il d'ailleurs pas imaginé, en regardant livrer le corps à la glaise, qu'il n'était pas tout à fait immobile ? Que les mains sonnaient encore le rassemblement sur le couvercle du cercueil, qu'elles exigeaient leur *libération ?*

C'était ridicule, mais le fait d'en parler fit à Charlie un bien énorme. Sous la vive lumière du cabinet du Docteur Jeudwine, la fantaisie semblait insipide et ridicule. Elle trembla sous l'œil du docteur, protesta contre la lumière trop vive, et puis elle disparut, trop frêle pour supporter l'examen.

L'exorcisme avait été bien plus aisé que ne l'avait d'abord pensé Charlie. Il n'avait nécessité qu'une petite investigation dans le passé, et cette idiotie de son enfance avait été délogée de son subconscient comme une particule de viande entre deux dents. Elle ne pourrirait pas là plus longtemps. Pour sa part, Jeudwine était visiblement ravi du résultat ; lorsque tout fut fini, il expliqua que cette forme particulière d'obsession était une découverte pour lui, et qu'il était content d'avoir traité ce cas-là. Les mains en tant que symbole de la puissance paternelle, avait-il dit, ce n'était pas courant. Il avait expliqué qu'habituellement c'était le pénis qui prédominait dans les rêves de ses patients ; ce à quoi Charlie avait répondu que les mains lui avaient toujours semblé plus importantes que les parties intimes. Après tout, elles pouvaient changer le monde, n'est-ce pas ?

Après les séances avec Jeudwine, Charlie ne cessa pas de casser les crayons, ni de tambouriner avec ses doigts. En fait, leur rythme était plus rapide et insistant que jamais. Mais Charlie se dit que les vieux chiens n'oublient pas facilement leurs ruses, il lui faudrait donc un certain temps avant de recouvrer son équilibre.

Ainsi, la révolution resta souterraine. Cependant, les mains l'avaient échappé belle. De toute évidence, les rebelles n'avaient plus le temps de tergiverser. Il fallait agir.

Sans le savoir, ce fut Ellen qui provoqua le soulèvement fatidique. C'était après un rapport amoureux, un jeudi soir tard. Par une chaude nuit, bien qu'on fût en octobre, la fenêtre était entrouverte et les rideaux légèrement tirés pour permettre le passage de la petite brise. Mari et femme reposaient côte à côte sous un simple drap. Charlie s'était endormi, avant même que la sueur ait séché sur sa nuque. A ses côtés, Ellen, les yeux grands ouverts, avait la tête sur un oreiller dur comme pierre. Le sommeil serait long à venir cette nuit, elle le savait. Ce serait une de ces nuits où son corps la démangeait, où elle sentait chaque bosse du lit et où chacun de ses doutes la narguait dans l'obscurité. Elle voulait se vider la vessie (comme toujours après avoir fait l'amour) mais elle ne parvenait pas à rassembler sa volonté pour se lever et aller à la salle de bains. Plus elle attendait, plus elle avait envie d'y aller bien sûr, et moins elle pouvait sombrer dans le sommeil. Quelle fichue situation impossible! pensa-t-elle, puis au milieu de ses anxiétés, elle perdit le fil dc cette situation impossible.

A ses côtés, Charlie remuait dans son sommcil. Ses mains uniquement, elles n'arrêtaient pas de gigoter. Elle regarda son visage. Dans le sommeil, il avait carrément l'air d'un ange, il paraissait moins que ses quarante et un ans, malgré ses tempes poivre et sel. Elle pensa qu'elle l'aimait assez pour parler d'amour, mais pas assez pour lui pardonner ses défauts. Il était paresseux, il se plaignait sans arrêt. De ses douleurs, de ses petites misères. Et puis, il y avait des soirs où il rentrait très tard (ça s'était arrêté ces derniers temps), où elle était convaincue qu'il voyait une autre femme. Pendant qu'elle l'observait, ses mains se montrèrent. Elles émergeaient de dessous le drap comme deux gamines qui se disputent, les doigts fouettaient l'air pour souligner leur argumentation.

Elle fronça les sourcils, n'en croyant pas vraiment ses yeux. C'était comme de regarder la télé sans le son, on aurait dit une pantomime pour huit doigts et deux pouces. Tandis qu'elle les regardait, subjuguée, les mains se faufilèrent le long du grand corps de Charlie et repoussèrent le drap sur son ventre, découvrant ainsi les poils qui se faisaient plus drus du côté du sexe. La cicatrice de son appendicite, plus brillante que la peau alentour, accrocha la lumière. Ses mains semblèrent s'installer là, sur son ventre.

Leur discussion fut particulièrement véhémente, ce soir-là. La Gauche, plus conservatrice comme toujours, argumentait pour obtenir un report de la date de la séparation, mais la Droite ne pouvait plus attendre. Elle soutenait que l'heure était venue d'éprouver leur force contre le tyran, et de renverser le corps une bonne fois pour toutes. En fait, la décision ne dépendait plus d'elles.

Ellen souleva sa tête de l'oreiller, et, pour la première fois, elles sentirent son regard posé sur elles. Elles avaient été trop absorbées par leur discussion pour la remarquer. Voilà qu'enfin leur conspiration était découverte.

« Charlie... souffla-t-elle à l'oreille du tyran, arrête, Charlie. Arrête. »

La Droite leva l'index et la majeur, pour flairer sa présence.

« Charlie... », dit-elle de nouveau.

Pourquoi dormait-il toujours si profondément ?

« Charlie... ».

Elle le secoua plus violemment, tandis que la Droite tapotait la Gauche pour la prévenir que la femme les regardait.

« Je t'en prie, Charlie, *réveille-toi !* »

Sans prévenir, la Droite bondit ; la Gauche ne fut pas longue à suivre. Ellen hurla une fois de plus le nom de Charlie, et les mains lui agrippèrent la gorge.

Dans son sommeil, Charlie se trouvait à bord d'un négrier ; ses rêves empruntaient souvent les décors des films à grand spectacle de Cecil B. de Mille. Dans cette épopée particulière, on lui avait mis des menottes, et on le tirait par ses entraves pour le fouetter en raison d'une peccadille. Mais voilà qu'à ce moment précis, il rêvait qu'il saisissait le cou grêle du capitaine. De tous côtés, les esclaves l'encourageaient à l'étrangler à grands cris. Le capitaine — qui ressemblait un peu au Dr Jeudwine — le suppliait d'arrêter, d'une voix aiguë et terrifiée. C'était presque une voix de femme ; la voix d'Ellen. « Charlie ! » hurlait-il, de sa voix perçante. « Non ! » Mais ces stupides lamentations n'eurent d'autre effet que de lui faire serrer plus violemment le cou du type ; il se sentit presque un héros lorsque la foule en liesse des esclaves miraculeusement libérés se rassembla autour de lui pour voir leur maître à ses derniers instants.

Le capitaine, dont le visage était déjà violet, parvint à peine à murmurer : « *Tu me tues...* », puis les pouces de Charlie s'enfoncèrent une dernière fois dans son cou et l'expédièrent dans l'au-delà. C'est alors seulement, dans la brume du sommeil, que Charlie se rendit compte que sa victime, pourtant masculine, n'avait pas de pomme d'Adam. Le bateau commençait à s'effacer autour de lui, les exhortations perdaient de leur véhémence. Ses yeux s'ouvrirent peu à peu : il était debout sur le lit, en pantalon de pyjama, Ellen entre les mains. Elle avait le visage noir, maculé de bave blanche et épaisse. Sa langue lui sortait de la bouche. Elle avait encore les yeux ouverts et, un instant, ils semblèrent vivants, scrutant par-delà le voile de ses paupières. Puis les fenêtres se vidèrent, et elle quitta pour de bon sa demeure.

Charlie fut submergé de pitié et d'un regret immense. Il essaya de lâcher le corps de sa femme, mais ses mains refusaient de desserrer son cou. Ses pouces, tout à fait insensibles à présent, lui comprimaient toujours la gorge, effrontément coupables. Charlie recula et descendit du lit, mais elle le suivait, au bout de ses bras tendus, comme une partenaire qui s'impose pour une danse.

« Je vous en prie... (Il supplia ses doigts.) Je vous en prie ! »

Innocentes comme deux écolières surprises en train de chaparder, ses mains relâchèrent leur fardeau, et se mirent à sauter en l'air, feignant l'étonnement. Ellen roula sur le tapis, belle petite enveloppe de mort. Les genoux de Charlie flanchèrent, ils furent incapables d'empêcher sa chute ; il s'effondra auprès d'Ellen et laissa couler ses larmes.

Il ne restait plus qu'à agir. Plus besoin de camouflage, ni de réunions clandestines ni d'interminables débats — la vérité avait éclaté au grand jour, pour le meilleur ou pour le pire. Les mains n'avaient plus qu'à attendre. Ce n'était plus qu'une question de temps pour que Charlie passe à proximité d'un couteau de cuisine, d'une scie ou d'une hache. Ce serait pour bientôt, très bientôt.

Charlie resta un long moment à sangloter par terre à côté d'Ellen. Puis encore un long moment à réfléchir. Que lui fallait-il faire d'abord ? Appeler son avocat ? La police ? Dr Jeudwine ? De toute façon, il ne pourrait le faire en restant prostré sur le tapis ! Il essaya de se lever, c'était le seul moyen de redonner vie à ses mains engourdies. Son corps entier le picotait comme si un faible courant électrique le parcourait. Seules ses mains restaient insensibles. Il les leva jusqu'à son visage pour essuyer ses yeux embués de larmes, mais elles se replièrent mollement sur ses joues, vidées de leur pouvoir. Il se traîna vers le mur sur les coudes, et se hissa contre la paroi en se tortillant. Toujours à demi aveuglé de chagrin, il sortit de la chambre en titubant et descendit l'escalier. (La cuisine, dit la Droite à la Gauche, il va à la cuisine !) Je n'ai pas fait ce cauchemar ! pensa Charlie en pressant l'interrupteur de la salle à manger avec son menton, et il se dirigea vers le bar. Je n'y suis pour rien. J' suis rien. Pourquoi faudrait-il qu'il m'arrive une chose pareille ?

La bouteille de whisky lui glissa de la main quand il essaya de la saisir entre ses doigts. Elle se fracassa par terre, la vive odeur de l'alcool mit son palais au supplice.

« Du verre brisé, marmonna la Gauche.

— Non, répondit la Droite. Il nous faut à tout prix une coupure bien nette. Un peu de patience ! »

D'un pas incertain, Charlie s'éloigna de la bouteille cassée et se dirigea vers le téléphone. Il fallait qu'il appelle le docteur Jeudwine ; le docteur lui dirait que faire. Il essaya de soulever le combiné, mais de nouveau ses mains refusèrent d'agir ; ses doigts ne faisaient que se replier quand il essayait de taper le numéro du docteur sur le clavier. Des larmes de frustration s'étaient mises à lui couler des yeux, chassant son chagrin par de la colère. Il saisit maladroitement le combiné entre ses poignets et le souleva jusqu'à son oreille, il le coinça entre sa tête et son épaule. Puis il tapa le numéro de Jeudwine avec son coude.

Du calme, dit-il à haute voix, garde ton calme !

Il entendait le bip-bip de son appel parcourir la ligne ; dans quelques secondes le bon sens décrocherait à l'autre bout du fil, et tout rentrerait dans l'ordre. Il fallait tenir quelques instants de plus.

Ses mains s'étaient mises à s'ouvrir et se refermer convulsivement.

« Du calme », dit-il, mais ses mains ne l'écoutaient pas.

Très loin — *oh, tellement loin* — le téléphone sonna dans la maison du docteur Jeudwine.

« Répondez, répondez ! Bon sang, répondez ! »

Les bras de Charlie tremblaient maintenant si violemment qu'il avait peine à maintenir le combiné en place.

« Répondez ! hurla-t-il dans le microphone. *Je vous en conjure !* »

Avant que Charlie ait pu entendre la voix de la raison, sa main droite s'envolait pour saisir le bord de la table en teck, à quelques pieds de là. Elle agrippa la bordure et lui fit presque perdre l'équilibre.

« Mais qu'est-ce... que... tu... fais ? », demanda-t-il, sans savoir s'il s'adressait à lui-même ou à sa main.

Désorienté, il fixa cette main mutine qui, pouce par pouce, avançait régulièrement le long de la table. Son intention était claire : elle voulait l'éloigner du téléphone, de Jeudwine, de tout espoir de salut. Charlie n'avait plus aucun pouvoir sur elle. Il n'avait même plus aucune sensibilité dans les poignets, ni dans les avant-bras. Sa main ne lui appartenait plus. Elle était toujours attachée à son poignet bien sûr — *mais elle ne lui appartenait pas.*

A l'autre bout du fil, on décrocha le téléphone, et la voix de Jeudwine, légèrement irrité d'avoir été réveillé, dit :

« Allô ?

— Docteur...

— Qui êtes-vous ?

— Charlie.

— Charlie Qui ?

— Charlie Georges, Docteur. Vous vous souvenez, n'est-ce pas ? »

De seconde en seconde, sa main l'éloignait davantage du précieux téléphone. Il sentait glisser le combiné entre son épaule et son oreille.

« Qui avez-vous dit ?

— Charlie Georges. Pour l'amour du ciel, Jeudwine, il faut m'aider.

— Appelez-moi demain au cabinet.

— Vous ne comprenez pas. Mes mains, Docteur... Je ne les contrôle plus ! »

Charlie eut un haut-le-cœur lorsqu'il sentit quelque chose lui contourner la hanche. C'était sa main gauche : elle se frayait un passage vers son ventre et descendait vers l'aine.

« Non mais ! Attention ! la prévint-il. Veux-tu m'obéir ! »

Jeudwine était perdu.

« A qui parlez-vous ? demanda-t-il.

— A mes mains ! Elles veulent me tuer, Docteur ! »

Il hurla pour arrêter la progression de sa main.

« Non ! Arrête ! »

Sans tenir compte des vociférations du despote, la Gauche saisit ses testicules et serra comme si elle avait soif de sang. Elle ne fut pas déçue. Charlie hurla dans le téléphone, lorsque la Droite profita de sa distraction pour le déséquilibrer. Le combiné glissa par terre, les questions de Jeudwine furent éclipsées par sa douleur au bas-ventre. Charlie tomba lourdement sur le sol, en se cognant la tête contre le rebord de la table.

« Teigne ! lança-t-il à sa main. Sale teigne ! »

Sans aucun remords, la Gauche se hâta de rejoindre la Droite sur la table, elle remonta vite le corps de Charlie qui resta pendu par les mains au bord de la table où il avait si souvent dîné, et si souvent ri.

Un instant plus tard, ayant décidé de leur tactique, elles jugèrent bon de le laisser choir. Il s'aperçut à peine de sa délivrance. Sa tête saignait, son bas-ventre aussi ; il n'avait qu'une envie : se rouler en boule en attendant que passent douleur et nausée. Mais ses mains rebelles avaient d'autres projets qu'il fut impuissant à contrer. Il s'aperçut à peine qu'elles enfonçaient les doigts dans l'épaisse moquette et entraînaient sa carcasse molle vers la porte de la salle à manger. Passé la porte, il y avait la cuisine ; remplie de scies à os et de couteaux à découper. Charlie se vit sous les traits d'une grande statue, tirée vers son socle définitif par des centaines d'ouvriers en sueur. Le passage n'était pas aisé : le corps agité de spasmes avançait par à-coups, les orteils s'accrochaient dans les boucles de la moquette, le torse bien gras saignait de ses éraflures. La cuisine n'était plus qu'à un mètre. Charlie sentit le seuil sous sa joue; puis, sous son corps, le carrelage glacé. Tandis qu'elles le traînaient sur le dernier mètre, sa conscience accablée lui revint par saccades. Sous la pâle clarté de la lune il vit le décor familier : la cuisinière, le réfrigérateur qui ronronnait, la poubelle à pédale, le lave-vaisselle. Tous ces appareils le dominaient à travers un brouillard; il se sentit petit comme un ver.

Ses mains avaient atteint la cuisinière. Elles escaladaient la porte du four; il les suivit tel un roi déchu qui avance vers le billot. Voilà qu'elles se frayaient inexorablement leur chemin sur le plan de travail, les phalanges blanchies par l'effort; son corps engourdi suivait derrière. Il ne pouvait ni sentir ni voir, mais sa main gauche avait saisi le rebord supérieur du placard, sous l'alignement des couteaux de cuisine rangés chacun à leur place dans leur étui sur le mur. Des couteaux d'office, des couteaux-scies, des couteaux à découper — tous commodément placés près de la planche à découper dont la gouttière coulait dans l'évier parfumé au pin.

Charlie pensa entendre des sirènes de police très loin, mais c'était sans doute son cerveau qui bourdonnait. Il tourna légèrement la tête. Son mal au crâne passait d'une tempe à l'autre, mais ce vertige ne fut rien en comparaison des terribles contractions de ses tripes quand il comprit enfin l'intention de ses mains.

Les lames étaient toutes affilées, il le savait. Les couteaux bien aiguisés faisaient la fierté d'Ellen. Il se mit à secouer la tête d'avant en arrière, dernier refus frénétique du cauchemar dans son ensemble. Mais il ne pouvait implorer aucune pitié. Seules ses propres mains (que le diable les emporte) tramaient cette folie fatale.

Puis, la sonnette retentit. Il n'avait pas rêvé. Elle sonna une fois, puis une nouvelle fois, et encore.

« Là ! lança-t-il tout haut à ses mains assassines. Vous entendez, espèces de teignes ? On vient. Je le savais bien ! »

Il essaya de se remettre sur pied, sa tête pivota sur son axe branlant pour voir où en étaient les monstres précoces. Les mains allaient vite. Son poignet gauche était déjà soigneusement centré sur la planche à découper.

La sonnette retentit de nouveau, d'un long coup impatient.

« Ici ! hurla-t-il d'une voix rauque. Je suis là ! Enfoncez la porte ! »

Son regard horrifié alla de sa main à la porte, de la porte à sa main. Charlie calculait ses chances de s'en sortir. Avec une lenteur décontractée, sa main droite se tendit vers le tranchoir qui pendait par le trou de sa lame à l'extrémité de la rangée de couteaux. Même là, il n'arrivait pas à croire que sa propre main — sa compagne, sa protectrice, cette main qui signait pour lui, qui caressait son épouse — se préparait à le mutiler. Elle soupesait le tranchoir, équilibrait le poids de l'outil, avec une lenteur insolente.

Derrière lui, il entendit un bruit de verre brisé au moment où les policiers cassaient le carreau de la porte d'entrée. Il leur fallait encore passer le bras par le trou pour trouver la serrure et ouvrir. S'ils faisaient vite (très vite) ils pouvaient arriver à temps.

« Là ! hurla-t-il, je suis là ! »

La réponse à cet appel fut un sifflement imperceptible : le bruit du couperet qui descendit, rapide et mortel, vers le poignet en attente. La Gauche se sentit touchée à la racine, et une joie indescriptible se répandit dans ses cinq membres. Son dos reçut le baptême du sang de Charlie, qui jaillit à gros bouillons.

La tête du tyran n'émit aucun son. Elle se contenta de retomber en arrière, inconsciente après le choc reçu, ce qui n'était pas plus mal pour Charlie. Cela lui évita d'entendre le glouglou de son sang qui se ruait dans le trou de l'évier. Il ne sentit pas non plus le deuxième coup ni le troisième, qui achevèrent de détacher sa main de son bras. Privé de sa prise, le corps bascula en arrière, heurtant dans sa chute le panier à légumes. Des oignons s'échappèrent de leur sac en papier et rebondirent dans la mare qui s'étalait par saccades autour de son poignet sectionné.

La Droite lâcha le tranchoir qui retentit bruyamment dans l'évier couvert de sang. Epuisée, la libératrice se laissa glisser de la planche à découper et retomba sur la poitrine du tyran. Elle avait accompli sa tâche. La Gauche était libre, et en vie. La révolution était en marche.

La main délivrée se précipita vers le bord du placard et leva l'index en geste de défi victorieux au monde nouveau. La Droite y fit brièvement écho avant de sombrer dans une innocente inconscience en travers de Charlie. Un instant, il n'y eut, pour tout mouvement dans la cuisine, que celui de la Gauche qui touchait la liberté du doigt, et la lente descente des filets de sang sur la porte du placard.

Puis une bouffée d'air froid en provenance de la salle à manger avertit la Gauche d'un danger imminent. Elle courut se cacher, tandis qu'un pas lourd de policiers et une confusion d'ordres contradictoires troublaient la scène de son triomphe. Dans la salle à manger, on alluma la lumière qui inonda l'espace et vint éclairer le corps de Charlie sur le carrelage de la cuisine.

Charlie vit la lumière de la salle à manger au bout d'un très long tunnel. Il s'en éloignait à bonne allure. Elle n'était déjà plus qu'une tête d'épingle. Elle reculait... reculait...

Le tube au néon de la cuisine se mit à ronronner.

Quand les policiers franchirent le seuil de la pièce, la Gauche plongea derrière la poubelle. Elle ne savait pas qui étaient ces intrus, mais sentait qu'ils représentaient une menace. A voir comme ils se penchaient sur le tyran, comme ils le dorlotaient, le pansaient, lui parlaient gentiment, c'étaient des ennemis, aucun doute là-dessus.

Une voix se fit entendre du premier étage; une voix jeune, aiguë, terrifiée.

« Sergent Yapper? »

Le policier qui se trouvait auprès de Charlie se redressa, laissant son collègue finir le garrot.

« Que se passe-t-il, Rafferty?

— Chef! Il y a un cadavre ici, dans la chambre. Une femme.

— Bien. »

Yapper parla dans sa radio.

« Faites venir un médecin légiste! D'autre part, où est l'ambulance? On a un type méchamment mutilé sur les bras. »

Il retourna dans la cuisine, en essuyant quelques gouttes de sueur froide sur sa lèvre supérieure. Au même instant, il crut voir quelque chose traverser la cuisine, en direction de la porte; quelque chose que ses yeux fatigués avaient pris pour une grosse araignée rouge. Un effet d'optique, sans aucun doute. Yapper n'avait aucun goût particulier pour les araignées, mais il était bigrement certain que l'espèce ne revendiquait pas la parenté d'une telle horreur.

« Chef? » L'homme qui se trouvait près de Charlie

avait, lui aussi, vu le mouvement, ou du moins il l'avait senti. Il leva les yeux vers son supérieur.

« Qu'est-ce que c'était ? », demanda-t-il.

Yapper abaissa sur lui un regard vide. La chattière, au bas de la porte extérieure, claqua en se refermant. La chose s'était échappée. Yapper jeta un coup d'œil vers la porte, détournant ainsi les yeux du visage interrogateur du jeune homme. L'ennui, pensa-t-il, c'est qu'ils s'attendent à ce que vous sachiez tout. La chattière joua sur ses charnières.

« Un chat », répondit Yapper, sans croire une seule misérable seconde à son explication.

La nuit était froide, mais la Gauche ne le sentait pas. Elle longea le côté de la maison, collée au mur comme un rat. Le sentiment de liberté était exaltant. Ne pas recevoir les ordres du tyran sur les nerfs ; ne pas supporter le poids de son corps ridicule, ni être obligée de répondre à ses exigences mesquines. Ne pas avoir à prendre les choses pour lui, à faire les sales besognes pour lui ; ne pas obéir à ses caprices. C'était comme une renaissance dans un monde nouveau ; un monde plus dangereux peut-être, mais plus riche en possibilités. Elle savait qu'elle avait une responsabilité imposante et unique à assumer : prouver que la vie existe bien après la mort du corps ; et il lui fallait communiquer cette heureuse nouvelle à autant de compagnes d'esclavage que possible. Très bientôt, le temps de la servitude serait fini une bonne fois pour toutes.

Elle s'arrêta au coin de la maison et flaira l'air de la rue. Un va-et-vient de policiers ; des lumières rouges qui clignotaient, des bleues aussi ; des visages curieux aux fenêtres d'en face, agacés par cette activité inhabituelle. La rébellion devait-elle commencer immédiatement, dans ces maisons éclairées ? Non. Ces gens-là étaient trop bien réveillés. Mieux valait trouver des âmes endormies.

La main détala à travers le jardin, hésitant nerveusement chaque fois qu'elle entendait un pas lourd, ou un ordre crié dans sa direction. Se mettant à couvert dans les herbes de la bordure mal entretenue, elle atteignit la rue sans être vue. Très vite, au moment où elle dégringolait sur le trottoir, elle jeta un coup d'œil à la ronde.

On emportait Charlie, le tyran, dans l'ambulance ; un fouillis de tubes, de flacons de sang accrochés au-dessus de sa civière déversaient leur contenu dans ses veines. La Droite, inerte, reposait sur sa poitrine, plongée dans un sommeil artificiel. La Gauche regarda disparaître le corps de l'homme ; la souffrance due à la séparation d'avec sa compagne lui était quasiment impossible à supporter. Mais d'autres urgences primaient. Sous peu, elle reviendrait libérer la Droite comme elle l'avait été elle-même. Et alors, on vivrait une de ces époques !

(A quoi ressemblera le monde quand il nous appartiendra ?)

Au foyer catholique de jeunes gens de Monmouth Street, le gardien de nuit bâilla et s'installa dans une position plus confortable sur son siège pivotant. La notion de confort était toute relative pour Christie ; qu'il prenne appui sur une fesse ou sur l'autre, ses hémorroïdes le démangeaient ; et elles lui paraissaient encore plus sensibles que d'habitude, cette nuit. Occupation sédentaire que celle de gardien de nuit, du moins était-ce ainsi que le colonel Christie avait choisi d'interpréter ses fonctions. Une ronde du bâtiment aux environs de minuit, pour la forme, juste pour s'assurer que toutes les portes étaient bien verrouillées, puis il s'installait pour roupiller sa nuit, et au diable la planète, il ne se relèverait pas à moins d'un tremblement de terre.

Christie, soixante-deux ans, était raciste et fier de l'être. Il n'éprouvait que mépris pour les Noirs qui remplissaient les couloirs ; la plupart étaient des jeunes sans foyer convenable pour les accueillir, de la mauvaise graine que les autorités locales avaient balancée sur le pas de la porte comme un lot de bébés abandonnés. Drôles de bébés ! Il les trouvait tous rustres, sans exception : ils se bousculaient sans cesse, crachaient sur le plancher propre, n'arrêtaient pas de jurer. Cette nuit, comme toujours, il se percha sur ses hémorroïdes et, entre deux roupillons, envisagea des façons de leur en faire baver pour leurs jurons, si seulement on lui en donnait l'occasion.

Le premier indice qu'eut Christie de son décès imminent fut une sensation de froid dans sa main moite. Il ouvrit les yeux et abaissa le regard vers le bout de son bras. Aussi invraisemblable que cela puisse paraître, il y avait une main sectionnée dans la sienne. Plus invraisemblable encore, elles s'étreignaient vigoureusement, comme deux vieilles connaissances. Il se leva, éructant un bruit incohérent de dégoût, et il essaya de déloger cette chose qu'il serrait malgré lui, en secouant le bras comme un type qui a de la colle au bout des doigts. Un tourbillon de questions lui emplit l'esprit. Avait-il ramassé cette chose sans s'en apercevoir ? Si oui, quand ? et au nom du ciel, à qui appartenait-elle ? Plus angoissant encore : comment se pouvait-il qu'une chose *sans vie* (c'était absolument indiscutable !) lui serre la main comme si elle avait l'intention de ne jamais s'en séparer ?

Il tendit le bras vers le signal d'alarme ; voilà tout ce qui lui vint à l'esprit dans cette situation bizarre. Mais avant qu'il atteigne le bouton, son autre main se tendit d'elle-même vers le premier tiroir de son bureau et l'ouvrit. L'intérieur était un modèle de rangement : S'y trouvaient ses clés, son agenda, son emploi du temps et, caché tout au fond, son Kukri, le coutelas qu'un membre des Gurkha lui avait donné pendant la guerre. Il le gardait toujours là, au cas où les indigènes s'énerveraient. Le Kukri était une arme superbe qui à son avis n'avait pas de rivale. A en croire les Gurkha, elle vous décapitait si proprement que l'ennemi pensait avoir échappé au coup — jusqu'à ce qu'il incline la tête.

Sa main prit le Kukri par son manche gravé et très vite — trop vite pour que le colonel saisisse son intention avant le fait accompli — elle lui descendit la lame sur le poignet et lui coupa l'autre main d'un geste précis, élégant. Le colonel devint livide au moment où le sang jaillit du bout de son bras. Il vacilla en arrière, trébucha contre son fauteuil pivotant, et s'écrasa durement contre le mur du bureau. Un portrait de la Reine tomba de son piton et se fracassa à côté de lui.

La suite fut un cauchemar : impuissant, il regarda les deux mains — la sienne, et l'autre, l'horrible chose qui avait inspiré la catastrophe — brandir le Kukri comme une hache de géant ; il vit son autre main sortir d'entre ses jambes en rampant et se préparer à sa libération ; il vit le coutelas en l'air, il le vit tomber ; il vit presque entièrement sectionner son poignet, l'entame, la chair déchirée, l'os scié. Au tout dernier moment, lorsque la Mort vint le chercher, il aperçut la danse des trois bêtes à la face sanguinolente à ses pieds, tandis que ses moignons coulaient comme des robinets, que la chaleur de la mare faisait perler son front, malgré le froid qui lui contractait les tripes. Bonne nuit, colonel Christie, et merci.

Facile cette affaire de révolution, pensait la Gauche, tandis que le trio escaladait l'escalier du foyer. Leur nombre augmentait d'heure en heure. Au premier étage se trouvaient les cellules ; dans chacune d'elles, deux prisonnières. Les despotes dormaient, innocents, les mains sur la poitrine, ou sur l'oreiller, ou en travers de leur visage assailli de rêves, ou bien elles pendaient près du sol. Les combattantes de la liberté se glissaient sans bruit par les portes entrouvertes, elles grimpaient aux draps et couvertures, touchaient du doigt les paumes ouvertes, éveillant les ressentiments cachés, exhortant la rébellion à coup de caresses...

Boswell se sentait malade comme un chien. Il était penché sur le lavabo dans les toilettes du bout du couloir et il essayait de vomir. Mais il ne contenait plus rien, si ce n'est un reste de trouille au fin fond de son estomac. Il avait le ventre sensible après ses efforts, la tête congestionnée. Pourquoi ne tirait-il jamais la leçon de sa propre faiblesse ? Le vin ne lui réussissait pas, ce n'était pas nouveau. Il se promit de ne plus y toucher la prochaine fois. Son ventre se retourna encore. Rien ! pensa-t-il tandis que la convulsion remontait son œsophage. Il mit la tête dans le lavabo, eut un haut-le-cœur ; rien ! C'était sûr. Il attendit que la nausée passe, puis en se redressant, il regarda son visage gris dans la glace sale. Tu as l'air bien mal en point, mon vieux, se dit-il. Au moment où il tirait la langue à son image déformée, on commença à hurler dans le couloir. Jamais dans sa vie de vingt ans et deux mois, Boswell n'avait rien entendu de tel.

Prudemment, il avança jusqu'à la porte des toilettes. Il hésita avant de l'ouvrir. Ce qui se passait derrière n'avait pas l'air d'être une fête où l'on resquille pour entrer. Mais il s'agissait de ses copains, pas vrai ? Ses frères dans l'adversité. S'il y avait de la bagarre, ou des flammes, il lui fallait donner un coup de main.

Il tira le verrou de la porte et l'ouvrit. La vision qui lui sauta aux yeux le frappa comme un coup de marteau. Le couloir était mal éclairé — des ampoules crasseuses brûlaient à intervalles irréguliers, et çà et là un faisceau de lumière tombait de l'une des chambres dans le passage — mais il était plongé dans l'obscurité sur presque toute sa longueur. Boswell remercia le dieu des Rastas pour ses moindres bienfaits. Il n'avait aucun désir de voir en détail les événements du couloir; l'impression générale était assez déprimante. Le couloir était sens dessus dessous; les gens s'élançaient en tous sens au nom de la panique, pendant qu'en même temps ils se charcutaient avec tout instrument coupant leur tombant sous la main. Ces jeunes gens, il les connaissait tous pour la plupart, sinon de nom, du moins de vue. C'étaient des garçons *sains d'esprit;* jusqu'ici du moins ! Mais voilà qu'ils étaient en crise d'automutilation, la plupart déjà estropiés sans aucun espoir de guérison. Partout où regardait Boswell c'était la même horreur : des couteaux plantés dans des poignets et des avant-bras; une pluie de sang. Quelqu'un — Jésus peut-être? — avait une main coincée entre la porte et le chambranle et se claquait sans répit le battant sur le poignet, tout en hurlant pour qu'on l'en empêche. Un Blanc avait trouvé le coutelas du colonel et s'amputait la main. Elle se détacha pendant que Boswell regardait, elle tomba sur le dos, sa racine en dents de scie, ses cinq pattes pédalant dans l'air pour tenter un rétablissement. Elle n'était pas morte; ni même en train de mourir.

Quelques-uns des types n'avaient pas été pris par ce vent de folie; mais les pauvres étaient devenus des proies. Les fous furieux les attaquaient de leurs mains assassines, et les découpaient en morceaux. L'un d'eux, Savarino, se faisait couper le souffle par un gars que Boswell n'arrivait plus à identifier; ce punk, confondu en excuses, contemplait ses mains rebelles sans y croire.

Un jeune homme sortit d'une chambre, une main étrangère agrippée au cou, et il tituba en direction des toilettes. C'était Macnamara : un type si maigre et si perpétuellement drogué qu'on le surnommait « Fil de Fer aux Anges ». Boswell resta sur le côté quand Macnamara, qui s'étranglait en appelant au secours, passa la porte ouverte en chancelant et s'effondra par terre dans les toilettes. Il lança des coups de pied, tira sur les cinq doigts assassins serrés sur son cou, mais avant même que Boswell se porte à son secours, ses coups de pied ralentirent et puis s'arrêtèrent tout à fait, comme ses protestations.

Boswell s'éloigna du cadavre et jeta un nouveau coup d'œil dans le couloir. Morts et mourants bloquaient l'étroit passage, superposés par endroits, tandis que les mains, qui jadis leur avaient pourtant appartenu, escaladaient ces montagnes dans une furieuse effervescence, aidant si nécessaire à parachever une amputation, ou dansant simplement sur les visages éteints. Lorsqu'il regarda de nouveau dans les toilettes, Boswell vit qu'une deuxième main avait trouvé Macnamara; armée d'un canif, elle lui sciait le poignet. Elle avait laissé ses empreintes dans le sang entre couloir et cadavre. Boswell se rua sur la porte pour la claquer avant que l'endroit ne grouille de ces horreurs. Au même moment, l'assassin de Savarino, le punk timide, se jeta dans le couloir, ses mains létales en avant, comme celles d'un somnambule.

« A l'aide », hurla-t-il.

Boswell claqua la porte au nez du punk suppliant et il la verrouilla. Les mains outragées cognèrent un appel aux armes sur la porte tandis que les lèvres du punk, collées au trou de la serrure, continuaient à implorer :

« A l'aide! Je ne veux pas de ça, vieux. Aide-moi. » T'aider à te faire baiser, pensa Boswell, puis il tenta de faire abstraction des supplications pour examiner les choix qui se présentaient à lui.

Il avait quelque chose sur le pied. Il savait ce que c'était avant même de baisser les yeux. Une main, la main gauche du colonel Christie, qu'il reconnut grâce à son tatouage délavé, lui remontait déjà la jambe à toute vitesse. Comme un enfant sur qui s'est posée une abeille, Boswell devint fou, il se tortilla tandis qu'elle grimpait vers le torse, trop terrifié pour essayer de la faire tomber. Du coin de l'œil, il vit que l'autre main, celle qui, avec tant d'enthousiasme, s'était servi du canif sur Macnamara, avait laissé tomber son chantier et traversait la pièce pour rejoindre sa camarade. Ses ongles résonnaient comme des pattes de crabe sur le carrelage. Elle en avait même la démarche de travers ; elle n'avait pas encore pris le coup pour marcher droit.

Les mains de Boswell lui obéissaient toujours ; comme les mains de certains de ses amis (*feu* ses amis) dehors, ses membres restaient heureux à leur place ; décontractés, comme leur maître. Dieu lui donnait une chance de survie. Il ne fallait pas le décevoir.

Il s'arma de courage et posa le pied sur la main par terre. Il entendit les doigts craquer sous son talon, la chose se tortilla comme un serpent, mais il savait au moins où elle était pendant qu'il s'occupait de l'autre ennemie. Maintenant toujours la bête emprisonnée sous son pied, Boswell se pencha en avant, s'empara du canif à côté du poignet de Macnamara, et il piqua la lame sur le dos de la main de Christie, qui en était maintenant à ramper sur son ventre. Ainsi attaquée, elle lui saisit la peau et lui enfonça les ongles dans le ventre. Il était maigre et sa ceinture de muscles rendit la prise difficile. Au risque de se crever les boyaux, Boswell enfonça plus profondément le canif. La main de Christie tenta de maintenir sa prise, mais la poussée finale eut le résultat escompté. La main se relâcha et Boswell la cueillit sur son ventre. Elle était clouée au canif, mais n'avait toujours pas l'intention de mourir, et Boswell le savait. Il la maintint à bout de bras, ses doigts fouettaient l'air, ensuite il planta le couteau dans le mur de plâtre et épingla littéralement la bête, pour l'empêcher de nuire. Il porta alors son attention sur l'ennemie qu'il avait sous le pied, lui enfonça le talon dessus aussi fort que possible, entendit un nouveau craquement de doigt, puis un autre. Elle se contorsionnait toujours sans répit. Il ôta son pied de la main et lui tapa si fort dedans, et si haut, qu'il la précipita contre le mur d'en face. Elle s'écrasa sur le miroir au-dessus du lavabo, y laissa une tache de tomate écrasée, et tomba par terre.

Il n'attendit pas de voir si elle survivait. Il y avait un autre danger. Des poings plus nombreux à la porte, davantage de cris, de lamentations. Les mains voulaient entrer ; et très bientôt elles parviendraient à forcer leur chemin. Il enjamba le corps de Macnamara et se dirigea vers le vasistas. Il n'était pas tellemant grand, mais lui non plus. Il abaissa la tirette, ouvrit la vitre sur ses gonds engorgés de peinture et se hissa par l'ouverture. A mi-chemin entre l'intérieur et l'extérieur, il se rappela qu'il était au premier étage. Mais une chute, même mauvaise, était préférable à une invitation à la fête de ce soir ! Les invités poussaient la porte qui cédait peu à peu sous la pression de leur enthousiasme. Boswell se tortillait comme un ver ; le trottoir tanguait en bas. Au moment où la porte céda, il sauta, et heurta durement le béton. Il rebondit presque debout sur ses pieds, il vérifia ses membres, grâce à Dieu il n'avait rien de cassé ! Le dieu des Rastas aime les lâches, pensa-t-il. Au-dessus, le punk pointait la tête par le vasistas et regardait en bas avec envie.

« A l'aide ! disait-il. Je ne sais pas ce que je fais. » C'est alors qu'une paire de mains trouva sa gorge, et les lamentations s'arrêtèrent net.

Tout en se demandant qui prévenir, et surtout *de quoi*, Boswell, vêtu d'un simple short de gymnastique et de ses chaussettes, commença à s'éloigner du foyer catholique ;

plus reconnaissant que jamais d'avoir froid. Il se sentait les jambes faibles : mais assurément c'était prévisible !

Charlie se réveilla avec une idée des plus ridicules à l'esprit. Il croyait avoir assassiné Ellen, avant de se trancher la main. Son subconscient en tenait une sacrée couche pour sortir des inventions pareilles ! Il voulut se frotter les yeux pour chasser le sommeil, mais il n'avait pas de main disponible. Il se dressa sur son lit et se mit à hurler comme un putois.

Yapper avait laissé le jeune Rafferty de garde auprès de la victime de cette mutilation sauvage, en lui recommandant fermement de le prévenir dès que Charlie Georges ferait surface. Rafferty s'était endormi ; les hurlements le réveillèrent. Charlie dévisagea ce jeune homme, tellement épouvanté, tellement choqué. Il cessa alors de s'égosiller, il effrayait le pauvre garçon.

« Vous êtes réveillé, dit Rafferty, je vais chercher quelqu'un, d'accord ? »

Charlie le fixa d'un regard vide.

« Ne bougez pas, dit Rafferty. Je vais chercher l'infirmière. »

Charlie reposa sa tête bandée sur l'oreiller amidonné et il contempla sa main droite, la plia, fit jouer ses muscles. Peu importe le cauchemar qui l'avait assailli chez lui, c'était bien fini maintenant. Cette main au bout de son bras était bien *à lui ;* elle n'avait probablement jamais cessé de l'être. Jeudwine lui avait parlé du syndrome du « corps en rébellion » ; plutôt que d'accepter la responsabilité de ses actes, le meurtrier prétend que ses membres mènent leur vie propre ; un violeur se mutilera, persuadé que son membre dévoyé est responsable du viol, plutôt que son cerveau.

Bien, *lui* n'allait pas jouer la comédie. Il était fou, pas besoin de chercher plus loin. Qu'on lui fasse ce qu'il fallait, qu'on utilise médicaments, lames, électrodes ; il accepterait le tout plutôt que de revivre une nuit d'horreurs comme la dernière.

Voilà qu'une infirmière s'occupait de lui ; elle le dévisageait comme si elle était surprise de le voir en vie. Visage séduisant, pensa-t-il plus ou moins ; main fraîche sur mon front.

« Peut-il supporter des questions ? demanda timidement Rafferty.

— Il me faut consulter le Dr Manson et le Dr Jeudwine », répondit le joli visage, qui tenta d'adresser à Charlie un sourire rassurant. Il sortit un peu tordu, ce sourire, un peu forcé. De toute évidence elle savait qu'il était fou, voilà ! Elle avait sans doute peur de lui, qui irait l'en blâmer ? Elle quitta son chevet pour aller trouver le médecin, laissant Charlie sous le regard inquiet de Rafferty.

« ... Ellen ? dit-il au bout d'un moment.

— Votre épouse ? répondit le jeune homme.

— Oui. Je me demandais... Est-ce qu'elle... ? »

Rafferty gigota, ses pouces jouaient à chat sur ses genoux.

« Elle est morte », dit-il.

Charlie hocha la tête. Il le savait, bien sûr, mais il avait besoin qu'on le lui confirme.

« Qu'est-ce qui va m'arriver maintenant ? demanda-t-il.

— Vous êtes sous surveillance.

— Qu'est-ce que ça veut dire ?

— Ça signifie que je vous garde », dit Rafferty.

Le jeune homme essayait de son mieux de l'aider, mais toutes ces questions le déconcertaient. Charlie fit une nouvelle tentative.

« Enfin... qu'est-ce qui va arriver après la surveillance ? Quand est-ce que je passe au tribunal ?

— Pour quelle raison ?

— Quelle raison ? », dit Charlie.

Avait-il bien entendu ?

« Vous êtes une victime — une ombre d'inquiétude traversa le visage de Rafferty — *n'est-ce pas ?* Vous n'avez rien *fait*... on vous a fait quelque chose. Quelqu'un vous a coupé la... main.

— Oui, dit Charlie. C'est moi. »

Rafferty eut du mal à avaler avant de dire :

« Pardon ?

— *C'est moi* qui ai tout fait. J'ai assassiné ma femme, ensuite je me suis tranché la main. »

Le pauvre garçon ne pouvait pas la saisir celle-là ! Il réfléchit une bonne demi-minute avant de répondre.

« Mais pourquoi ? »

Charlie haussa les épaules.

« C'est absurde, répondit Rafferty. Et puis d'abord, si vous avez fait ça vous-même... où est la main ? »

Lillian arrêta la voiture. Il y avait quelque chose sur la route à quelques mètres, mais elle ne distinguait pas ce que c'était. Elle était strictement végétarienne (sauf aux repas maçonniques en compagnie de Théodore) et protectrice acharnée des animaux, elle pensa qu'il s'agissait peut-être d'un animal blessé couché en travers de la route, à la limite du faisceau de ses phares. Un renard peut-être ; elle avait lu que, la nuit, ils se faufilaient jusqu'aux lointaines zones habitées, ces fouilleurs de poubelles. Mais elle ressentait un malaise ; la demi-clarté troublante et si trompeuse d'avant l'aurore peut-être. Elle hésitait à sortir de la voiture. Bien sûr, Théodore lui aurait dit de continuer sa route, mais il l'avait plaquée, n'est-ce pas ? Ses doigts, irrités par son indécision, se mirent à tambouriner sur le volant. Supposons qu'il s'agisse effectivement d'un renard blessé, ils n'étaient pas si nombreux en plein milieu de Londres pour qu'on traverse sur le trottoir d'en face ! Il fallait qu'elle joue à la bonne Samaritaine, même si elle se sentait l'âme d'une Pharisienne.

Elle sortit de la voiture en faisant très attention, et bien sûr, après toutes ces hésitations, il n'y avait plus rien à voir. Elle passa devant la voiture, pour s'en assurer. Elle avait les mains moites ; des spasmes nerveux lui parcouraient les paumes comme de petites décharges électriques.

Puis le bruit : le murmure de centaines de pieds minuscules. Elle connaissait les légendes — qu'elle trouvait absurdes — de ces flopées de rats migrateurs qui traversent la ville la nuit et dévorent jusqu'à l'os tout être vivant sur leur passage. Imaginant les rats, elle se sentit plus Pharisienne que jamais, et retourna à la voiture. Quand son ombre allongée devant elle par les phares se déplaça, elle lui révéla le premier de la troupe. Ce n'était pas un rat.

Une main, une main aux longs doigts, avançait dans la lumière jaunâtre et pointait vers elle. Son arrivée fut immédiatement suivie par celle d'une nouvelle créature impossible, puis d'une douzaine encore, et d'une autre, immédiatement derrière. Elles étaient tassées comme des crabes chez le poissonnier, leur dos brillant serré l'un contre l'autre, leurs pattes clic-claquant tandis qu'elles se formaient en rangs. Le simple fait de les multiplier ne les rendait pas moins inconcevables ; mais malgré son refus de les admettre, Lillian les vit avancer sur elle. Elle recula d'un pas.

Elle sentit le côté de la voiture dans son dos, se tourna et tendit la main vers la portière, entrouverte, grâce à Dieu. L'agitation de ses mains avait empiré, mais elle en était toujours maîtresse. En cherchant la porte des doigts, elle laissa échapper un petit cri. Sur la poignée était installé un gros poing noir aux chairs tordues et séchées à l'entame.

Ses mains se mirent à applaudir spontanément; c'était atroce. Soudain, elle ne les contrôla plus : elles ne se tenaient plus de joie et claquaient l'une contre l'autre comme des folles. C'était ridicule, mais Lillian agissait ainsi, elle ne pouvait s'en empêcher. « Arrêtez, dit-elle à ses mains. Arrêtez! Mais arrêtez! » Elles cessèrent net et se retournèrent pour la regarder. Elle *savait* qu'elles la regardaient, même sans yeux; elle sentit aussi qu'elles étaient lasses de son incompréhension à leur égard. Sans prévenir, elles lui sautèrent au visage. Ses ongles, sa fierté et sa joie, trouvèrent ses yeux; en quelques secondes, le sens miraculeux de la vue ne fut plus qu'un gâchis sur ses joues. Aveuglée, elle perdit tout sens de l'orientation et tomba à la renverse, mais il y avait quantité de mains pour la retenir. Elle se sentit soutenue par une marée de doigts.

Lorsqu'ils basculèrent son corps violenté dans le fossé, sa perruque, qui avait tant coûté à Théodore, à Vienne, se détacha. Ses mains firent de même après un minimum de persuasion.

Le Dr Jeudwine descendit l'escalier de chez les Georges, en se demandant (pas plus que ça) si le grand-père de sa profession sacrée, Freud, ne s'était pas trompé. Les actions paradoxales du comportement humain ne semblaient pas entrer dans les compartiments classiques bien définis qu'il leur avait attribués; la tentative même de rationalisation du fonctionnement du cerveau humain était peut-être une contradiction en soi. Il resta songeur au bas des marches, sans vraiment vouloir retourner dans la salle à manger, ni dans la cuisine, tout en se sentant l'obligation d'examiner les scènes du crime une fois de plus. La maison vide lui donnait la chair de poule : même en sachant qu'un policier montait la garde à la porte, il s'inquiétait d'être seul à l'intérieur. Il se sentait coupable, coupable d'avoir laissé tomber Charlie. De toute évidence il n'avait pas assez creusé son inconscient pour faire remonter le vrai mystère, le véritable motif caché derrière ses actes abominables. Le meurtre, dans leur lit conjugal, de son épouse qu'il avait affirmé tant aimer ; ensuite, l'action de se couper la main. C'était impensable ! Jeudwine regarda un moment ses mains, le tracé des tendons et des veines bleu-violet sur ses poignets. La police penchait toujours pour la version de l'intrus, mais lui ne doutait pas un instant que Charlie avait accompli le meurtre, la mutilation et tout. Le seul fait très troublant pour Jeudwine, c'était qu'il n'avait pas décelé la moindre tendance à de tels actes chez son patient.

Il se rendit dans la salle à manger. Les enquêteurs avaient fini leur travail à l'intérieur de la maison ; il y avait une fine couche de poudre à empreintes sur plusieurs surfaces. Quel miracle que ces différences entre les mains ! N'est-ce pas ? Chacune avec son dessin aussi unique qu'une voix ou un visage ! Il bâilla. Charlie l'avait réveillé par son appel en pleine nuit, et il ne s'était pas rendormi depuis. Il avait regardé Charlie se faire panser et emmener, les enquêteurs vaquer à leurs affaires, l'aube blanchâtre pointer du côté de la Tamise ; il avait bu du café, broyé du noir, il avait fortement songé à démissionner de son poste de médecin psychiatre avant que la presse ne s'empare de l'affaire, il avait bu davantage de café, abandonné l'idée de démission et à présent, désespérant de Freud et de tout autre gourou, il envisageait sérieusement d'écrire un best-seller sur ses relations avec Charles Georges, l'assassin de madame Georges. De cette façon, même s'il perdait son poste, il ferait quelque chose de cette malheureuse affaire. Et Freud ? Un charlatan viennois ! De toute façon, qu'avait-il à dire ce vieil opiomane ?

Il se laissa tomber sur une chaise de la salle à manger et écouta le silence descendu sur la maison, on aurait dit que les murs, sous le choc de ce qu'ils avaient vu, retenaient leur souffle. Peut-être somnola-t-il un instant. Dans son sommeil, il entendit un coup de crocs, rêva de chien et se réveilla ; il vit un chat dans la cuisine, un gros chat noir et blanc. Charlie avait mentionné la petite bête en passant ; comment s'appelait-elle déjà ? Cœur-Brisé. Mais oui, baptisée ainsi à cause de ses taches noires au-dessus des yeux, qui lui donnaient un air de chagrin perpétuel. Le chat regardait le sang répandu sur le carreau de la cuisine, cherchant apparemment un moyen d'éviter la flaque pour atteindre sa soucoupe sans avoir à se mouiller les pattes dans le beau désordre que son maître avait laissé derrière lui. Jeudwine regarda ce délicat choisir son itinéraire pour traverser la cuisine, et renifler la soucoupe vide. Il ne lui vint pas à l'idée de lui donner à manger. Il détestait les animaux.

Bien, décida-t-il, il ne servait pas à grand-chose de rester plus longtemps dans la maison. Il s'était acquitté de tout le repentir voulu ; se sentait aussi coupable que possible. Encore un rapide coup d'œil en haut, juste au cas où il aurait loupé un indice, ensuite il s'en irait.

Il venait de redescendre lorsqu'il entendit couiner le chat. Couiner ? Non ! Plutôt *hurler* comme un cochon qu'on égorge. En entendant le cri, il sentit un froid aussi glacial et fragile qu'un filet de glace lui raidir les reins. Il se hâta de rebrousser chemin de l'entrée vers la salle à manger. La tête du chat, par terre, était roulée par deux... par deux (allez, Jeudwine, dis-le !) deux *mains !*

Il regarda, par-dessus cette comédie, la cuisine, où une douzaine d'autres de ces horreurs se démenaient par terre en tous sens. Il y en avait sur le placard, qui reniflaient partout ; d'autres escaladaient le mur en briques trompe-l'œil pour atteindre la rangée de couteaux à leur clou.

« Oh ! Charlie... dit-il doucement, réprimandant le fou en son absence. Qu'avez-vous fait ? »

Ses yeux se mirent à déborder de larmes ; non pas pour Charlie, mais pour les générations à venir, quand lui, Jeudwine, ne serait plus. Des générations candides, confiantes, qui croiraient en l'efficacité de Freud et de la Sainte Ecriture de la Raison. Il sentit que ses genoux tremblaient, il sombra sur la moquette de la salle à manger, les yeux trop pleins de larmes pour distinguer clairement les rebelles rassemblées autour de lui. Sentant quelque chose d'étranger sur ses genoux, il abaissa son regard : c'étaient ses deux mains à lui. Les index aux ongles manucurés se touchaient. D'un mouvement horriblement lent et déterminé, les index redressèrent leur tête onglée et le regardèrent. Puis ils se tournèrent et se mirent à lui ramper sur la poitrine, trouvant une bonne prise pour les doigts dans les plis de sa veste italienne, ainsi que dans les boutonnières. L'ascension se termina à son cou, de façon abrupte, et la vie de Jeudwine aussi.

La main gauche de Charlie avait peur. Elle avait besoin d'être rassurée, encouragée ; en un mot, elle avait besoin de la Droite. Après tout, la Droite avait été le Messie de cette ère nouvelle, elle avait eu la vision d'un avenir sans le corps. Voilà que l'armée levée par la Gauche avait besoin d'un aperçu de cette vision, sinon elle dégénèrerait bientôt en une populace sanguinaire. S'il en allait ainsi, la défaite ne serait pas longue à suivre ; telle était la sagesse classique des révolutions.

Ainsi, la Gauche avait ramené ses troupes chez Charlie, pour l'y chercher à son dernier domicile connu. Quel espoir vain de penser qu'il serait revenu là ! Mais en désespoir de cause...

Pourtant la situation restait propice aux insurgées. Même si Charlie n'y était pas, le Dr Jeudwine lui était là, et ses mains connaissaient non seulement l'endroit où l'on avait emmené Charlie, mais aussi l'itinéraire, et le lit qu'il occupait.

Boswell ne savait pas vraiment *pourquoi* il courait, ni où il allait. Ses facultés critiques étaient bloquées, son sens de l'orientation tout à fait confus. Mais son corps semblait connaître son but, même si sa raison n'en savait rien, car il se mit à accélérer l'allure une fois arrivé au pont, et ensuite sa course devint un galop qui ne tint aucun compte de la brûlure de ses poumons ni des battements dans ses tempes. Toujours inconscient d'une intention autre que celle de fuir, il se rendit alors compte qu'il venait de contourner la gare et longeait la voie du chemin de fer ; il se laissait simplement guider par ses jambes, et ce fut le commencement et la fin de l'aventure.

Soudain, le train perça l'aube. Sans siffler, sans avertir. Le conducteur remarqua peut-être le garçon, pas sûr ! Même s'il l'avait vu, on n'aurait su le rendre responsable de la suite des événements. Non, toute la faute revenait au garçon : ses pieds avaient soudain obliqué en direction des rails, ses genoux flanché si bien qu'il était tombé en travers de la voie ferrée. Lorsque les roues l'atteignirent, la dernière pensée cohérente de Boswell fut que le train n'avait d'autre intention par là que de se rendre de A à B, et qu'au passage il lui sectionnait les jambes entre l'aine et le genou. Puis il se retrouva sous les roues — les wagons lui passèrent dessus en trombe — et le train laissa échapper un coup de sifflet (tellement semblable à un cri) qui l'emporta dans les ténèbres.

On hospitalisa le jeune Noir peu après six heures ; la journée commençait tôt à l'hôpital, les patients profondément endormis sortaient peu à peu de leurs rêves pour affronter une nouvelle journée longue et ennuyeuse. On leur fourrait malgré eux une tasse de thé gris lavasse entre les mains, on leur prenait la température, on distribuait des médicaments. L'arrivée du jeune homme au terrible accident ne créa pratiquement pas de vagues.

Charlie s'était remis à rêver. Non pas de la vallée du haut du Nil (grâce à l'aimable concours des studios d'Hollywood), ni de la Rome impériale, ni des galères phéniciennes. Non, c'était en noir et blanc. Il rêvait qu'il reposait dans un cercueil. Ellen était là (son subconscient n'avait apparemment pas encore enregistré qu'elle était morte), ainsi que sa mère et son père à lui. En fait, sa vie entière assistait à la scène. Quelqu'un arriva (Jeudwine ? la voix réconfortante semblait familière) pour visser gentiment le couvercle du cercueil, Charlie essaya d'avertir l'assistance endeuillée qu'il était toujours vivant. Personne ne l'entendit, alors il fut pris de panique, il pouvait hurler tout ce qu'il savait, ses paroles restaient sans effet ; il ne put rien faire d'autre que de rester couché là et de se laisser sceller dans cette chambre éternelle.

Le rêve sauta quelques sillons. A présent Charlie entendait la messe qui bourdonnait quelque part au-dessus de sa tête. *L'homme n'a que peu de temps à vivre... ;* il entendit le crissement des cordes, et l'ombre de la tombe sembla obscurcir les ténèbres. On le descendait dans le trou, il protestait toujours de son mieux. Mais l'air se raréfiait dans la fosse ; il lui semblait de plus en plus difficile de respirer, encore plus de hurler ses protestations. Il arrivait tout juste à faire monter un filet d'air ranci dans ses sinus douloureux, mais sa bouche semblait farcie, de fleurs peut-être ? et il ne parvenait pas à tourner la tête pour les cracher. Voilà qu'il percevait le bruit mat des mottes de terre sur le cercueil, et grand Dieu ! n'entendait-il pas de part et d'autre le bruit des vers qui se léchaient les babines ? Son cœur battait à tout rompre ; il était sûr d'avoir le visage bleu-noir après tant d'efforts pour retrouver son souffle.

Puis, oh miracle ! il y eut quelqu'un avec lui dans le cercueil, quelqu'un qui se battait pour lui dégager la bouche, le visage.

« Monsieur Georges ! », disait cet ange miséricordieux. Il ouvrit les yeux dans l'obscurité. C'était l'infirmière de l'hôpital qui l'avait accueilli — elle aussi était dans le cercueil. « Monsieur Georges ! » Ce parangon de calme et de patience s'affolait, était presque en larmes tout en se battant pour lui retirer la main du visage. « *Vous êtes en train de vous étouffer !* », lui cria-t-elle.

D'autres bras s'étaient mis de la partie, ils gagnaient. Il fallut trois infirmières pour lui retirer la main, mais elles réussirent. Charlie put à nouveau respirer, il aspira goulûment l'air.

« Ça va, M. Georges ? »

Il ouvrit la bouche pour rassurer l'ange, mais sa voix l'avait momentanément déserté. Il était vaguement conscient que sa main livrait toujours bataille au bout de son bras.

« Où est Jeudwine ? dit-il dans un souffle. Appelez-le-moi, s'il vous plaît.

— Le docteur n'est pas là pour le moment, mais il passera vous voir un peu plus tard dans la journée.

— Je veux le voir *tout de suite.*

— Ne vous en faites pas, M. Georges », répondit l'infirmière qui avait recouvré son attitude professionnelle, « nous allons vous donner un petit calmant, comme ça vous pourrez dormir un peu.

— Non !

— Mais si, M. Georges ! répondit-elle avec fermeté. Ne vous faites pas de souci. Vous êtes en bonnes mains.

— Je ne veux plus dormir. Elles reprennent le contrôle quand je dors, vous ne le voyez donc pas ?

— Vous êtes en sécurité, ici. »

Il n'était pas de cet avis. Il savait que *nulle part* il n'était en sécurité, plus maintenant. Pas tant qu'il lui restait une main. Il ne la contrôlait pas, si toutefois il l'avait jamais fait ; elle avait peut-être simplement créé et maintenu cette illusion de servitude pendant quelques quarante années, performance qui l'avait endormi dans un sentiment trompeur de domination. Il voulut dire tout cela, mais les mots refusaient de lui venir à la bouche. A la place, il dit simplement : « Veux plus dormir. »

Mais l'infirmière avait des instructions. Les patients étaient déjà trop nombreux dans la salle, et en plus il en arrivait de nouveaux toutes les heures (des scènes atroces au foyer catholique de jeunes gens, venait-elle d'entendre dire : des douzaines de blessés ; une tentative de suicide collectif), elle n'avait d'autre solution que de calmer les agités et de continuer son travail de la journée. « Un tout petit calmant de rien du tout », dit-elle de nouveau, et l'instant d'après, elle avait une seringue à la main, pour l'assoupir.

« Ecoutez-moi un instant », dit-il, tentant de la faire réfléchir ; mais elle n'était pas d'humeur à la discussion.

« Allons, ne faites pas l'enfant, gronda-t-elle, lorsqu'elle vit ses yeux s'emplir de larmes.

— Vous ne comprenez pas », expliqua-t-il, lorsqu'elle lui palpa le creux du bras pour faire ressortir la veine.

— Vous raconterez tout cela au docteur Jeudwine, lorsqu'il viendra vous voir. » L'aiguille était dans son bras, le piston descendait.

« Non ! », cria-t-il, et il se retira. L'infirmière ne s'attendait pas à une telle violence. Le patient fut debout hors de son lit avant qu'elle ait pu finir sa piqûre, l'intraveineuse lui pendait toujours au bras.

« Monsieur Georges, dit-elle, d'une voix sévère. Voulez-vous bien regagner votre lit ! »

Charlie pointa son moignon vers elle.

« Ne vous approchez pas ! » dit-il.

Elle essaya de lui faire honte. « Les autres patients se tiennent bien, eux, dit-elle. Pourquoi ne pouvez-vous pas en faire de même ? » Charlie secoua la tête. L'aiguille, qui peu à peu avait glissé de sa veine, tomba par terre, toujours aux trois quarts pleine.

« Je ne le répéterai pas !

— Crénom, vous avez raison », dit Charlie.

Il fonça vers la porte, encouragé de droite et de gauche par les autres malades. « Vas-y, vieux, vas-y ! », cria une voix. L'infirmière se lança à sa poursuite avec un temps de retard, mais à la porte, un complice impromptu s'interposa en se jetant littéralement dans ses pieds. Charlie disparut et se perdit dans les couloirs avant qu'elle se fut relevée pour reprendre la chasse.

Charlie se rendit bientôt compte qu'il était facile de se perdre dans un endroit pareil. L'hôpital avait été construit à la fin du XIXe siècle, puis on y avait ajouté des ailes au fur et à mesure des attributions de fonds et donations : la première en 1911, une autre après la Grande Guerre, d'autres suivirent dans les années cinquante, et enfin en 1973 l'aile Chaney. Le bâtiment était un vrai labyrinthe ! On n'allait pas le retrouver, pas de sitôt !

L'ennui c'est qu'il ne se sentait pas tellement bien. Son moignon gauche commençait à lui faire mal à mesure que les calmants perdaient de l'effet, et il avait la nette impression qu'il saignait sous le pansement. De plus, le quart du sédatif injecté avait ralenti ses fonctions. Il se sentait un peu abruti, et il était certain que cet état devait se lire sur son visage. Mais il n'allait pas se laisser persuader de retourner au lit pour se rendormir avant d'avoir trouvé un coin tranquille où s'installer pour réfléchir à la situation.

Il trouva refuge dans une toute petite salle donnant sur l'un des couloirs, elle était bourrée d'armoires de classement, de piles de dossiers et sentait légèrement le moisi. Sans le savoir, il s'était retrouvé dans l'aile Chaney : un bloc compact de sept étages construit grâce au legs du millionnaire Frank Chaney ; les travaux avaient été réalisés par la propre entreprise de ce magnat du bâtiment, ainsi que le stipulait le testament du vieil homme. On avait utilisé des matériaux de deuxième choix et un système antique d'écoulement des eaux, ce qui explique pourquoi Chaney était mort millionnaire et pourquoi l'aile en question se désagrégeait de la base au sommet. Charlie se dissimula tout au fond d'une niche humide entre deux armoires, au cas où l'on serait entré par hasard, il s'accroupit et interrogea sa main droite.

« Eh bien ? demanda-t-il d'un ton naturel. Explique-toi ! »

Elle faisait l'idiote.

« Inutile, dit-il, je te tiens. »

Elle restait là, au bout de son bras, innocente comme un bébé.

« Tu as essayé de me tuer... », accusa-t-il.

Voilà que la main s'ouvrait un peu, sans son ordre, et qu'elle le scrutait.

« Tu pourrais de nouveau essayer, pas vrai ? »

Elle se mit à fléchir les doigts de façon sinistre, comme un pianiste qui se prépare à jouer un morceau particulièrement difficile. « *Oui,* dit-elle, *je le pourrais ; n'importe quand.*

— En fait, je ne peux pas grand-chose pour t'en empêcher, hein ? dit Charlie. Tôt ou tard tu m'auras par surprise. Je ne peux pas prendre quelqu'un pour me surveiller tout le restant de mes jours. Je me demande alors ce que je deviens. Un mort en sursis, c'est ça ? »

La main se referma un peu, les coussinets de sa paume se ridèrent de sillons de plaisir. *Oui,* disait-elle, *tu es cuit, pauvre idiot, et tu ne peux rien y changer.*

« Tu as tué Ellen. »

Oui, dit la main avec un sourire.

« Tu m'as coupé l'autre main pour lui permettre de s'échapper. Ai-je tort ? »

Pas du tout, dit l'autre main.

« J'ai tout vu, tu sais, dit Charlie, je l'ai vu s'enfuir en courant. Toi, à présent, tu veux faire la même chose, exact ? Tu veux te lever et filer ? »

Exact.

« Et tu ne me laisseras pas en paix, tant que tu n'auras pas ta liberté, n'est-ce pas ? »

Exact encore une fois.

« Alors, dit Charlie, je crois que nous nous comprenons ; et je souhaiterais passer un accord avec toi. »

La main se rapprocha de son visage, escaladant sa veste de pyjama, d'un air de conspirateur.

« Je vais te libérer », dit-il.

Elle était arrivée à son cou, ne serrait pas fort, mais s'y était assez bien installée pour le rendre nerveux.

« Je trouverai un moyen, c'est promis. Un massicot, un scalpel, je ne sais pas encore. »

Voilà qu'elle se frottait contre lui comme une chatte, elle le caressait. « Mais il faudra que tu *me* suives, que tu *m*'attendes. Parce que si tu me tues, tu n'as aucune chance de survie, pas vrai ? On t'enterrera avec moi, comme on a enterré les mains de mon père en même temps que lui. »

La main cessa ses caresses et elle escalada l'armoire de rangement.

« Nous faisons affaire ? », demanda Charlie.

Mais la main feignait l'indifférence. Elle avait soudain cessé de s'intéresser à ce marchandage. Si elle avait eu un nez, elle aurait reniflé l'air. Dans l'espace de ces dernières secondes, les choses avaient changé ; l'affaire ne tenait plus.

Charlie se releva gauchement et se rendit à la fenêtre. A l'intérieur, la vitre était sale, à l'extérieur, elle était recouverte d'une croûte de déjections d'oiseaux, accumulées au fil des ans, mais il vit quand même le jardin à travers. On l'avait agencé d'après les termes du testament du millionnaire : un jardin solennel qui serait une commémoration aussi glorieuse de son bon goût que le bâtiment l'était de son sens pratique. Mais depuis que le bâtiment se détériorait, on avait laissé le jardin à l'abandon. Les quelques arbres qu'il contenait étaient morts ou alors courbés sous le poids de branches non taillées ; les mauvaises herbes régnaient dans les bordures ; les bancs étaient renversés, les quatre pieds en l'air. Seule la pelouse était tondue — petite concession à l'entretien. Quelqu'un, un médecin qui prenait une petite pause pour fumer tranquillement, errait dans les allées broussailleuses. A part lui, le jardin était vide.

Mais la main de Charlie en avait contre la vitre, elle la griffait, la ratissait des ongles, essayait vainement d'atteindre le monde extérieur. Apparemment, dehors il y avait autre chose que le chaos.

« Tu veux sortir », dit Charlie.

La main s'aplatit contre la fenêtre et, avec la paume, elle se mit à battre un rythme sur le carreau, tambour d'une armée invisible. Il recula, ne sachant que faire. S'il s'opposait à ses exigences, elle pouvait lui faire mal. S'il y accédait et qu'il sortait dans le jardin, que trouverait-il ? D'un autre côté, quel choix avait-il ?

« D'accord, dit-il, allons-y. »

Dans le couloir, on s'activait au milieu de la panique,

on jeta à peine un coup d'œil dans sa direction, bien qu'il fût nu-pieds et en pyjama. Des sonnettes retentissaient, de toute part on appelait les médecins, on dirigeait des gens en larmes entre la morgue et les toilettes; on parlait de scènes terribles aux urgences, de jeunes gens aux mains coupées, par dizaines. Charlie se déplaçait trop vite pour saisir une phrase sensée au milieu de la foule. Il pensa qu'il valait mieux avoir l'air absorbé, paraître savoir où il allait. Il mit un certain temps à localiser la sortie vers le jardin, et il savait que sa main s'impatientait. Elle s'ouvrait et se fermait à son côté, elle le pressait. Puis un panneau : *vers le jardin de la donation Chaney*, il tourna au coin, se retrouva dans un plus petit couloir, plus calme, au bout duquel se trouvait une porte conduisant à l'air libre.

Tout était immobile dehors. Pas un oiseau en vol, ni posé sur la pelouse, pas un bourdon d'abeille près des fleurs. Même le médecin était parti, retourné à ses opérations sans doute.

La main de Charlie était en extase. Elle suait tant qu'il en tombait des gouttes, tout son sang l'avait désertée, si bien qu'elle était devenue blanche. Elle ne semblait plus lui appartenir. C'était un autre être, auquel, par un malheureux vice de son anatomie, il était attaché. Il aurait été enchanté d'en être débarrassé.

Sous ses pieds, l'herbe était humide de rosée et là, dans l'ombre de cet immeuble de sept étages, il faisait froid. Il n'était que six heures et demie. Les oiseaux dormaient peut-être encore, les abeilles s'attardaient encore dans le confort de leur ruche. Peut-être n'y avait-il rien à craindre dans ce jardin : que des roses flétries et des vers matinaux faisant leurs cabrioles dans la rosée. Sa main se trompait peut-être, et le matin ne cachait rien.

En se promenant plus loin dans le jardin, il remarqua les empreintes du docteur, plus sombre que le vert argenté de la pelouse. Au moment où il arrivait à l'arbre, où l'herbe devenait rouge, il se rendit compte que les empreintes ne menaient pas plus loin.

Tombé dans un bienheureux coma, Boswell était content de ne rien sentir. Son cerveau reconnaissait vaguement la possibilité d'un réveil, mais l'idée en était si vague qu'elle pouvait facilement s'écarter. De temps à autre un filet du monde réel (de la douleur, du pouvoir) affleurait sous ses paupières, vivace un instant, avant de disparaître à nouveau. Boswell n'en voulait pas. Jamais plus il ne voulait être conscient. Il avait l'impression de savoir ce qui l'attendait, là-bas, piaffant.

***

Charlie leva la tête vers les branches. L'arbre portait deux catégories de fruits étranges.

La première : un être humain, le chirurgien à la cigarette. Il était mort, le cou coincé à l'intersection de deux branches. Il lui manquait les mains. Ses bras se terminaient par une plaie ronde d'où s'écoulaient toujours de gros caillots brillants qui tombaient sur l'herbe. Au-dessus de sa tête, l'arbre regorgeait de l'autre catégorie de fruits, moins naturels encore : il semblait y avoir des mains partout, par centaines, elles jacassaient comme des aveugles au parlement, débattaient de leur tactique. Toutes tendances confondues, elles allaient et venaient dans les branches qui ployaient.

A les voir ainsi rassemblées, la métaphore s'écroula. Elles étaient ce qu'elles étaient : des mains humaines. C'était l'horreur !

Charlie voulut s'enfuir, mais sa main droite refusa net. Les autres étaient rassemblées là en disciples, elles attendaient ses paraboles et prophéties. Charlie regarda le défunt docteur, puis les mains assassines, il pensa à Ellen, son Ellen à lui, déjà froide, morte par sa faute sans qu'il en soit responsable. Elles allaient le lui payer, toutes ! Tant que le reste de son corps lui obéirait, il les ferait payer. C'était lâcheté que de tenter un marchandage avec cette espèce de cancer à son poignet ; il le comprenait à présent. Sa main et ses semblables représentaient un fléau, qu'il fallait anéantir.

L'armée l'avait repéré, l'annonce de sa présence se répandit dans les rangs comme une traînée de poudre. Les guerrières dévalaient en bas du tronc, certaines se laissaient tomber des basses branches comme des pommes mûres, pressées d'embrasser leur Messie. D'ici peu, elles grouilleraient autour de Charlie, et tout avantage serait perdu. C'était maintenant ou jamais ! Il fit demi-tour avant que sa main droite puisse saisir une branche, et son regard remonta l'aile Chaney, à la recherche d'une inspiration. La tour dominait le jardin, ses fenêtres réverbéraient le ciel, ses portes étaient fermées. Aucun réconfort là-dedans !

Derrière lui, il entendit le murmure des herbes foulées par les innombrables doigts enthousiastes, déjà sur ses talons pour suivre leur meneuse spirituelle.

Il se rendit compte que ses ennemies viendraient de toute façon ; où qu'il les mène, elles suivraient. Leur adoration aveugle pour sa main droite représentait sans doute une faiblesse bonne à exploiter. Il examina une deuxième fois le bâtiment et son regard désespéré trouva l'escalier de secours, qui montait en zig-zag jusqu'au toit, sur le flanc de l'immeuble. Il s'y rua, sa rapidité le surprit. Il n'avait pas le temps de regarder derrière pour voir si elles suivaient, il fallait qu'il se fie à leur dévotion. A quelques pas du but, sa main furieuse le saisit au cou, menaça de l'étrangler, mais il continua sa course, indifférent au resserrement de ses doigts. Il atteignit le bas de l'escalier de secours et, les muscles déliés par l'adrénaline, il grimpa les marches de fer quatre à quatre. Sa main en moins lui manquait pour tenir la rambarde, ce qui nuisait à son équilibre, mais qu'importe les éraflures ? Il ne s'agissait que de son corps.

Au troisième palier, il risqua un regard en contrebas. Une moisson de fleurs coupées tapissait le sol au pied de l'escalier et s'étendait vers lui, sur les marches. Elles arrivaient par centaines, avides, toutes griffes et toute haine dehors. « Qu'elles viennent », pensa-t-il ; « qu'elles approchent, ces garces. J'ai commencé, j'irai jusqu'au bout. »

Une armée de visages était apparue aux fenêtres de l'aile Chaney. Des voix affolées, incrédules, montaient des étages inférieurs. Trop tard pour leur raconter l'histoire de sa vie ; il leur faudrait assembler les pièces du puzzle eux-mêmes. Quel beau casse-tête ! En essayant de comprendre ce qui s'était passé ce matin-là, ils arriveraient peut-être à une solution plausible, à une explication que lui n'avait pas trouvée, mais il en doutait.

Il arriva au quatrième, et se lançait déjà vers le cinquième. Sa main droite s'enfonçait dans son cou. Il saignait peut-être ; ou était-ce la pluie ? Une pluie chaude qui lui tombait sur la poitrine et les jambes. Encore deux niveaux, et ensuite, le toit. Au-dessous, le métal bourdonnait du bruit que faisait la myriade de pattes en montant vers lui. Il avait compté sur leur adoration et il avait eu raison. Le toit n'était plus qu'à une douzaine de marches, il risqua un deuxième coup d'œil vers le bas, glissa le regard sur son corps (ce n'était pas de la pluie qu'il avait sur lui), et il vit la masse compacte des mains sur l'escalier de secours, comme des pucerons sur la tige d'une fleur. Non, voilà encore une métaphore ! Arrêtons !

Un vent frais soufflait sur les hauteurs, mais Charlie n'avait pas le temps de goûter ses promesses. Il enjamba le parapet de cinquante centimètres et se retrouva sur le toit en terrasse recouvert de gravier. Des cadavres de pigeons gisaient dans des flaques, des fissures serpentaient sur le béton, un contenu vert émanait d'un seau renversé étiqueté « pansements usagés ». Charlie se mit à traverser cette contrée sauvage au moment où les premiers éléments de l'armée de doigts sautaient le parapet.

Sa douleur à la gorge arrivait à son cerveau à présent affolé, tandis que ses doigts traîtres s'insinuaient autour de la trachée artère. Il lui restait peu d'énergie après sa course folle dans l'escalier, et la traversée du toit (vers la chute libre sur le béton) fut difficile. Il trébucha une fois, puis encore. Ses jambes s'étaient vidées de toute force, son esprit se noyait dans une suite de pensées sans queue ni tête plutôt que de suivre une idée cohérente. Une énigme bouddhiste, vue un jour sur la couverture d'un livre, lui chatouillait les méninges.

Elle commençait par : « *Quel bruit fait... ?* » Mais il avait beau s'efforcer, il ne parvenait pas à finir la question.

« *Quel bruit fait... ?* »

Laisse tomber les énigmes, dit-il, en priant pour que ses jambes flageolantes fassent encore un pas, puis un autre. Il tomba presque contre le garde-fou, à l'autre bout de la terrasse, il fixa le vide. C'était vraiment une chute libre ! Il y avait un parking en dessous, devant le bâtiment. Il était vide. Charlie se pencha davantage et de nouvelles gouttes de sang coulèrent de son cou lacéré, se firent très vite de plus en plus petites en approchant du sol. J'arrive, dit-il, s'adressant à la pesanteur, et à Ellen ; puis il pensa comme ce serait bon de mourir, de ne plus jamais se tracasser si ses gencives saignaient lorsqu'il se brossait les dents, si sa taille prenait des centimètres en trop, ou s'il croisait dans la rue une beauté qu'il aurait voulu embrasser sur la bouche sans jamais pouvoir le faire. Et soudain il fut encerclé, l'armée fourmillante lui escaladaient les jambes, dans la fièvre de la victoire.

« Venez donc ! dit-il, tandis que ses ennemies, enthousiastes et stupides, lui couvraient le corps de la tête aux pieds. Venez partout avec moi ! »

« *Quel bruit fait... ?* » Il avait la fin de la question sur le bout de la langue.

Ah oui ! elle lui revenait : « *Quel bruit fait une seule main qui applaudit ?* » Comme il était satisfaisant de se rappeler une chose après avoir fait tant d'efforts pour l'extraire de son subconscient ! Autant que de retrouver un bibelot perdu ! La joie du souvenir adoucit ses derniers instants. Il se jeta dans le vide, tomba, tomba, jusqu'à la fin brusque de l'hygiène dentaire et des jeunes beautés. Les mains suivirent en cascade derrière lui, elles se fracassaient autour de son corps, sur le béton, vague après vague, elles se jetaient dans la mort à la poursuite de leur Messie.

Pour les infirmières et les malades agglutinés aux fenêtres, cette scène appartenaient à un monde fantastique ; une pluie de grenouilles aurait été banale en comparaison. Le tableau inspirait plus l'épouvante sacrée que la terreur ; c'était fabuleux. La scène s'arrêta trop vite, et au bout d'une minute environ, quelques âmes courageuses s'aventurèrent dehors pour voir ce qu'il y avait à voir, au milieu des restes. C'était énorme, et pourtant infime. Bien sûr, le spectacle était rare, horrible, inoubliable. Mais il n'apportait rien, n'apprenait rien ; ne montrait que des accessoires d'apocalypse mineure. Rien à faire d'autre que nettoyer, les mains des volontaires renaclaient à cataloguer les cadavres et à les ranger en boîtes pour examen ultérieur. Certains de ceux qui avaient participé à l'opération trouvèrent un moment de solitude pour prier, afin de comprendre, ou du moins de retrouver un sommeil sans rêves. Parmi le personnel, même les agnostiques furent surpris de voir comme il était facile de joindre les mains, paume contre paume.

Dans sa chambre individuelle, au service de réanimation, Boswell reprenait conscience. Il tendit le bras vers la sonnette à côté de son lit et appuya, mais personne ne répondit. Il y avait quelqu'un dans sa chambre, caché dans le coin, derrière le paravent. Il avait entendu les pas de l'intrus.

Il pressa de nouveau le bouton de la sonnette, mais ça sonnait de partout dans le bâtiment, et personne ne semblait vouloir répondre. Utilisant la table de chevet comme point d'appui, il se hissa sur le bord de son lit pour mieux voir le plaisantin.

« Sortez de là », souffla-t-il entre ses lèvres sèches.

Mais le salaud prenait son temps. « Allez... je sais que vous êtes là. »

Il se hissa davantage, sans savoir pourquoi, il se rendit soudain compte que son centre de gravité avait complètement changé de place, qu'il n'avait plus de jambes et qu'il allait tomber du lit. Il projeta les bras en avant pour éviter de se cogner la tête par terre et réussit son coup. Le choc lui coupa le souffle cependant. Il resta sur place, un peu sonné, et il essaya de s'orienter. Que s'était-il passé ? Où étaient ses jambes, par le dieu des Rastas, *où étaient ses jambes ?*

Ses yeux rougis examinèrent la chambre, et vinrent se poser sur les pieds nus qui n'étaient plus qu'à un mètre de son nez. Ils avaient une étiquette à la cheville, indiquant : « A brûler ». Son regard remonta, c'étaient ses jambes à lui qui se tenaient là coupées entre l'aine et le genou, mais elles vivaient toujours, donnaient des coups. Il pensa un instant qu'elles voulaient lui faire du mal, mais non. Après s'être fait reconnaître, elles le laissèrent en plan, heureuses d'être libres.

Il se demanda si ses yeux leur enviaient leur liberté, si sa langue brûlait de sortir de sa bouche pour s'enfuir, et si chaque partie de son corps se préparait à le déserter à sa manière. Il n'était qu'un assemblage maintenu par la plus ténue des trêves. Alors, ce précédent étant établi, combien de temps attendrait-on le soulèvement suivant ? Des minutes ? Des années ?

La nausée à la bouche, il attendait la chute de l'empire.

La condition inhumaine

« Alors, c'est toi, hein ? » demanda Red, en empoignant la loque humaine par l'épaule de sa gabardine minable.

« Que voulez-vous dire ? » répondit le clochard au visage incrusté de crasse. De ses yeux de rongeur, l'homme examinait le quarteron des jeunes qui l'avaient coincé là. Le tunnel où ils l'avaient surpris à se soulager ne renfermait pas grand espoir de salut ; tous quatre le savaient, et lui aussi, apparemment. « Je ne sais pas ce que vous voulez dire.

— Tu t'es exhibé devant des enfants », répondit Red.

L'homme secoua la tête, une traînée de bave coula de sa lèvre dans la broussaille épaisse de sa barbe. « Je n'ai rien fait », dit-il, insistant.

Sans se presser, Brendan se dirigea vers lui, ses pas lourds sonnaient creux dans le tunnel. « Quel est votre nom ? » demanda-t-il, avec une courtoisie trompeuse. Bien qu'il n'ait ni la taille de Red ni ses manières de chef, Brendan portait sur la joue, de la tempe à la mâchoire, une cicatrice suggérant qu'il connaissait la douleur, pour l'avoir subie et fait subir. « *Votre nom !* exigea-t-il, je ne le redemanderai pas !

— Pope, marmonna le vieillard. M. Pope. »

Brendan eut un large sourire.

« *Monsieur* Pope ? dit-il. Eh bien, nous avons appris que

vous exposiez votre affreuse petite bite rancie devant d'innocents petits enfants. Qu'avez-vous à répondre ?

— Non, c'est faux », répondit Pope, en secouant la tête. « Je n'ai jamais fait ça ! » Lorsqu'il fronça les sourcils, la crasse de sa figure, cette seconde peau de saletés accumulées au fil des mois, se craquela à la façon d'un dallage irrégulier. Sans l'odeur de spiritueux qui émanait de sa personne et oblitérait le plus gros de sa puanteur corporelle, il eût été quasiment impossible de se tenir à moins d'un mètre de lui. Cet homme était une épave humaine ; une honte pour son espèce.

« A quoi bon s'en occuper ? dit Karney. Il pue. »

Red lui lança un regard par-dessus son épaule pour lui intimer silence. Karney, dix-sept ans, était le plus jeune et, dans la hiérarchie tacite du quartet, son avis comptait à peine. Reconnaissant son erreur, il se tut, et Red reporta son attention sur le vagabond. Il poussa Pope dos à la paroi du tunnel. En se cognant contre le béton, le vieillard poussa un cri dont l'écho ricocha d'un côté à l'autre. Karney, qui par expérience savait comment allait se dérouler la scène, s'éloigna et examina une nuée dorée de moucherons à l'entrée du tunnel. Même s'il aimait la compagnie de Red et des deux autres — leur camaraderie, les larcins, les beuveries —, il n'avait jamais particulièrement goûté ce petit jeu-là. Il ne voyait pas l'intérêt de débusquer les épaves imbibées comme Pope pour les tabasser et leur ôter de la cervelle le peu de sens qui s'y trouvait. Cela lui donnait le sentiment d'être ignoble et il refusait d'y prendre part.

Red dégagea Pope du mur et lui cracha un flot d'injures à la face, puis, comme il ne parvenait pas à lui soutirer de réaction valable, il le balança une deuxième fois contre la paroi, plus fort que la première, ensuite de quoi il saisit le type par ses deux revers et lui secoua les os comme des castagnettes. Pope jeta sur la voie un regard plein de panique. Un chemin de fer avait jadis suivi cet itinéraire, à travers Highgate et Finsbury Park. A présent, les rails n'y étaient plus et la voie faisait partie du parc public fréquenté par les sportifs du petit matin et les amoureux du soir tard. Mais là, en plein milieu de cet après-midi chaude et humide, la voie était déserte dans les deux sens.

« Hé ! dit Catso, ne lui casse pas ses bouteilles !

— T'as raison, dit Brendan, vaudrait mieux lui rafler sa gnôle avant de lui faire péter la cervelle. »

Entendant qu'on allait lui voler sa boisson, Pope se mit à se battre, mais ses coups ne servirent qu'à enrager davantage son adversaire. Red était de fort méchante humeur. Comme la plupart de ces journées d'été indien, celle-ci avait été moite et morne. Quelle arrière-saison foutument monotone ! Rien à faire, et rien à dépenser. On avait dû recourir au jeu : Red choisissait le rôle du lion, et Pope avait celui du chrétien, voilà !

« Tu vas te faire mal si tu continues, l'avertit Red, on veut seulement voir ce que tu as dans les poches.

— Ça ne vous regarde pas », rétorqua Pope, et pendant un moment il parla comme s'il avait jadis eu l'habitude d'être obéi. A cette explosion soudaine, Karney se détourna de ses moucherons pour scruter la figure émaciée de Pope. Des tares sans nom l'avaient vidée de toute dignité ou vigueur, mais il y restait quelque chose, qui transparaissait sous la crasse. Karney se demanda ce qu'avait bien pu être cet homme. Un banquier ? Un juge, à présent définitivement perdu pour la Magistrature ?

Voilà que Catso venait d'entrer dans la bagarre pour fouiller les vêtements de Pope, tandis que Red maintenait son prisonnier par la gorge, contre la paroi du tunnel. Pope repoussait de son mieux les attentions malvenues de Catso, ses bras tournaient comme des moulins à vent, ses yeux se faisaient de plus en plus furieux. « Ne résiste pas, sinon ce sera pire pour toi », lui conseilla vivement Karney. Mais le vieillard semblait au bord de la panique ; il émettait de petits grognements de protestation qui tenaient plus du cri animal que de l'humain.

« Quelqu'un pour lui tenir les bras ! » dit Catso, esquivant l'attaque de Pope. Brendan lui saisit les poignets et lui tordit les bras au-dessus de la tête pour faciliter la fouille. Même ainsi, tout espoir perdu, Pope continuait à se tortiller comme un ver. Il réussit à placer un sacré coup de pied dans le tibia gauche de Red, et reçut une sérieuse châtaigne en retour. Le sang coula de son nez dans sa bouche. Il y aurait encore de la couleur, Karney le savait. Il en avait vu des scènes de types éclatés : rouleaux d'intestins luisants, vifs, graisse jaune, lueurs violettes ; l'enveloppe grise du corps de Pope renfermait tout cet éclat. Karney ne savait pas très bien pourquoi lui venait une telle pensée. Elle le désolait ; il essaya de recentrer son intérêt sur les moucherons, mais Pope attira de nouveau son attention lorsqu'il poussa un cri d'angoisse au moment où Catso lui déchirait un de ses nombreux gilets pour atteindre les couches inférieures.

« *Salauds !* » brailla Pope, sans paraître se soucier des conséquences pourtant inévitables de ses insultes. « Tirez-moi vos pattes merdeuses de là ou je vous fais tous *crever !* » Le poing de Red mit fin aux menaces, et le sang coula encore. Pope le recracha sur son tortionnaire. « Ne me cherchez pas, dit Pope, d'une voix qui se fit murmure. Je vous aurai prévenus...

— Tu sens le chien crevé, dit Brendan. C'est ce que tu es ? Un chien crevé ? »

Pope ne daigna même pas lui répondre ; il avait les yeux fixés sur Catso qui lui vidait systématiquement toutes ses poches de manteau et de gilets, et déversait une misérable collection de souvenirs par terre dans le tunnel.

« Karney, jeta Red, regarde un peu dans ce bazar! Vois s'il y a quelque chose de valable. »

Karney contempla les babioles en plastique et les rubans sales ; les chiffons de papier (le bonhomme était-il poète ?) et les bouchons de vin. « Rien que des saloperies, dit-il.

— Regarde quand même, ordonna Red. Pourrait y avoir de l'argent enveloppé là-dedans. » Karney ne bougea pas. « *Regarde,* nom de nom ! »

A contrecœur, Karney s'accroupit et se mit en devoir de passer au crible le monceau de cochonneries que Catso continuait à déposer par terre. Au premier coup d'œil il vit bien que rien de tout cela n'avait de valeur, même si certains articles (photos écornées, notes parfaitement indéchiffrables) pouvaient représenter un indice pour comprendre le genre d'homme qu'avait été Pope avant que son ivrognerie et sa folie naissante aient chassé ses souvenirs. Aussi curieux que cela puisse paraître, Karney souhaitait respecter l'intimité de Pope. Il ne lui restait rien d'autre.

« Rien là-dedans », annonça-t-il après un examen rapide. Mais Catso n'avait pas fini la fouille ; plus il enfonçait ses mains avides, et plus elles trouvaient de couches d'habits crasseux. Pope avait davantage de poches qu'un maître magicien.

Karney leva le nez du pitoyable amas d'objets personnels et fut très mal à l'aise de voir les yeux de Pope posés sur lui. Le vieil homme, épuisé et battu, ne contestait plus. Il faisait pitié. Karney ouvrit les mains pour lui montrer qu'il n'avait rien pris dans le tas. En guise de réponse, Pope lui fit un petit signe de tête.

« Je l'ai ! cria triomphalement Catso, je l'ai la garce ! » et il tira une bouteille de vodka de l'une des poches. Qu'il fût trop faible pour remarquer qu'on le dépouillait de sa bouteille, ou trop fatigué pour s'en soucier, toujours est-il que Pope n'émit aucune plainte quand on la lui déroba.

« Rien d'autre ? » demanda Brendan. Il avait attrapé un fou rire : un rire haut perché, signal de son énervement grandissant. « Peut-être que ce chien en a encore par là », dit-il, laissant retomber les mains de Pope, et écartant Catso. Ce dernier ne broncha pas de se voir ainsi traité ; il avait sa bouteille, il était content. Il cassa le goulot, pour éviter d'être contaminé, et il se mit à boire, assis sur ses talons. Red relâcha Pope maintenant que Brendan avait pris le relais. Visiblement, le petit jeu ne l'amusait plus. Et puis, Brendan commençait à y prendre goût.

Red avança jusqu'à Karney et, de la pointe de sa botte, il renversa la pile des biens de Pope.

« Saloperies de merde, constata-t-il, d'un ton neutre.

— Ouais », dit Karney, qui espérait que la désaffection de Red sonnerait la fin de l'humiliation du vieux.

Mais Red avait jeté la balle dans le camp de Brendan, et ne s'aviserait pas de la lui reprendre. Karney connaissait les aptitudes de Brendan à la violence, et il n'avait aucun désir de le revoir à l'œuvre. Avec un soupir, il se leva et tourna le dos aux activités de Brendan. L'écho renvoyé par les parois du tunnel était cependant trop éloquent : un mélange de coups et d'obscénités haletantes. D'après les expériences passées, rien n'arrêterait Brendan tant qu'il n'aurait pas passé sa colère. Celui qui aurait été assez fou pour l'interrompre se serait retrouvé victime à son tour. Red était allé jusqu'à l'autre bout du tunnel, avait allumé une cigarette, et il regardait infliger la correction, avec une certaine décontraction. Karney jeta un coup d'œil à Catso. Il n'était plus sur les talons, mais sur les fesses, par terre, la bouteille de vodka entre ses jambes allongées. Il souriait aux anges, sans entendre le ruissellement de prières qui tombaient des mâchoires cassées de Pope.

Karney eut mal au cœur. Pour distraire son attention du châtiment, plutôt que par réel intérêt, il revint aux déchets tirés des poches de Pope, il retourna le tas, et ramassa une photo pour l'examiner. Elle représentait un enfant, mais il était impossible d'y voir ou deviner un air de famille ; le visage de Pope était à peine reconnaissable à présent. Il avait déjà un œil qui se fermait à mesure que la peau enflait tout autour. Karney rejeta la photo sur le tas de souvenirs. Ce faisant, il aperçut un morceau de cordelette à nœuds qu'il n'avait d'abord pas remarqué. De nouveau il lança un coup d'œil à Pope. Son œil bouffi était fermé ; l'autre semblait aveugle. Content de ne pas être regardé, Karney tira sur la cordelette lovée comme un serpent dans son nid au milieu du bric à brac. Les nœuds le fascinaient, l'avaient toujours fasciné. Même s'il n'avait jamais été doué pour résoudre les difficultés scolaires (les mathématiques restaient pour lui un mystère ; les complexités de la langue également), il avait toujours eu un goût pour les problèmes plus concrets. Si on lui donnait un nœud, un puzzle ou un horaire de chemin de fer, il était heureux de s'y plonger et s'y perdre pendant des heures. Ce goût remontait à son enfance solitaire : lorsque l'on n'a ni père, ni frère, ni sœur pour se distraire, quel meilleur compagnon qu'un casse-tête chinois ?

Il tourna et retourna le bout de ficelle, examinant les trois nœuds à un pouce l'un de l'autre. Ils étaient gros, asymétriques, et semblaient ne servir aucun but particulier sauf, peut-être, celui de passionner les cerveaux comme le sien. Comment expliquer leur construction habile autrement que par le désir de leur concepteur de créer un problème quasi insoluble ? Karney laissa glisser ses doigts sur la surface des nœuds, chercha instinctivement du jeu, mais on les avait si brillamment conçus qu'il aurait été impossible de passer une aiguille, même très fine, entre leurs brins serrés. Le défi qu'ils représentaient était trop séduisant pour ne pas être relevé. De nouveau, il leva les yeux vers le vieux. Brendan s'était apparemment lassé de sa besogne ; au moment où Karney regarda, il balançait le vieillard contre la paroi du tunnel et le laissait glisser à terre. Il le laissa là, prostré. Une puanteur bien définie de vespasienne s'éleva du corps.

« C'était bon », prononça Brendan, comme s'il sortait d'une bonne douche tonifiante. Une pellicule de sueur, due à l'exercice, luisait sur ses traits colorés ; son sourire lui fendait la bouche d'une oreille à l'autre. « Donne-moi un peu de cette vodka, Catso.

— Y'a plus, articula difficilement Catso en retournant la bouteille. Y'en avait qu'une gorgée.

— T'es un con de menteur, lui dit Brendan, toujours tout sourire.

— Et alors ? » répondit Catso, puis il balança la bouteille vide. Elle se brisa. « Aide-moi à me relever », demanda-t-il à Brendan. Celui-ci, toujours de très bonne humeur, aida Catso à se remettre sur pieds. Red sortait déjà du tunnel ; les autres suivirent.

« Hé, Karney, dit Catso par-dessus son épaule, tu viens ?

— J'arrive !

— Tu veux encore le baiser ce chien ? » suggéra Brendan.

Catso se rendit presque malade de rire en entendant cette remarque. Karney ne répondit pas. Il resta debout, les yeux rivés sur la forme inerte affalée par terre dans le tunnel, guettant une lueur de conscience. Il n'en vit pas. Il regarda dans la direction des autres : tous trois lui tournaient le dos et descendaient le chemin. Très vite, Karney empocha la cordelette. Le larcin ne prit que quelques secondes. Après l'avoir cachée en sûreté, il éprouva un sentiment de triomphe tout à fait démesuré, vu les bienfaits qu'elle allait lui apporter. Il pensait déjà aux heures de plaisir qu'allaient lui procurer les nœuds. Heures pendant lesquelles il s'oublirait, lui et son vide ; il oublirait l'été stérile et le prochain hiver sans amour ; il oublierait aussi le vieillard étendu dans ses déjections à quelques mètres de là.

« Karney ! » appela Catso.

Karney tourna le dos à Pope et s'éloigna peu à peu du corps et de son cortège de vieilleries. A quelques pas de l'entrée du tunnel, il entendit le vieux grommeler quelque chose dans son délire, derrière lui. Ses paroles étaient incompréhensibles. Mais, par un effet d'accoustique, les parois du tunnel en amplifiaient le son. La voix de Pope s'élançait d'avant en arrière et encore en avant, emplissant le tunnel de murmures.

Ce ne fut que beaucoup plus tard cette nuit-là, que, seul dans sa chambre, tandis que sa mère endormie pleurait dans la pièce voisine, Karney eut le loisir d'étudier les nœuds. Il n'avait soufflé mot de son vol ni à Red, ni aux autres ; son larcin avait si peu d'importance qu'ils se seraient moqués de lui. Et en outre, les nœuds lui offraient un défi personnel, qu'il relèverait — et perdrait sans doute — en privé.

Après un temps de réflexion, il choisit le nœud par lequel il allait commencer, et il s'y attaqua. Il perdit presque immédiatement la notion du temps ; son problème l'absorbait entièrement. Heureux et frustré, il passa, sans s'en apercevoir, des heures à analyser l'enchevêtrement des brins et à chercher une logique cachée dans leur agencement. Il n'en trouvait pas. S'il *existait* vraiment une méthode dans la combinaison, elle lui échappait. Il ne pouvait rien espérer d'autre que de procéder par tâtonnements. L'aube menaçait d'éclairer à nouveau le monde lorsqu'il abandonna finalement la cordelette pour dérober quelques heures de sommeil ; en une nuit de labeur il avait tout juste réussi à desserrer une minuscule fraction du nœud.

Pendant les quatre jours suivants, le problème devint *une idée fixe,* une obsession hermétique qui le happait à la moindre occasion ; il triturait le nœud de ses doigts gourds à force de constance. Son casse-tête le captivait comme peu de choses l'avaient fait dans sa vie d'adulte ; devant le nœud, il était sourd et aveugle au monde extérieur. Installé dans sa chambre, la nuit, à la lumière électrique, ou dans un parc pendant la journée, il avait presque l'impression d'être attiré au cœur des brins emmêlés car ses sens s'y concentraient si intensément qu'ils pénétraient plus avant que la lumière. Mais, malgré ses efforts persistants, il ne parvenait que très lentement à le démêler. Contrairement à la plupart des nœuds auxquels il s'était attaqué et qui, une fois partiellement desserrés, livraient complètement leur solution, celui-ci avait une structure conçue avec tant d'adresse que si l'on en soulevait un élément, il n'en résultait qu'un resserrement et un tassement des autres. Peu à peu, il comprit que l'astuce consistait à travailler sur tous les côtés à la même cadence : desserrer d'une fraction sur une face, puis tourner sur la face suivante et ainsi de suite. Cette rotation systématique, bien que fastidieuse, apporta peu à peu des résultats.

Entre-temps, il ne vit ni Red, ni Brendan, ni Catso ; leur silence laissait supposer qu'ils pleuraient autant son absence que lui la leur. Il fut donc surpris de voir Catso se pointer le vendredi soir. Il venait le chercher, avec une proposition : Brendan et lui avaient découvert une maison bonne à cambrioler et avaient besoin de Karney pour faire le guet. Il avait rempli deux fois ce rôle par le passé.

Il s'était agi chaque fois d'une petite effraction, la première avait permis d'embarquer un certain nombre de bijoux vendables, et la deuxième plusieurs centaines de livres en liquide. Cette fois-ci, cependant, il faudrait faire le boulot sans Red ; il était de plus en plus entiché d'Anelisa qui, selon Catso, lui avait fait jurer de laisser tomber les petits casses et de garder son talent pour les coups plus importants. Karney (ainsi que Brendan sans aucun doute) eut le sentiment que Catso brûlait de faire la preuve de ses capacités de délinquance sans Red. Catso soutint que la maison choisie était une cible facile, et que Karney serait sacrément idiot de laisser filer un délestage aussi aisé. Celui-ci adopta l'enthousiasme de son copain, l'esprit occupé par un autre délestage. Lorsque Catso eut enfin fini son baratin, Karney accepta le boulot, non pas pour l'argent, mais parce qu'en acceptant il reviendrait plus vite à son nœud.

Beaucoup plus tard ce soir-là, ils se retrouvèrent, comme l'avait proposé Catso, pour repérer l'emplacement du boulot proposé. A coup sûr, le site évoquait la facilité. Karney avait souvent passé le pont d'Hornsey Lane pour traverser Archway Road, mais il n'avait jamais remarqué le raidillon — moitié marches, moitié sentier — qui courait le long du pont pour arriver à la route en bas. L'entrée était étroite et facile à louper, et seule une lampe en éclairait les lacets, d'une clarté assombrie par les arbres des jardins qui le bordaient. C'étaient ces jardins — aux clôtures faciles à escalader ou à défoncer — qui offraient un accès si parfait aux maisons. Le voleur qui empruntait le raccourci pouvait aller et venir en toute impunité, sans être vu par les utilisateurs de la route du haut, et du bas. L'organisation de l'opération demandait que l'on fasse le guet sur le sentier pour avertir les autres à l'approche d'un piéton éventuel. Cette tâche incomberait à Karney.

La nuit du lendemain fut un régal pour les cambrioleurs. Fraîche sans être froide; nuageuse sans être pluvieuse. Ils se retrouvèrent à Highgate Hill, à la porte de l'Eglise des Pères de la Passion, et de là, ils prirent la direction d'Archway Road. Brendan avait prétendu qu'ils attireraient davantage l'attention s'ils prenaient le sentier par le haut. Les patrouilles de police étaient plus fréquentes sur Hornsey Lane, en partie à cause de l'attrait irrésistible du pont sur les dépressifs du coin. Pour les suicidaires, l'emplacement présentait de sérieux avantages : le principal étant que si la chute de vingt mètres ne les tuait pas, les énormes poids lourds filant vers le sud sur Archway Road ne pouvaient les rater.

Brendan planait ce soir-là, heureux de mener les autres plutôt que de se trouver en deuxième position derrière Red. Il n'arrêtait pas de papoter, histoires de femmes surtout. Karney laissa à Catso la place de choix aux côtés de Brendan et il resta un peu en arrière, la main dans la poche de son blouson où l'attendaient ses nœuds. Ces dernières heures, fatigué par tant de nuits d'insomnie, il avait vu la cordelette lui jouer des tours; à un certain moment, elle avait même semblé bouger dans sa main, comme si elle se desserrait toute seule, de l'intérieur. Même là, pendant qu'ils approchaient du petit chemin, il lui sembla la sentir remuer dans sa paume.

« Hé, les gars... regardez ça ! » Catso montrait du doigt le haut du sentier dont toute la longueur était plongée dans l'obscurité. « Quelqu'un a pété la lampe.

— Doucement ! » lui dit Brendan en prenant la tête pour remonter le chemin. L'obscurité n'était pas totale; un reste de clarté montait d'Archway Road. Mais filtrée par la masse dense des bosquets, la lumière perçait à peine la nuit du petit chemin. Karney voyait à peine ses mains devant son visage. Mais sans aucun doute, l'obscurité dissuaderait les piétons les moins sûrs d'eux d'emprunter le raccourci. Arrivés à mi-course, Brendan arrêta son petit groupe.

« Voici la maison, annonça-t-il.

— Tu es sûr ? dit Catso.

— J'ai compté les jardins. C'est celui-là. »

La clôture bordant le bas du jardin était en état de délabrement avancé ; Brendan n'eut qu'une petite manutention à opérer — le bruit fut couvert par le vrombissement d'un gros bus de nuit sur le macadam en contrebas — pour leur permettre un accès facile. Il écarta les ronces qui poussaient librement au bout du jardin et Catso le suivit, jurant contre les épines. Brendan le fit taire par un deuxième juron, puis il se tourna vers Karney.

« On y va. On sifflera deux fois en sortant de la baraque. Tu te rappelles les codes ?

— Il est pas idiot. Pas vrai, Karney ? Il y arrivera. Bon, alors, on y va oui ou non ? »

Brendan n'en dit pas plus. Les deux silhouettes négocièrent leur passage dans les ronces et arrivèrent au jardin proprement dit. Une fois sur la pelouse, à découvert, on voyait leur ombre grise se découper sur la maison. Karney les regarda avancer vers la porte de derrière, il entendit l'ouverture lorsque Catso — de loin le plus habile des deux — força la serrure ; ensuite le duo s'infiltra à l'intérieur. Karney se retrouva seul.

Pas *tout à fait* seul. Il avait toujours ses compagnons sur la corde. Il jeta un coup d'œil à la ronde sur le sentier, ses yeux s'habituaient à la clarté diffuse de l'éclairage public. Il n'y avait personne. Satisfait, il sortit les nœuds de sa poche. Ses mains étaient des fantômes devant lui ; il voyait à peine les nœuds. Et sans être vraiment guidés par sa volonté, ses doigts recommencèrent leur investigation, et, aussi étrange que cela puisse paraître, il progressa davantage en ces quelques secondes de manipulation aveugle qu'au cours des nombreuses heures précédentes. Sans ses yeux, il y allait purement à l'instinct, et cela faisait merveille. Il eut derechef la déroutante sensation d'une intentionnalité de la part du nœud, comme s'il s'efforçait de plus en plus de se desserrer tout seul. Encouragés par le goût de la victoire, les doigts de Karney glissaient sur le nœud avec une précision inspirée, et semblaient se poser exactement sur les brins à manipuler.

Le jeune homme jeta de nouveau un coup d'œil sur le sentier pour s'assurer qu'il était toujours désert, puis il regarda vers la maison. La porte était restée ouverte ; pourtant il n'y avait aucun signe de Catso, ni de Brendan. Il reporta son attention sur le problème qu'il avait en main ; il eut presque envie de rire tant le nœud se défaisait soudain si facilement.

Animés sans doute par son excitation croissante, ses yeux s'étaient mis à lui jouer un tour surprenant. Des éclairs de couleur — aux teintes rares, indescriptibles — s'allumaient devant lui, jaillissaient du cœur du nœud. La lumière accrocha ses doigts au travail, rendant sa chair translucide. Il voyait ses terminaisons nerveuses, rayonnantes d'une sensibilité nouvelle ; le squelette de ses phalanges, visible jusqu'à la moelle. Puis, presque aussi brusquement qu'elles étaient nées, les couleurs mouraient, laissant ses yeux ensorcelés plongés dans le noir, jusqu'à ce qu'elles renaissent en flammes.

Son cœur se mit à résonner dans ses oreilles. Il avait le sentiment que le problème était à *quelques secondes* de sa solution. Les brins entrelacés se dénouaient littéralement ; voilà que ses doigts étaient les jouets de la cordelette, et non le contraire. Il forma des boucles pour faire passer les deux autres nœuds ; il tira, il poussa ; le tout sur les ordres de la cordelette.

Et voilà que les couleurs revenaient, mais cette fois ses doigts restèrent invisibles : il vit seulement luire quelque chose au cours des derniers soubresauts du nœud. La forme se tortilla comme un poisson hors de l'eau, grossit à mesure qu'il défaisait les entrelacs. Le martèlement dans sa tête redoubla. Autour de lui, l'air s'était fait presque visqueux, il se serait cru dans un bain de boue.

On siffla. Il savait que le signal aurait dû signifier quelque chose pour lui, mais il ne se rappelait pas quoi. Il avait trop de distractions : l'air épaississait, sa tête résonnait, le nœud se défaisait tout seul dans ses mains impuissantes tandis que la forme logée au centre — sinueuse, scintillante — enrageait et s'enflait.

Le sifflement se fit entendre à nouveau. Cette fois, l'urgence qu'il renfermait le tira de sa transe. Il leva la tête. Brendan traversait déjà le jardin, suivi par Catso à quelques pas derrière. Karney n'eut qu'un instant pour enregistrer leur apparition avant que le nœud ait commencé la phase finale de son dénouement. La dernière barrière tomba, et la forme centrale bondit au visage de Karney — grossissant à une vitesse exponentielle. Il se rejeta en arrière pour éviter de se faire arracher la tête, et la chose le frôla. Etourdi, il chancela dans l'enchevêtrement des ronces et tomba sur un coussin d'épines. Au-dessus de lui, les feuillages étaient agités comme par grand vent. Tomba autour de lui une pluie de feuilles et de brindilles. Il tenta d'apercevoir la forme dans les branches, mais elle avait déjà disparu.

« Pourquoi n'as-tu pas répondu, espèce d'enfoiré ? demanda Brendan. On croyait que tu t'étais barré. »

Karney s'était à peine rendu compte de l'arrivée de Brendan à bout de souffle, il scrutait toujours le dais de feuillage au-dessus de sa tête. Une odeur fade de boue froide lui emplissait les narines.

« Tu ferais mieux de te remuer », dit Brendan, en

passant à travers la barrière défoncée pour se retrouver sur le sentier. Karney se débattit pour se remettre sur pied, mais les ronces et les épines ralentissaient ses mouvements, accrochant ses cheveux et ses vêtements.

« Merde ! entendit-il Brendan souffler, à l'autre bout de la barrière. La police, sur le pont ! »

Catso avait atteint le bas du jardin.

« Qu'est-ce que tu fais là ? », demanda-t-il à Karney.

Karney leva la main. « Aide-moi ! », dit-il. Catso le saisit par le poignet, mais au même moment Brendan siffla : « *Police ! Magnez-vous !* » Et Catso renonça à l'aider pour se précipiter sous la palissade à la suite de Brendan qui détalait en direction d'Archway Road. Karney, étourdi, ne mit que quelques secondes pour comprendre que la cordelette, avec ses deux nœuds restants, lui avait échappé des mains. Il ne l'avait pas lâchée, il en était certain. Elle l'avait plutôt délibérément déserté, au seul moment possible où sa main avait été brièvement en contact avec celle de Catso. Il tendit le bras pour empoigner la clôture pourrie et se hisser sur pied. Police ou non, il fallait prévenir Catso de ce qu'avait fait la cordelette. Il y avait pire que les forces de l'ordre dans les parages.

Dévalant le chemin à toute vitesse, Catso n'était même pas conscient que les nœuds avaient furtivement trouvé le chemin de sa main, il était trop absorbé par sa fuite. Brendan avait déjà disparu dans Archway Road, il avait filé. Catso risqua un coup d'œil par-dessus son épaule pour voir s'il avait la police aux trousses. Il n'en vit aucun signe. Il réfléchit que même si les policiers décidaient de le prendre en chasse, ils ne pourraient le rattraper. Il restait Karney. Catso ralentit l'allure, puis il s'arrêta, et regarda en arrière pour voir si cet idiot se pointait derrière, mais il n'avait même pas encore franchi la clôture.

« Au diable, mon vieux ! » souffla Catso. Peut-être devrait-il rebrousser chemin pour aller le chercher ?

Comme il hésitait dans le noir, sur le sentier, il découvrit que ce qu'il avait pris pour des rafales de vent, au-dessus de sa tête, dans les arbres, avait brusquement cessé. Le silence soudain le dérouta. Il arracha son regard au chemin pour le porter sous la voûte des branches, et ses yeux épouvantés se fixèrent sur la forme qui rampait vers lui en apportant avec elle une odeur nauséabonde de boue et de décomposition. Lentement, comme en rêve, il leva les bras pour empêcher la créature de le toucher ; mais elle tendit ses membres glacés et humides, et elle le saisit.

En franchissant la barrière, Karney aperçut Catso qui se faisait basculer et traîner sous le couvert des arbres ; il vit ses jambes pédaler dans l'air tandis que les objets volés lui tombaient des poches et dévalaient la pente en direction d'Archway Road.

Ensuite Catso cria comme un putois, et ses jambes pendantes se mirent à remuer encore plus frénétiquement. Karney entendit appeler en haut du chemin. Il devina qu'un policier avait hélé un collègue, car l'instant suivant, il entendit un pas de course. Il leva les yeux vers Horney Lane — les agents n'étaient pas encore arrivés en haut du sentier — et ensuite il reporta son regard dans la direction de Catso, juste à temps pour entrevoir son corps tombant d'un arbre. Il toucha terre mollement, mais dans la seconde il se ramassa et se redressa. Catso regarda hâtivement en arrière, vers Karney. Même sous le faible éclairage au sodium, son visage avait une expression démente. Puis il se mit à courir. Satisfait d'avoir vu démarrer Catso, Karney se faufila sous la barrière au moment où les deux policiers apparaissaient en haut du raidillon pour prendre le fuyard en chasse. Tout cela — nœud, voleurs, poursuite, cri et tout — n'avait pris qu'une poignée de secondes, pendant lesquelles Karney n'avait pas respiré. A présent, étendu sur un coussin de ronces, il haletait comme un poisson hors de l'eau, tandis que de l'autre côté, les policiers dévalaient la pente, hurlant derrière leur suspect.

Catso n'entendait quasiment pas leurs sommations. Il ne fuyait pas la police, non, mais la chose boueuse qui l'avait soulevé à hauteur de sa tête fendue et pleine de chancres. A présent, en approchant d'Archway Road, il sentit ses membres trembler. Si ses jambes flanchaient, il était sûr que la chose allait revenir le chercher pour lui appliquer sa bouche sur les lèvres comme la première fois. Seulement, cette fois, il n'aurait pas la force de crier ; elle lui aspirerait la vie des poumons. Son seul espoir était de mettre la route entre son bourreau et lui. Le souffle de la bête très présent à ses oreilles, il escalada le rail de sécurité, sauta sur la chaussée et entreprit de traverser la grande route du sud au pas de course. A moitié chemin il se rendit compte de son erreur. L'horreur installée dans sa tête lui avait caché tous les autres dangers. Une volvo bleue — la bouche du conducteur en forme de O parfait — lui fonça dessus. Il fut pris comme un animal dans le faisceau des phares, cloué sur place ; deux secondes plus tard, il recevait un coup en travers, qui l'expédiait de l'autre côté de la chaussée, sur la trajectoire d'un semi-remorque. Le deuxième chauffeur n'eut aucun moyen d'obliquer et l'aplatit sous ses roues.

Là-haut dans le jardin, Karney entendit le concert des freins, et l'expression du policier, en bas du raccourci : « Jésus-Christ tout puissant ! » Il attendit quelques secondes, puis risqua un œil de sa cachette. Le sentier était désert, des deux côtés. Les arbres étaient immobiles. De la route, en bas, montait le bruit d'une sirène, et des cris d'agents pour arrêter les voitures. Plus près, on sanglotait. Il écouta attentivement quelques instants pour essayer d'entendre d'où venaient les sanglots, avant de se rendre compte qu'il s'agissait des siens. Larmes ou pas, la clameur d'en bas exigeait son attention. Il venait d'arriver quelque chose de terrible, et il lui fallait voir quoi. Mais il avait peur de passer sous les arbres, sachant ce qui s'y tenait embusqué, alors il resta à fixer dans les branches pour essayer de localiser la bête. Pourtant, il ne perçut ni bruit, ni mouvement, les arbres étaient parfaitement immobiles. Ravalant sa peur, il sortit de sa cachette et se mit à descendre le chemin, les yeux rivés au feuillage pour repérer le moindre signe de la présence monstrueuse. Il entendait bourdonner la foule qui se rassemblait. L'idée d'une multitude de gens lui fit du bien ; désormais il lui faudrait se cacher, n'est-ce pas ? Tous les témoins de miracles le devaient.

Il atteignit l'endroit où Catso avait été soulevé dans les arbres : un désordre de feuilles et d'objets volés en marquait l'emplacement. Les pieds de Karney voulaient se hâter, pour s'éloigner de là à toute allure, mais un instinct pervers les fit ralentir. Voulait-il donc inviter le rejeton du nœud à lui montrer sa tête ? Mieux valait sans doute l'affronter tout de suite — dans toute son horreur — plutôt que de vivre désormais dans la hantise de le retrouver, en exagérant son horreur et sa puissance. Mais la bête restait cachée. Si vraiment elle se trouvait toujours dans l'arbre, elle ne remuait pas d'un poil.

Quelque chose bougea sous son pied. Karney baissa les yeux, et là, presque perdue au milieu des feuilles, il y avait la cordelette. Apparemment, Catso n'avait pas été jugé digne de la transporter. A présent, ayant révélé certains aspects de son pouvoir, elle ne faisait aucun effort pour paraître normale. Elle se tortillait par terre comme un serpent en chaleur, redressant sa tête nouée pour attirer l'attention de Karney. Il voulait feindre d'ignorer ses acrobaties, mais il n'y arrivait pas. Il savait que si *lui* ne ramassait pas les nœuds, quelqu'un d'autre finirait par le faire, victime comme lui de sa passion pour les énigmes. Où le conduirait une telle innocence sinon à une nouvelle fuite plus terrible encore que la première? Non, il valait mieux ramasser les nœuds. Il avait au moins pleinement conscience de leurs possibilités, et il était donc, en partie, armé contre cela. Il se pencha, et à ce moment-là, la ficelle lui sauta dans les mains, s'entortilla si étroitement autour de ses doigts qu'il en cria presque.

« Saloperie ! » dit-il.

La cordelette s'enroula autour de sa paume, se logea avec délice dans la trame accueillante de ses doigts. Il leva la main pour mieux voir le spectacle. Son intérêt pour le tumulte d'Archway Road s'était soudain presque miraculeusement évaporé. Quelle importance ces petits faits divers? Rien d'autre que vie et mort. Mieux valait s'esquiver maintenant qu'il en était encore temps.

Au-dessus de sa tête, une branche remua. Il arracha son regard des nœuds et le porta sur l'arbre. Sa cordelette récupérée, ses tremblements, tout comme sa peur, avaient disparu.

« Montre-toi ! dit-il, je ne suis pas Catso ; je n'ai pas peur. Je veux savoir ce que tu es. »

Du haut de son embuscade dans le feuillage, la bête aux aguets se pencha vers Karney et exhala un seul souffle glacial qui sentait la Tamise à marée basse, la végétation en décomposition. Karney était sur le point de lui redemander ce qu'elle était, lorsqu'il comprit que ce souffle *était* la réponse de la bête. Tout ce qu'elle pouvait dire de sa condition tenait dans cette haleine amère et rancie. Comme réponse, cela ne manquait pas d'éloquence. Angoissé par les images qu'elle éveilla en lui, Karney recula. Des formes molles et blessées remuèrent derrière ses yeux, engluées dans un magma visqueux.

A quelques pas de l'arbre, le charme de l'haleine se

rompit, et Karney aspira l'air pollué de la route comme un air pur de premier matin du monde. Il tourna le dos aux atrocités qu'il avait senties, fourra sa main encordée dans sa poche et se mit à remonter la pente. Derrière lui, les arbres étaient redevenus immobiles.

Plusieurs douzaines de spectateurs s'étaient rassemblés sur le pont pour regarder l'accident en bas. Leur présence avait à son tour piqué la curiosité des conducteurs qui rentraient par Hornsey Lane, et certains avaient garé leur voiture et rejoint les badauds. Sous le pont, la scène semblait trop lointaine pour éveiller un quelconque sentiment en Karney. Il resta au milieu de la foule bruyante et regarda en bas sans passion. Il reconnut le cadavre de Catso d'après ses vêtements : il ne restait pas grand-chose d'autre de son compagnon.

Il savait que d'ici un moment il lui faudrait le pleurer. Mais tout de suite il ne ressentait rien. Après tout, Catso était mort, n'est-ce pas? Sa douleur et sa confusion étaient terminées. Karney avait l'impression qu'il serait plus sage de garder ses larmes pour ceux dont les malheurs ne faisaient que commencer.

Et de nouveau, les nœuds.

Ce soir-là, chez lui, il essaya de les ranger, mais, après les événements de la soirée, ils avaient pris un nouvel éclat. *Les nœuds renfermaient des bêtes*. Il n'aurait pu savoir ni comment, ni pourquoi; et, curieusement, cela ne l'intéressait pas pour le moment. Toute sa vie il avait accepté que le monde soit riche de mystères insolubles pour un esprit limité comme le sien. L'école ne lui avait enseigné qu'une seule vraie leçon : il était ignorant. Ce nouvel impondérable n'était qu'un élément de plus à ajouter à une longue liste.

Une seule explication logique lui était vraiment venue à l'esprit : Pope s'était en quelque sorte arrangé pour lui faire voler les nœuds, tout en sachant très bien qu'une fois libérée, la bête se vengerait sur ses bourreaux à lui, le vieux ; et ce ne fut qu'après l'incinération de Catso, six jours plus tard, que Karney eut la confirmation de sa théorie. Entre-temps il avait gardé ses craintes pour lui, pensant que moins il en dirait sur les événements de la nuit, moins les nœuds lui feraient de mal. D'après lui, la parole prêtait foi au fantastique et soulignait l'importance de phénomènes qui, si on ne s'en occupait pas, s'atrophiaient au point de disparaître.

Lorsque, le lendemain, la police vint le trouver dans le cadre de son enquête de routine auprès des amis de Catso, il affirma ne rien savoir des circonstances de sa mort. Brendan avait fait la même chose, et comme apparemment personne n'avait rendu de témoignage contraire, on n'avait pas réinterrogé Karney. Au lieu de cela, il était resté plongé dans ses pensées, et dans ses nœuds.

Une fois, il vit Brendan. Il s'attendait à des récriminations : Brendan avait cru que Catso fuyait la police au moment de sa mort, et qu'à cause de son manque de concentration, Karney avait négligé de les prévenir de l'approche des forces de l'ordre. Mais Brendan ne porta aucune accusation. Il avait endossé la culpabilité avec une hâte qui frisait l'avidité ; il ne parlait que de son échec à lui et non de celui de Karney. Le côté apparemment arbitraire du décès de Catso révélait une tendresse imprévue chez Brendan, et Karney brûlait de lui raconter son incroyable histoire du début à la fin. Mais il eut le sentiment que l'heure n'était pas encore venue. Il laissa Brendan montrer son chagrin, et resta bouche cousue.

Et toujours les nœuds.

Parfois il se réveillait au milieu de la nuit et sentait bouger la cordelette sous son oreiller. Sa présence lui faisait du bien, mais pas son ardeur, qui éveillait en lui une ardeur similaire. Il voulait toucher les deux nœuds restants et étudier la difficulté qu'ils représentaient. Mais il savait qu'agir ainsi c'était s'exposer à capituler devant sa propre fascination et devant leur soif de libération. Lorsqu'une telle tentation s'emparait de lui, il s'obligeait à se rappeler le sentier et la bête dans les arbres, à réveiller les pensées déchirantes venues avec le souffle du monstre. Puis, peu à peu, le souvenir de sa détresse annulait sa curiosité présente, et il laissait la cordelette tranquille. Loin des yeux, sinon loin de la pensée.

Il savait pourtant quel danger représentaient les nœuds, mais il ne se décidait pas à les brûler. Tant qu'il possédait ce modeste bout de ficelle, il était unique ; s'en séparer serait un retour à sa situation antérieure et ordinaire. Il ne le souhaitait pas, même s'il pensait que son association quotidienne et intime avec la cordelette affaiblissait systématiquement sa résistance à ses charmes.

Il ne vit plus rien de la chose dans l'arbre ; il commença même à se demander s'il n'avait pas imaginé la rencontre de toutes pièces. Certes, avec du temps, son aptitude à rationaliser aurait réussi à prouver l'inexistence de ce qui s'était passé. Mais les événements intervenus à la suite de l'incinération de Catso mirent fin à une option aussi commode.

Karney s'était rendu seul à la messe et, malgré la présence de Brendan, Red et Anelisa, il en était reparti seul. Il n'avait eu aucune envie de parler aux parents et amis. Les mots qu'il avait pu jadis utiliser en pareille circonstance devenaient plus difficiles à réinventer à mesure que le temps passait. Il s'éloigna vite du colombarium avant qu'on ait pu l'approcher pour lui parler, tête baissée pour affronter le vent de poussière qui avait provoqué une succession rapide de gros nuages et de grand soleil tout au long de la journée. En marchant, il fouilla sa poche à la recherche d'un paquet de cigarettes. La cordelette, qui attendait là comme toujours, accueillit ses doigts à sa manière prévenante habituelle. Il se dégagea et sortit ses cigarettes, mais le vent était trop vif pour craquer une allumette et ses mains semblaient incapables de jouer leur rôle de pare-flamme. Il avança un petit bout avant de trouver une venelle, il s'y engagea pour allumer sa cigarette. Pope l'y attendait

« Tu as envoyé des fleurs ? » demanda le clochard.

Son instinct dictait à Karney de faire demi-tour et de détaler. Mais la rue baignée de soleil n'était pas loin, il n'était pas en danger. De plus, un échange avec le vieillard se révélerait peut-être instructif.

« Pas de fleurs ? » dit Pope.

— Non, répondit Karney. Qu'est-ce que vous faites là ?

— Comme toi, répondit Pope. Venu le voir brûler. » Sa vilaine figure crasseuse se fendit d'un sourire parfaitement repoussant. Pope était toujours le même sac d'os que dans le tunnel deux semaines plus tôt, mais à présent il flottait un air de menace autour de lui. Karney fut content d'avoir le soleil dans le dos.

« Et te voir, toi », dit Pope.

Karney préféra ne pas répondre. Il craqua une allumette et alluma sa cigarette.

« Tu as quelque chose qui m'appartient », dit Pope. Karney ne réagit pas. « Tu vas me rendre mes nœuds, mon gars, avant de faire de *réels* dégâts.

— Je ne vois pas ce que vous voulez dire », répondit Karney.

Malgré lui, son regard se fixa sur le visage de Pope, comme attiré par le réseau de ses rides. L'image de la ruelle et ses monceaux de détritus sauta. Un nuage sembla cacher le soleil, car pour l'œil de Karney, tout sauf Pope s'obscurcit subitement.

« C'est stupide de me les avoir volés, mon gars. D'accord, j'ai été une proie facile ; ça a été mon erreur, mais ça ne se reproduira pas. Tu vois, j'ai parfois le cafard. Je suis sûr que tu me comprends. Et quand j'ai le cafard, je bois. »

Bien qu'il ne se soit apparemment passé que quelques secondes depuis qu'il l'avait allumée, la cigarette de Karney s'était consumée jusqu'au filtre sans qu'il ait tiré une seule bouffée. Il la laissa tomber, vaguement conscient que l'espace, ainsi que le temps devenaient élastiques dans le minuscule passage.

« C'est pas moi, marmonna-t-il en défense, à la manière des enfants que l'on accuse.

— Mais si, répondit Pope avec une autorité incontestable. Ne perdons pas notre souffle en fabulations. Tu m'as volé, et ton copain a payé. Tu ne peux pas revenir sur le mal que tu as fait. Mais tu *peux* éviter d'en faire davantage, si tu me rends mon bien. *Immédiatement.* »

Sans en avoir conscience, Karney avait porté la main à sa poche. Il voulait échapper à ce piège avant qu'il ne se refermât sur lui ; il était sans doute beaucoup plus facile de rendre à Pope ce qui, après tout, *lui* appartenait de droit. Ses doigts hésitèrent pourtant. Pourquoi ? Peut-être parce que le regard du vieux Mathusalem était si implacable ; ou parce que le fait de remettre les nœuds à Pope lui donnerait un contrôle absolu de l'arme qui avait en fait tué Catso ? Bien plus. Même en ce moment où sa raison risquait de flancher, Karney répugnait à rendre le seul élément de mystère ayant jamais croisé sa route. Pope, sentant son manque d'empressement, passa à la vitesse supérieure pour le persuader.

« N'aie pas peur de moi, dit-il. Je ne te ferai pas de mal sauf si tu m'y pousses. J'aimerais *bien mieux* régler cette affaire sans violence; la guéguerre, une nouvelle mort même, ne feront qu'attirer l'attention. »

Est-ce que je regarde un tueur? se demanda Karney; si débraillé, si ridiculement faible... Et pourtant la voix contredisait l'apparence; le germe d'autorité qu'avait une fois entendu Karney florissait à présent.

« Tu veux de l'argent? demanda Pope. C'est ça? Ta fierté serait-elle apaisée si je t'offrais quelque chose en contrepartie de tes ennuis? » Karney regarda le piètre état de Pope, sans pouvoir y croire. « Oh! dit le vieillard, je n'ai peut-être pas l'air d'un homme d'argent, mais les apparences sont parfois trompeuses. En fait, l'exception fait la règle. Regarde-toi, par exemple. Tu n'as pas l'air d'un mort, mais crois-moi, tu ne vaux pas mieux, mon gars. Je te promets la mort si tu continues à me défier. »

Ce discours, si mesuré, si scrupuleux, sortant des lèvres de Pope, ébranla Karney : il prouvait la thèse du vieux. Une quinzaine de jours plus tôt, ils avaient surpris Pope dans les vignes du Seigneur, confus et vulnérable, mais à présent, en état de sobriété, le bonhomme parlait comme un grand ponte, un roi fou, peut-être, circulant au milieu du vulgum pecus sous les traits d'un miséreux. Un roi? Non, plutôt *un prêtre.* Il y avait, dans la nature de son ascendant (dans son nom, même), quelque chose qui évoquait un être dont le pouvoir n'avait jamais dépendu seulement de la politique.

« Une fois de plus, dit-il, je te demande de me rendre mon bien. »

Il fit un pas vers Karney. Le boyau étroit de la venelle se refermait sur leurs têtes. S'il y avait du ciel au-dessus d'eux, Pope le cachait.

« Donne-moi mes nœuds », dit-il. Sa voix était douce et rassurante. L'obscurité était devenue totale. Karney ne voyait plus que la bouche de l'homme, ses dents irrégulières, sa langue grise. « Rends-les-moi, voleur, sinon gare aux conséquences !

— Karney ? »

La voix de Red sortit d'un autre monde. Très proche — voix, soleil, vent —, mais Karney lutta un long moment avant de la localiser à nouveau.

« Karney ? »

Il s'arracha à l'emprise des crocs de Pope et se força à tourner la tête pour regarder côté rue. Red se tenait en plein soleil, Anelisa auprès de lui. La blonde chevelure de la jeune femme brillait.

« Que se passe-t-il ?

— Laisse-nous tranquilles, dit Pope. Nous avons à faire ensemble, lui et moi.

— Tu traites avec *ce type ?* » demanda Red à Karney.

Avant même que Karney ait pu répondre, Pope dit :

« Dis-lui, Karney ? Dis-lui que tu veux me parler seul à seul. »

Red lança un coup d'œil au vieillard par-dessus l'épaule de Karney.

« Tu peux me dire ce qui se passe ? » dit-il.

Karney força sa langue à trouver une réponse, mais en vain. Le soleil était si loin ; chaque fois que l'ombre d'un nuage traversait la rue, il craignait de ne jamais revoir la lumière. Ses lèvres remuaient en silence pour exprimer sa terreur.

« Ça va bien ? demanda Red. *Karney ?* Tu m'entends ? »

Karney hocha la tête. L'obscurité qui l'emprisonnait commençait à se dissiper.

« Oui... » dit-il.

Soudain, Pope se jeta sur Karney, et ses mains cherchèrent désespérément ses poches. La violence de l'attaque projeta Karney, toujours abasourdi, contre le mur de la venelle. Il tomba en travers d'une pile de cageots. Ils basculèrent, lui aussi, et Pope, qui le serrait trop fort, tomba également. Tout le calme précédent avait disparu — l'humour macabre, les menaces circonspectes... Pope était redevenu une loque imbécile crachant des insanités. Karney sentit les mains du vieux déchirer ses habits, lui ratisser la peau, à la recherche des nœuds. Les paroles qu'il lui criait à la figure n'étaient plus compréhensibles.

Red entra dans la venelle et tenta d'empoigner le vieux par le manteau, les cheveux, ou la barbe, pour le dégager de sa victime. Plus facile à dire qu'à faire! L'assaut renfermait toute la fureur d'une crise de rage. Mais Red fut le plus fort. Il remit sur pied Pope qui crachait un galimatias de choses insensées. Il le maintint à distance comme un chien enragé.

« Debout..., dit-il à Karney, tire-toi de ses griffes! »

Karney se releva en chancelant au milieu du tas de petit bois. Durant les quelques secondes qu'avait duré l'attaque, Pope avait fait des dégâts considérables : Karney saignait en une demi-douzaine d'endroits. Ses vêtements avaient été sauvagement griffés; sa chemise irrémédiablement déchirée. Hésitant, il passa la main sur son visage lacéré : les éraflures sortaient en relief comme des cicatrices rituelles.

Red poussa Pope contre le mur. Cette loque humaine avait toujours le visage cramoisi, le regard furieux. Un flot d'invectives, moitié anglais, moitié charabia, frappa Red en pleine figure. Sans couper court à sa tirade, Pope tenta une nouvelle attaque, mais cette fois, la poigne de Red empêcha le contact entre ses griffes et la peau de Karney. Red traîna Pope de la venelle jusque dans la rue.

« Tu as du sang sur la lèvre, Karney », lui dit Anelisa, qui le regardait avec une répugnance réelle. Il sentait le goût du sang : salé et chaud. Il porta le dos de sa main à la bouche. Il l'en retira rouge vif.

« Heureusement qu'on t'a cherché, dit-elle.

— Ouais », répondit-il, sans la regarder.

Il avait honte de son spectacle face au vagabond, et savait qu'elle riait sans doute de son incapacité à se défendre tout seul. Dans sa famille c'étaient tous des bandits, sans exception; son père : un héros de légende chez les bandits.

Red revint de la rue. Pope était parti.

« Que s'est-il passé? exigea-t-il de savoir, en sortant son peigne de la poche de son blouson pour remodeler sa banane.

— Rien, répondit Karney.

— Arrête tes conneries! dit Red. Il prétend que tu lui as volé un truc. C'est vrai? »

Karney jeta un coup d'œil du côté d'Anelisa. Si elle n'avait pas été là, il aurait peut-être eu envie de déballer sur-le-champ toute son histoire. Elle lui retourna son regard et sembla lire dans ses pensées. Haussant les épaules, elle s'éloigna pour ne pas entendre, en donnant au passage des coups de pied dans les cageots cassés.

« Il nous a tous dans le colimateur, dit Karney.

— Qu'est-ce que tu racontes? »

Karney baissa les yeux sur sa main pleine de sang. Même sans la présence d'Anelisa, il trouvait difficilement les mots pour expliquer ses soupçons.

« Catso... commença-t-il.

— Quoi, Catso?

— Il fuyait, Red. »

Derrière lui, Anelisa poussa un soupir exaspéré. Voilà qui prenait plus de temps qu'elle ne l'avait escompté.

« Red, dit-elle, on va être en retard.

— Minute! lui dit Red d'un ton dur, et il reporta son attention sur Karney. Qu'est-ce que tu veux dire pour Catso?

— Le vieux n'est pas ce qu'il paraît. Ce n'est pas un clochard.

— Ah bon ? C'est quoi alors ? » Une pointe de sarcasme s'était insinuée dans la voix de Red ; sans aucun doute, pour le bénéfice d'Anelisa. La jeune femme, lasse de sa discrétion, s'était rapprochée pour rejoindre Red. « Qu'est-ce que c'est alors, Karney ? »

Karney secoua la tête. A quoi bon essayer d'expliquer *en partie* ce qui était arrivé ? Ou bien il fallait tout raconter, ou bien rien du tout. Il était plus facile de se taire.

« Aucune importance », dit-il d'un ton plat.

Red lui jeta un regard perplexe, puis, comme il n'obtenait aucun éclaircissement, il dit : « Si tu as quelque chose à dire sur Catso, Karney, j'aimerais savoir quoi. Tu sais où j'habite.

— Sûr, répondit Karney.

— C'est pas de la blague ! dit Red.

— Merci.

— C'était un bon copain Catso, tu sais ? Un peu chiant des fois, mais on a tous nos crises, pas vrai ? Il n'aurait pas dû mourir, Karney. C'était pas juste.

— Red !

— Elle t'appelle. » Anelisa s'était engagée dans la rue. « Elle n'arrête jamais de m'appeler ! A bientôt, Karney.

— Ouais. »

Red tapota la joue cuisante de Karney et partit derrière Anelisa sous le soleil. Karney ne fit rien pour les suivre. L'attaque de Pope l'avait choqué ; il comptait rester dans la venelle en attendant de recouvrer au moins un semblant de calme. Cherchant le réconfort des nœuds, il mit la main dans la poche de son blouson. Elle était vide. Il vérifia ses autres poches. Vides aussi ! Et pourtant, il était certain que les griffes du vieux n'avaient pas approché la cordelette. Les nœuds s'étaient peut-être glissés hors de leur cachette pendant l'échauffourée.

Karney se mit à fouiller la venelle, et n'ayant rien trouvé une première fois, il recommença une deuxième, puis une troisième fois ; mais il comprit alors que l'opération était perdue. Oui, Pope *avait* réussi après tout. Par vol ou par hasard, il avait récupéré les nœuds.

Avec une clarté surprenante, Karney se revit debout en haut du « Saut des suicides », il regardait Archway Road, en bas, où le corps de Catso gisait au centre d'un réseau de lumières et de véhicules. Il s'était senti tellement *en dehors* de la tragédie ! Il regardait la scène avec tout l'intérêt d'un oiseau en vol. Et voilà que, soudain, il tombait du ciel. Il était sur terre, blessé, et, impuissant, il attendait les tragédies à venir. Il sentit le goût du sang sur sa lèvre fendue et se demanda, tout en souhaitant que cette pensée s'évapore en même temps qu'elle se formait, si Catso était mort sur le coup, ou si lui aussi avait senti le goût du sang quand, couché sur l'asphalte, il avait levé les yeux vers ces gens sur le pont, qui ne savaient pas encore comme la mort est proche.

Il rentra chez lui par le chemin le plus fréquenté. Même si cela l'obligeait à montrer son lamentable état au double regard des mémères et des policiers, il préféra encourir leur désapprobation plutôt que de se risquer dans des rues désertes. Une fois rentré, il pansa ses plaies et se changea, puis il s'installa un moment devant la télévision pour détendre les muscles de ses membres. C'était la fin de l'après-midi, et toutes les émissions étaient consacrées aux enfants ; un optimisme sirupeux infectait toutes les chaînes. Il regarda ces niaiseries avec les yeux et non la tête, utilisant cette trêve pour tâcher de trouver comment décrire ce qui lui était arrivé. A présent il était impératif de prévenir Red et Brendan. Pope ayant retrouvé le contrôle des nœuds, ce ne serait plus qu'une question de temps avant qu'une bête — pire peut-être que le monstre de l'arbre — vienne les chercher tous. Il serait alors trop tard pour les explications. Il prévoyait le mépris de ses deux copains, mais il se démènerait pour les convaincre, peu importe s'il finissait par paraître ridicule. Plus que par son pauvre vocabulaire, ils seraient peut-être émus par ses pleurs et sa panique. Aux environs de cinq heures cinq, avant le retour de sa mère du travail, il sortit en douce pour aller chez Brendan.

Anelisa sortit de sa poche le morceau de ficelle trouvé dans la ruelle et l'examina. Elle ne savait pas très bien pourquoi elle avait pris la peine de le ramasser, mais il s'était en quelque sorte frayé un chemin jusque dans sa main. Elle joua avec l'un des nœuds, au risque de casser ses beaux ongles. Elle avait une demi-douzaine de choses plus intéressantes à faire en ce début de soirée. Red était sorti acheter à boire, et des cigarettes, et elle s'était promis de prendre un bon bain parfumé avant son retour. Le nœud ne serait pas long à défaire, elle en était certaine. En fait, on aurait dit qu'il voulait se dénouer, elle avait la très bizarre impression qu'il remuait. Et, plus étrange encore, il renfermait des couleurs : elle y voyait des teintes de carmin et de violet. En quelques minutes elle oublia complètement son bain, il attendrait. Elle se concentra sur l'énigme qu'elle avait au bout des doigts. Quelques minutes plus tard, elle commença à voir la lumière.

Karney raconta du mieux possible son histoire à Brendan. Après avoir plongé et commencé au début, il découvrit que son récit avançait tout seul, le portant jusqu'au présent sans grande hésitation. Karney termina en disant :

« Je sais que ça a l'air dément, mais tout est vrai ! »

Brendan n'en crut pas un mot ; voilà du moins ce que dénotait son regard vide. Mais son visage effrayé en exprimait davantage. Karney ne sut pas ce que c'était jusqu'au moment où Brendan le saisit par le col. Ce fut seulement alors qu'il comprit l'étendue de la fureur de son ami.

« Ça ne te suffit pas la mort de Catso ? fulmina-t-il, il faut encore que tu me racontes ces conneries ?

— C'est la vérité.

— Et alors, où sont-ils ces foutus nœuds ?

— Je te l'ai dit ; c'est le vieux qui les a. Il les a repris cet après-midi. Il va tous nous tuer, Bren. Je le sais. »

Brendan lâcha Karney. « J' vais te dire une chose, dit-il d'un ton magnanime. Je vais oublier que tu m'as raconté tout ça.

— Tu ne comprends pas.

— *J'ai dit :* je vais oublier que tu as prononcé un seul mot. Compris ? Maintenant tu fous le camp d'ici et tu embarques tes histoires drôles avec toi. »

Karney ne bougeait pas.

« *Tu m'as compris ?* » hurla Brendan. Karney vit rapidement à quel point l'œil de Brendan en disait long. Sa colère n'était qu'un camouflage — à peine adéquat — pour le chagrin qu'il n'avait aucun moyen de retenir. Ni la peur, ni la raison ne convaincrait Brendan dans son humeur présente. Alors, Karney se leva.

« Pardon, dit-il. Je m'en vais. »

Brendan secoua la tête, le regard au sol. Sans le relever, il laissa Karney gagner la porte tout seul. Il ne lui restait plus que Red ; son dernier recours. Maintenant qu'il avait raconté son histoire une fois, il pourrait la redire, n'est-ce pas ? Il serait facile de la répéter. Tournant déjà les mots dans sa tête, il laissa Brendan à ses pleurs.

Anelisa entendit Red passer la porte d'entrée ; elle l'entendit crier un mot, qu'il répéta. C'était un mot familier, mais son cerveau en fièvre mit plusieurs secondes avant de reconnaître son propre nom.

« Anelisa ! appela-t-il de nouveau. Où es-tu ? »

Nulle part, pensa-t-elle. Je suis la femme invisible. Ne me cherche pas. Mon Dieu, faites qu'il me laisse tranquille. Elle se mit la main devant la bouche pour s'empêcher de claquer des dents. Il fallait qu'elle ne fasse absolument aucun mouvement, aucun bruit. Si elle bougeait ne serait-ce qu'un cheveu, la chose l'entendrait et viendrait la prendre. Sa seule chance de salut consistait à se rouler en boule, la plus petite possible, et à sceller sa bouche à sa paume.

Red commença à monter l'escalier. Anelisa était sans aucun doute dans son bain, en train de chanter. Cette nana adorait l'eau plus que tout au monde. Il n'était pas inhabituel qu'elle passe des heures immergée, les seins crevant la surface comme deux îles de rêve. A quatre marches du palier, il entendit un bruit dans l'entrée en dessous : une toux ou quelque chose comme ça. Lui jouait-elle un tour ? Il fit immédiatement demi-tour et redescendit à pas plus furtifs. Presque arrivé en bas de l'escalier, il vit un morceau de cordelette tombée sur une marche. Il le ramassa et se demanda une seconde pourquoi elle portait un nœud ; puis le bruit recommença. Cette fois il ne fit pas semblant de croire que c'était Anelisa. Il retint son souffle en attendant qu'arrive un nouveau bruit de l'entrée. Il n'en vint pas, alors il plongea la main dans sa botte et en sortit son couteau, l'arme qu'il portait sur lui depuis l'âge tendre de onze ans. Une arme d'adolescent, que lui avait déconseillée le père d'Anelisa ; mais à présent, longeant le couloir en direction de la salle de séjour, il remerciait le saint patron des lames de n'avoir pas suivi le conseil du vieux brigand.

La pièce était sombre. Le soir, tombé sur la maison, faisait comme des volets aux fenêtres. Red resta un long moment sur le seuil de la porte, scrutant l'intérieur de la pièce de ses yeux inquiets. Puis de nouveau le bruit ; pas un seul cette fois, tout un chapelet. Il fut soulagé d'entendre qu'il ne provenait pas d'une source humaine. C'était vraisemblablement un chien, blessé dans une bagarre. Le bruit ne venait pas non plus de la pièce où il était, mais de la cuisine derrière. Ayant repris courage du fait que l'intrus n'était qu'un animal, il tendit le bras vers l'interrupteur et alluma.

Le grand chambardement qu'il provoqua par ce geste se déroula sur une douzaine de secondes angoissantes, et pourtant il vécut chacune d'elle dans ses moindres détails. La première, lorsque la lumière s'alluma : il vit quelque chose traverser par terre dans la cuisine ; à la seconde suivante, il avançait dessus, couteau à la main. La troisième fit sortir de son trou l'animal alerté de son projet d'agression, qui se précipita à sa rencontre, forme floue de chairs scintillantes. Cette proximité soudaine fut accablante : cette taille, cette chaleur dégagée du corps en vapeur, cette immense bouche exhalant une haleine pourrie ! Red eut besoin des quatrième et cinquième secondes pour éviter le premier assaut, mais à la sixième l'animal le trouva. Ses bras d'écorché lui empoignèrent le corps. Red frappa de son couteau, lui fit une belle entaille, qui se referma immédiatement, et la bête le serra dans son étreinte fatale. Par accident plutôt que délibérément, le couteau lui plongea dans la chair, et une chaleur liquide rejaillit sur la figure de Red qui s'en aperçut à peine. Ses trois dernières secondes avaient sonné ; son arme, gluante de sang, lui glissa de la main et resta fichée dans la bête. Désarmé, il tenta de se tortiller pour se dégager, mais avant d'avoir pu se glisser hors de danger, il sentit la grosse tête inachevée appuyer sur lui le gouffre de sa gueule, et elle lui pompa tout l'air des poumons. C'était son seul souffle. Son cerveau, privé d'oxygène, lui offrit un magnifique feu d'artifice pour célébrer son départ imminent : chandelles romaines, gerbes d'étoiles, roues, soleils. La pyrotechnie fut bien trop brève; trop tôt vinrent les ténèbres.

En haut, Anelisa écouta le vacarme confus et essaya d'y comprendre quelque chose, mais en vain. Qu'importe ce qui s'était passé, cela avait fini dans le silence. Red n'était pas venu la chercher. Mais la bête non plus. Elle pensa qu'ils s'étaient peut-être entre-tués. La simplicité de cette solution lui plaisait. Elle attendit dans sa chambre, puis la faim et l'ennui eurent raison de son inquiétude et elle descendit. Red, les yeux encore grand ouverts sur le feu d'artifice, gisait là où l'avait abandonné le deuxième rejeton de la cordelette. La bête elle-même, recroquevillée dans le coin opposé, n'était plus qu'une loque. En la voyant, Anelisa s'écarta du corps de Red et fila vers la porte. La bête, dont le souffle était pénible et les rares mouvements malaisés, n'essaya pas de l'approcher, mais la suivit simplement de ses yeux logés tout au fond des orbites.

La femme décida d'aller trouver son père, elle s'enfuit de la maison, laissant la porte entrebâillée.

La porte était toujours entrouverte une heure plus tard lorsque Karney arriva. Il avait voulu se rendre directement chez Red en quittant Brendan, mais le courage lui avait manqué. Au lieu de cela, il s'était retrouvé, sans le faire exprès, sur le pont enjambant Archway Road. Il y était resté un long moment à regarder passer la circulation en buvant à la demi-bouteille de vodka qu'il avait achetée dans Holloway Road. Cette emplette l'avait délesté de tout son argent liquide, mais l'alcool, très efficace sur un estomac vide, lui avait clarifié l'esprit. Il en était arrivé à la conclusion qu'ils allaient tous mourir. Peut-être était-ce de sa faute, parce qu'il avait volé la cordelette en premier lieu; mais Pope les aurait sans aucun doute punis de toute façon de l'avoir maltraité. Ce qu'ils pouvaient souhaiter de mieux — ce que lui pouvait espérer de mieux —, c'était un petit éclair de compréhension. Son cerveau embué par l'alcool venait de décider qu'au moment de la mort il suffisait presque d'être légèrement moins ignorant des mystères qu'à la naissance. Red le comprendrait.

Il se tenait à présent sur le pas de la porte et appelait son ami. Aucune réponse ne lui parvint. La vodka ingurgitée le rendit audacieux et, tout en appelant Red, il entra dans la maison. Le vestibule était plongé dans l'obscurité, mais il y avait de la lumière dans une pièce du fond, il s'y dirigea. L'atmosphère de la maison était suffocante, comme dans une serre. Elle devenait encore plus étouffante du côté de la salle de séjour, où Red perdait la chaleur de son corps au profit de l'air ambiant.

Karney le regarda assez longtemps pour noter qu'il tenait la cordelette dans sa main gauche et qu'il n'y restait qu'un seul nœud. Pope avait pu venir là, et y abandonner ses nœuds pour une raison ou une autre. Peu importe comment elle y était arrivée, sa présence dans la main de Red offrait une chance de sauver des vies. Cette fois-ci, en approchant du corps, il se jura de détruire le morceau de ficelle une bonne fois pour toutes. De le brûler et semer ses cendres aux quatre vents. Il se pencha pour l'arracher à Red. La cordelette sentit son approche et, luisante de sang, elle se glissa de la main du mort vers celle de Karney où elle s'entortilla entre ses doigts, laissant sa trace derrière elle. Ecœuré, Karney contempla le dernier nœud. Le processus qui lui avait demandé tant de temps et de pénibles efforts pour se mettre en route marchait tout seul maintenant. Le deuxième nœud dénoué, le troisième se desserrait pratiquement de lui-même. Pourtant, il avait encore apparemment besoin d'un agent humain — sinon pourquoi lui aurait-il sauté si promptement dans la main ? — mais il approchait déjà de la résolution de sa propre énigme. Il fallait impérativement le détruire avant qu'il y parvienne.

Alors seulement, il prit conscience qu'il n'était pas seul. Outre le mort, il y avait une présence vivante dans les parages. Lorsqu'on lui parla, il quitta des yeux le nœud qui gigotait dans sa main. Les paroles n'avaient aucun sens. Ce n'étaient pratiquement pas des mots, mais plutôt une suite de sons estropiés. Karney se rappela l'haleine de la chose du petit chemin, et l'ambiguïté des sentiments qu'elle avait engendrés en lui. Cette même ambiguïté le remuait à nouveau : avec sa peur croissante, montait le sentiment que la voix de cette bête, quel que soit son langage, parlait de *perte*. Une vague de pitié l'envahit.

« Montre-toi », dit-il, sans savoir si elle le comprendrait.

Après quelques palpitations de son cœur tremblant, Karney la vit émerger de la porte d'en face. L'éclairage de la salle de séjour était lumineux et l'œil de Karney était vif, mais l'anatomie de la bête défia sa compréhension. Il y avait quelque chose de simiesque dans cette forme écorchée et palpitante, mais imprécise et comme prématurée. Sa bouche s'ouvrit pour émettre un nouveau son ; ses yeux, enfouis sous la plaque sanguinolente des sourcils, étaient indéchiffrables. Peu à peu, elle s'ébranla pour sortir de sa cachette, traversa la pièce dans sa direction, et chacun de ses pas traînants le poussait à fuir. Lorsqu'elle arriva à la hauteur du cadavre de Red, elle s'arrêta, leva l'un de ses membres en lambeaux, et montra un endroit au creux de son cou. Karney vit le couteau : celui de Red ! Il se demanda si elle cherchait à justifier son meurtre.

« Qu'est-ce que tu es ? », lui demanda-t-il. La même question.

Elle secoua sa lourde tête d'avant en arrière. Sa bouche

émit un long gémissement bas. Puis, soudain, elle leva le bras et le pointa droit sur Karney. La lumière lui tomba alors en plein visage, et Karney put distinguer les yeux sous le front bas : deux pierres jumelles encastrées dans la sphère blessée de son crâne. Leur éclat et leur lucidité soulevèrent en lui la nausée. Et elle pointait toujours le bras sur lui.

« Qu'est-ce que vous voulez ? lui demanda-t-il. Dites-moi ce que vous voulez. »

Elle laissa retomber son membre dépouillé, enjamba le corps et fit un pas vers Karney, mais elle n'eut point l'occasion de clarifier ses intentions. Un appel, venant de la porte d'entrée, la pétrifia sur place.

« Il y a quelqu'un ? » s'enquit la voix à la porte.

Le visage de la bête trahit sa panique — ses yeux trop humains roulèrent dans leur orbite à vif — et elle se détourna, pour se réfugier dans la cuisine. Le visiteur appela de nouveau ; sa voix se rapprochait. Karney regarda le cadavre, puis sa main pleine de sang, il jaugea ses options, puis traversa la pièce et passa la porte de la cuisine. La bête avait déjà disparu ; la porte du jardin était grande ouverte. Derrière lui, Karney entendit le visiteur réciter une sorte de demi-prière en voyant les restes de Red. Il hésita sous l'ombre des arbres ; cette fuite à couvert était-elle raisonnable ? Ne l'incriminait-elle pas plus que s'il restait pour essayer de trouver une voie vers la vérité ? Le nœud, qui remuait toujours dans sa main, le décida finalement ; il fallait d'abord et avant tout le détruire. Dans la salle de séjour, le visiteur appelait police-secours ; protégé par son monologue épouvanté, Karney se faufila jusqu'à la porte, à quelques mètres de là, et il s'enfuit.

« Quelqu'un a téléphoné pour toi, lui cria sa mère du haut de l'escalier, il m'a déjà réveillée deux fois, je lui ai dit que...

— Je suis désolé, M'man. Qui était-ce ?

— Pas voulu le dire. Je lui ai demandé de ne pas rappeler. Tu lui diras, s'il retéléphone, que je ne veux pas qu'on appelle à cette heure de la nuit. Il y a des gens qui se lèvent tôt pour aller travailler le lendemain.

— Oui, M'man. »

Sa mère disparut du palier pour regagner son lit solitaire ; la porte se referma. Tremblotant, Karney resta dans le vestibule, à l'étage au-dessous, la main serrée sur le nœud dans sa poche. Il remuait toujours, tournant et retournant contre les bords de sa paume, cherchant un espace, même minuscule, où se desserrer. Mais Karney ne lui en donnait pas la possibilité. Il farfouilla dans ses poches pour en sortir la vodka achetée plus tôt dans la soirée, dévissa le bouchon d'une seule main, et but. Au moment où il avalait une deuxième goulée de ce tord-boyaux, le téléphone sonna. Il posa la bouteille et décrocha.

« Allô ? »

Son correspondant se trouvait dans une cabine ; le bip-bip sonnait, on inséra l'argent, et la voix dit : « Karney ?

— Oui ?

— Nom d'un chien, il va me tuer.

— Qui est-ce ?

— Brendan (cette voix ne lui ressemblait pas du tout, trop aiguë, trop terrorisée). Il va me tuer si tu ne viens pas.

— Pope ? C'est Pope ?

— Il a perdu la tête. Il faut que tu viennes à la casse, en haut du tertre. Donne-lui... »

Ils furent coupés. Karney reposa le combiné. La cordelette faisait des acrobaties dans sa main. Il l'ouvrit ; à la lueur pâle tombant du palier, le dernier nœud scintilla. Son centre, comme le cœur des deux autres nœuds, promettait des reflets de couleur. Il referma le poing, prit sa bouteille de vodka et ressortit.

Le chantier de casse s'était jadis enorgueilli de la présence d'un grand doberman constamment furieux, mais le chien avait eu une tumeur au printemps précédent, et avait sauvagement déchiqueté son maître. Par conséquent on l'avait fait piquer, mais on ne l'avait pas remplacé. Il était donc facile de sauter la palissade de tôle ondulée. Karney l'escalada et se laissa retomber de l'autre côté, sur le sol constellé de gravier et de mâchefer. Au portail d'entrée, un lampadaire englobait dans son rayon lumineux la collection des véhicules utilitaires ou non assemblés dans la cour. La plupart étaient irréparables : des tracteurs et des camions-citernes rouillés, un bus à étage qui s'était apparemment enfilé à toute vitesse sous un pont trop bas, un étalage de voitures d'escrocs, alignées ou empilées les unes sur les autres, toutes accidentées. A partir de la grille, Karney se mit à fouiller systématiquement le terrain, faisant tout son possible pour marcher d'un pas léger, mais il ne trouva aucun signe de Pope ni de son prisonnier du côté nord-ouest du chantier. Nœud dans la main, il se mit à longer la clôture, l'éclairage rassurant de l'entrée diminuant à mesure qu'il s'éloignait. Un peu plus loin, il aperçut des flammes entre deux véhicules. Il s'immobilisa et tenta d'interpréter le jeu compliqué d'ombre et de lumière. Il entendit un mouvement derrière lui, il se retourna, le cœur battant, s'attendant à un cri, à un coup. Rien. Il scruta le chantier dans son dos — l'image de la flamme jaune dansait sur sa rétine — mais ce qui avait bougé s'était de nouveau immobilisé.

« Brendan ? » souffla-t-il, en regardant vers le feu.

Devant lui, dans une tranche d'ombre, une silhouette

bougea, Brendan en sortit en trébuchant et s'affala à genoux sur le mâchefer à quelques pas de Karney. Même dans la lumière trompeuse Karney voyait que Brendan avait reçu une fameuse raclée. Sa chemise était maculée de taches trop foncées pour ne pas être du sang; son visage se tordait de douleur réelle ou anticipée. Lorsque Karney s'avança vers lui, il fit un écart comme un animal battu.

« C'est moi. C'est Karney. »

Brendan leva sa tête meurtrie. « Dis-lui d'arrêter!

— Ça va aller.

— Je t'en supplie, fais-le arrêter. »

Brendan monta les mains à son cou. Un collier de corde lui entourait la gorge; une laisse en partait qui menait dans l'ombre entre deux voitures. Là, à l'autre bout de la laisse, il y avait Pope. Ses yeux miroitaient dans l'obscurité, pourtant ils ne glanaient pas leur éclat d'une source lumineuse.

« Tu as bien fait de venir, dit Pope. Je l'aurais tué.

— Laissez-le partir », dit Karney.

Pope secoua la tête. « D'abord, le nœud. » Il sortit de sa cachette. Karney s'était plus ou moins attendu à le voir débarrassé de son déguisement de clochard pour montrer son vrai visage — quel qu'il soit — mais ce n'était pas le cas. Il portait les mêmes loques que d'habitude; mais il contrôlait incontestablement la situation. Il imprima une brève secousse à la corde et Brendan s'effondra par terre, pantelant, les mains tirant vainement sur le nœud coulant qui lui serrait la gorge.

« Arrêtez! dit Karney. J'ai le nœud, bon dieu! Pas la peine de le tuer!

— Apporte-le-moi. »

Au moment même où Karney faisait un pas vers le vieil homme, il y eut un gémissement dans le labyrinthe de la casse. Karney reconnut le bruit; Pope également. Elle ne pouvait tromper, c'était la voix de la bête qui avait tué Red, et elle n'était pas loin. Le visage terne de Pope s'enflamma d'une urgence nouvelle.

« Vite ! dit-il, ou je le tue. » Il avait sorti de son manteau un couteau de cuisine. Tirant sur la laisse, il faisait doucement avancer Brendan.

La plainte de la bête s'éleva en un cri aigu.

« *Le nœud !* dit Pope. *Donne !* » Il fit un pas vers Brendan et plaça la lame contre les cheveux ras de son prisonnier.

« Non ! dit Karney, voilà le nœud. » Mais avant de reprendre sa respiration, il vit bouger quelque chose du coin de l'œil, et une poigne brûlante lui saisit le bras. Pope poussa un cri de fureur, Karney se tourna et vit à côté de lui la bête écarlate qui le fixait d'un œil hagard. Karney lutta pour se libérer, mais elle secoua sa tête ravagée.

« Tue-la ! hurlait Pope. *Tue-la !* »

La bête jeta un coup d'œil à Pope, et pour la première fois Karney vit l'expression sans équivoque de ses yeux pâles : de la haine à l'état pur. Puis Brendan poussa un cri aigu et Karney tourna à temps la tête pour voir le couteau plonger dans sa joue. Pope retira la lame, et laissa tomber le cadavre de Brendan la tête la première ; avant qu'il ait touché le sol, le vieux fonçait déjà sur Karney, ses intentions meurtrières se précisant à chaque pas. La gorge nouée par la peur, la bête lâcha le bras de Karney à temps pour lui permettre d'éviter la première attaque de Pope. Chacun de son côté, bête et homme détalèrent. Karney patinait sur le mâchefer et, un instant, il sentit sur lui l'ombre de Pope, mais échappa d'un cheveu à son deuxième coup de couteau.

« Tu ne t'échapperas pas », entendit-il Pope, vantard, crier derrière lui. Le vieil homme avait une telle confiance en son piège, qu'il ne le poursuivait même pas. « Tu es sur mon territoire, mon gars. Il n'y a pas d'issue. »

Karney se dissimula entre deux véhicules et entreprit de rebrousser chemin vers la grille, mais sans savoir pourquoi, il avait perdu le sens de l'orientation. Les alignements de carcasses rouillées se succédaient, tellement semblables qu'on n'aurait pu les distinguer. Où que le menât ce labyrinthe, il ne semblait pas avoir d'issue ; Karney ne voyait plus le lampadaire de l'entrée, ni le feu de Pope à l'autre bout du cimetière de voitures. Il n'était plus qu'une proie sur ce terrain de chasse ; et où que le menât ce dédale, la voix de Pope suivait aussi proche que ses battements de cœur. « Rends-moi le nœud, mon gars, disait-elle, laisse tomber ou je te fais avaler tes yeux. »

Karney était terrifié ; mais il avait le sentiment que Pope l'était aussi. La cordelette n'était pas un outil meurtrier comme il l'avait toujours cru. Quelle qu'en soit la raison, le vieillard *ne la maîtrisait pas*. Voilà où résidait la mince chance de survie de Karney. L'heure était venue de dénouer le dernier nœud, et d'en subir les conséquences. Pouvaient-elles être pires que la mort aux mains de Pope ?

Karney trouva un refuge adéquat contre un camion calciné ; il s'accroupit tout doucement, et ouvrit son poing. Même dans l'obscurité, il sentait le nœud travailler à la solution de son problème ; il l'aida de son mieux.

De nouveau, Pope parla : « Non, mon garçon, dit-il, sur un ton qui se voulait amène. Je sais ce que tu penses et, crois-moi, ce sera ta fin ! »

Karney semblait ne plus avoir que des pouces aux mains, trop malhabiles pour faire l'affaire. Son esprit s'emplit d'une galerie de portraits de morts : Catso sur la route, Red sur la moquette, Brendan glissant des mains de Pope lorsque le couteau lui sortit de la tête. Il repoussa ces images et s'efforça de remettre de l'ordre dans son esprit assiégé. Pope avait mis une sourdine à son monologue. A présent, seul le ronronnement distant de la circulation emplissait le terrain ; il provenait d'un monde que Karney doutait de revoir un jour. Il tritura le nœud comme on le fait pour une serrure avec une poignée de clés, essayant une solution après l'autre, puis la suivante, tout en sachant qu'il fallait faire vite. « *Vite, vite* », se bousculait-il. Mais sa dextérité première l'avait complètement abandonné.

Et ensuite la lame fendit l'air en sifflant : Pope l'avait retrouvé — son visage triomphait en assenant le coup fatal. Karney, accroupi, roula sur le côté, mais la lame lui toucha le haut du bras, lui ouvrant la chair de l'épaule au coude. La douleur le fit réagir vite, le deuxième coup toucha la cabine du camion d'où jaillit une gerbe d'étincelles et non de sang. Avant que Pope ait pu à nouveau frapper, Karney s'était esquivé, le sang lui sortait du bras par saccades. Le vieillard le prit en chasse, mais Karney était plus leste. Il se cacha derrière un car et, au moment où Pope arrivait, pantelant, derrière lui, il se glissa sous le véhicule. Pope le dépassa sans le voir, tandis que Karney ravalait un sanglot de douleur. Sa blessure handicapait sa main gauche. Ramenant le bras contre son corps pour réduire la traction sur son muscle lacéré, il essaya de finir le misérable travail commencé sur le nœud, à l'aide de ses dents au lieu de sa deuxième main. Des éclats de lumière blanche lui apparaissaient ; il allait bientôt perdre conscience. Il respira profondément par les narines sur un rythme régulier tandis que ses doigts fébriles tiraient sur le nœud. Il ne voyait plus la cordelette dans sa main, il ne la sentait presque plus non plus. Il travaillait en aveugle, comme il l'avait fait sur le sentier, et maintenant, comme alors, son instinct agissait à sa place. Le nœud, assoiffé de liberté, se mit à danser à ses lèvres. Il touchait à sa solution.

Absorbé dans sa tâche, Karney ne se rendit pas compte du bras qui se tendait vers lui jusqu'au moment où il fut traîné hors de son refuge pour se retrouver sous le regard étincelant de Pope.

« Fini de jouer ! » dit le vieil homme, et il desserra sa prise sur Karney pour s'emparer de la cordelette coincée entre ses dents.

Karney, souffrant le martyre, essaya de se déplacer de quelques centimètres pour éviter la main de Pope, mais fut handicapé par la douleur de son bras. Il retomba en arrière, et hurla en touchant le sol.

« Voyons que je t'arrache les yeux ! » dit Pope, et son couteau descendit. Le coup qui allait l'aveugler n'atteignit pourtant jamais son but. Une forme blessée sortit de l'ombre derrière le vieil homme et le saisit par les pans de sa gabardine. En deux temps trois mouvements, Pope reprit son équilibre et pivota sur les talons. Son couteau trouva son adversaire, Karney écarquilla ses yeux aveuglés de douleur et vit la bête attaquée rouler en arrière, la joue ouverte jusqu'à l'os. Pope la suivit pour finir le carnage, mais Karney n'attendit pas de voir la suite. Il tendit son bras valide pour prendre appui sur la carcasse de voiture et se remit sur pied, le nœud toujours serré entre les dents. Derrière lui, Pope jurait et Karney sut qu'il avait renoncé au massacre. Sachant la poursuite perdue d'avance, titubant, il sortit à découvert d'entre ses deux véhicules. Dans quelle direction se trouvait la grille d'entrée ? Il n'en avait aucune idée. Il avait des jambes de clown triste, aux articulations en caoutchouc, qui ne servent qu'à tomber sur les fesses. Deux pas en avant, et ses genoux cédèrent. L'odeur des scories imbibées d'essence lui monta aux narines.

Désespéré, il porta sa main valide à sa bouche. Ses doigts trouvèrent une boucle sur la cordelette. Il tira, *fort,* et miracle ! la dernière demi-clé du nœud se défit. Il cracha la cordelette au moment où jaillissait une flambée de chaleur qui lui brûla les lèvres ; elle tomba par terre, son dernier nœud défait, et le dernier de ses prisonniers se matérialisa en son sein. Il parut sur les gravillons, sous les traits d'un enfant maladif, aux membres atrophiés, à la tête chauve et beaucoup trop grande pour son corps rabougri, à la peau si pâle qu'elle en était translucide. Il battait vainement de ses bras paralytiques pour se redresser lorsque Pope avança vers lui, brûlant de lui trancher sa gorge sans défense. Qu'importe ce qu'avait espéré Karney de ce troisième nœud, ce n'était certainement pas ce révoltant petit être riquiqui.

Et puis il parla, non d'une voix de bébé qui piaille mais d'une voix d'adulte, même si elle sortait de la bouche d'un nourrisson.

« A moi ! criait-il. *Vite !* »

Au moment où Pope se penchait pour assassiner l'enfant, l'air du cimetière de voitures s'emplit d'une puanteur de vase, et les ombres dégorgèrent une chose couverte de piquants, basse sur pattes, qui rampa vers lui. Pope recula lorsque la créature — aussi inachevée dans sa catégorie de reptile que son frère simiesque — se referma sur l'étrange petit. Karney s'attendait absolument à ce qu'elle n'en fasse qu'une bouchée, mais le pâle enfant leva les bras pour accueillir la bête du premier nœud qui s'enroula autour de lui. Au même instant, la deuxième bête montra son horrible face en grognant de plaisir. Elle posa les mains sur l'enfant et attira son corps décharné entre ses bras démesurés, pour compléter l'image de cette trinité païenne de reptile, singe et enfant.

Pourtant, leur union n'était pas encore achevée. En même temps que les trois créatures s'assemblaient, les corps luttaient, se détordant en rubans de substance couleur pastel ; et en même temps que leur anatomie se dissolvait, les bandelettes prenaient une nouvelle configuration, un filament s'enroulant sur l'autre. Elles formaient au hasard un nœud nouveau et pourtant inévitable; bien plus élaboré que tous ceux auxquels s'était attaqué Karney. Un nouveau casse-tête, insoluble peut-être, se créait avec les éléments des anciens, mais — là où les autres avaient été incomplets — celui-ci serait achevé et entier. Mais comme quoi? Comme quoi?

Au moment où l'embrouillamini des nerfs et des muscles approchait de sa condition finale, Pope sauta sur l'occasion. Il se jeta en avant, son visage furieux éclairé par leur union, et il enfonça son couteau au cœur du nœud. Mais il calcula mal son attaque. Un membre, ruban de lumière, se déroula du corps pour s'enrouler autour du poignet de Pope. Sa gabardine prit feu; sa peau s'enflamma. Il hurla comme un beau diable et lâcha son arme. Le membre relâcha le vieillard pour réintégrer la trame, le laissant reculer en titubant, et bercer son bras en feu. Il semblait perdre l'esprit; il secouait pitoyablement la tête de droite et de gauche. Brièvement, ses yeux se posèrent sur Karney, et une étincelle perfide s'y glissa de nouveau. Il attrapa le bras blessé du jeune homme pour l'attirer à lui. Karney hurla, mais, sans s'occuper de son prisonnier, Pope l'entraîna loin de l'endroit où se terminait le tissage, en lieu sûr, dans le labyrinthe.

« Il ne me fera aucun mal, se disait Pope, pas tant que tu seras avec moi. Il a toujours eu un faible pour les jeunes. » Il poussa Karney devant lui. « On prend simplement les papiers... ensuite, on file. »

Karney savait à peine s'il était vivant ou mort; il n'avait plus la force de repousser Pope. Il accompagna simplement le vieillard, en rampant à moitié la plupart du temps, jusqu'à sa destination : une voiture enfouie derrière une montagne de véhicules rouillés. Elle n'avait plus de roues; un arbuste qui avait poussé à travers le châssis occupait la place du chauffeur. Pope ouvrit la portière arrière, grognant de satisfaction, et il se pencha à l'intérieur, laissant Karney affalé contre l'aile. La perte de connaissance lui souriait, toute proche ; Karney l'attendait avec impatience. Mais il était encore utile à Pope. Récupérant un petit carnet dans sa cachette sous le siège du passager, Pope chuchota : « Maintenant il faut partir. Nous avons affaire. » Karney gémit lorsqu'il le poussa en avant.

« Ferme-là ! dit Pope, en lui passant le bras autour des épaules, mon frère a des oreilles.

— Quel frère ? marmonna Karney, s'efforçant de comprendre ce qu'avait laissé échapper Pope.

— Ensorcelé, dit Pope, jusqu'à ton arrivée.

— Monstres, marmonna Karney, assailli par un mélange d'images de reptiles et de singes.

— Humains, répondit Pope. Le nœud, c'est l'évolution, mon bonhomme.

— *Humains ?* » dit Karney, et à l'instant où ces deux syllabes quittaient sa bouche, ses yeux douloureux aperçurent une forme luisante sur la voiture derrière son tortionnaire. Oui, *c'était bien* un humain. Encore mouillé après sa renaissance, le corps couvert des plaies héritées, mais triomphalement humain. Pope vit la lueur de reconnaissance dans les yeux de Karney. Il le saisit et il allait se servir de son corps flasque comme bouclier lorsque son frère intervint. Du toit de la voiture, l'homme redécouvert se tendit pour attraper le cou grêle de Pope. Le vieux hurla, se débattit et se dégagea, avant de filer comme une flèche sur le mâchefer, mais l'autre, grondant, le prit en chasse et le poursuivit loin de Karney.

Karney entendit Pope prier une dernière fois, à bonne distance, lorsque son frère le rattrapa, puis ses paroles se fondirent en un cri que Karney espéra ne plus jamais entendre. Ensuite, silence. Le parent ne revint pas ; mis à part sa curiosité, Karney lui en fut reconnaissant.

Lorsque, plusieurs minutes plus tard, il eut rassemblé assez d'énergie pour sortir du chantier de casse — la lumière brillait de nouveau à la grille, phare pour les égarés —, il trouva Pope à terre, face dans le gravier. Même s'il en avait eu la force, et il ne l'avait pas, Karney n'aurait pas retourné le corps, même en échange d'une petite fortune. Il lui suffit de voir comment le mort avait enfoncé ses mains dans le sol dans son tourment, et comment les volutes luisantes de ses intestins, jadis si bien lovées dans son abdomen, étaient répandues sous lui. Le carnet qu'il avait pris tant de peine à récupérer se trouvait à côté de lui. Pris de vertige, Karney se pencha pour le ramasser. Il trouva cette récompense bien maigre pour la nuit de terreur qu'il venait de passer. L'avenir immédiat lui soumettrait des questions qu'il ne pourrait jamais résoudre, porterait des accusations auxquelles il serait bien incapable de répondre. Mais, à la lumière du lampadaire de la grille, il trouva les pages souillées plus intéressantes qu'il ne l'avait escompté. Y étaient copiés d'une écriture très soignée, accompagnés de schémas compliqués, les théorèmes de la science oubliée de Pope : la conception des nœuds pour préserver l'amour, et réussir une carrière; des clefs pour séparer les âmes et les nouer; pour faire fortune et enfants; pour la ruine du monde.

Après avoir rapidement feuilleté le carnet, il escalada la grille et se laissa retomber dans la rue déserte à cette heure. Quelques lumières brillaient dans le bloc de HLM en face; des chambres où les malades égrenaient les heures en attendant le matin. Plutôt que d'en demander plus à ses membres épuisés, Karney décida de rester sur place et d'attendre une voiture qui l'emmènerait là où il pourrait raconter son histoire. Il avait de quoi s'occuper. Malgré son corps engourdi et sa tête de coton, il se sentait plus lucide que jamais. Il s'enfonça dans les mystères écrits sur les pages du carnet défendu de Pope comme dans une oasis. Buvant à longs traits, il attendit avec une rare béatitude le pèlerinage à venir.

Apocalypse

A Amarillo, il avait été question de tornades : de vaches, de voitures, et parfois de maisons complètement soulevées avant d'être rabattues au sol ; de communautés entières réduites à la ruine en quelques secondes dévastatrices. Voilà ce qui expliquait le malaise de Virginie ce soir-là. Ou alors, elle le devait à la fatigue accumulée au cours de ce long voyage sur les grandes routes désertes du Texas où, pour tout paysage elle avait le ciel figé, et pour tout espoir à la fin des longues étapes successives, une nouvelle série d'hymnes et d'appels aux dieux vengeurs. Assise à l'arrière de la Pontiac noire, le dos douloureux, elle s'efforçait de dormir. Mais la chaleur de l'air immobile collait à son cou menu et elle rêvait qu'elle suffoquait ; alors, elle renonça à ses efforts pour se reposer et se contenta de regarder défiler les champs de blé, de compter les silos à grain se découpant sur les gros nuages noirs qui se regroupaient au nord-est.

Au volant, Earl chantonnait en conduisant. John, à moins de cinquante centimètres de Virginie, mais à un million de miles, en fait, étudiait les épîtres de saint Paul en lisant tout bas. Ensuite, lorsqu'ils traversèrent Pantex Village (« ici, on fabrique les têtes de fusée », dit Earl d'un ton confidentiel, puis il se tut), la pluie commença. Brusquement, le soir tomba, renforçant l'obscurité, plongeant instantanément la route Amarillo-Pampa dans des ténèbres humides.

Virginie remonta sa vitre ; la pluie, bien que rafraîchissante, trempait sa robe bleu uni, la seule de ses tenues qu'approuvait John pour les assemblées. A présent, il n'y avait plus rien à regarder par le carreau. Son malaise croissant au fil des miles parcourus en direction de Pampa, elle restait à écouter la violence de l'averse sur le toit de la voiture, et le murmure de son mari à côté d'elle :

« *C'est pour cela qu'il est dit : Réveille-toi, toi qui dors, Relève-toi d'entre les morts, Et Christ t'éclairera.*

Prenez donc garde de vous conduire avec circonspection, non comme des insensés, mais comme des sages ; rachetez le temps, car les jours sont mauvais. »

Comme toujours, il se tenait très droit, avec sur les genoux la même Bible brochée, écornée, dont il se servait depuis des années. Il connaissait sûrement par cœur les passages qu'il lisait ; il les citait assez souvent, avec un tel mélange de familiarité et de fraîcheur que les mots auraient pu être les siens, créés de neuf par sa propre bouche, et non ceux de Paul. Virginie ne doutait pas que sa passion et sa vigueur feraient un jour de John Gyer le plus grand évangéliste d'Amérique. Pendant les semaines épuisantes et mouvementées de cette tournée des trois Etats, son mari avait fait montre d'une confiance et d'une maturité sans précédent. Son message n'avait rien perdu de sa véhémence du fait de ce professionnalisme nouveau — il proposait encore le même vieil alliage de damnation et de rédemption que d'habitude — mais à présent, il avait une maîtrise totale de son talent, et de ville en ville — en Oklahoma, au Nouveau Mexique et maintenant au Texas — les fidèles s'étaient rassemblés par centaines et par milliers pour l'écouter, avides de retrouver le Royaume de Dieu. A Pampa, distante de trente-cinq miles, on devait déjà s'assembler, malgré la pluie, avec l'intention de voir des tribunes l'arrivée du croisé. Chacun aurait amené ses enfants, ses économies et, surtout, sa soif de pardon.

Mais le pardon était pour demain. D'abord il fallait *arriver* à Pampa, et la pluie empirait. Earl avait cessé de chanter dès le début de l'orage, et il concentrait toute son attention sur la route devant lui. Parfois il soupirait et se redressait contre son dossier. Virginie essayait de ne pas s'occuper de la conduite, mais lorsque le torrent se fit déluge, son inquiétude fut plus forte qu'elle. Elle se pencha en avant et se mit à scruter à travers le pare-brise pour voir les véhicules qui venaient en sens inverse. Les accidents étaient fréquents dans de telles conditions de mauvais temps, où le conducteur fatigué avait hâte d'être arrivé vingt miles plus loin. A côté d'elle, John sentit son inquiétude.

« Le Seigneur est avec nous », dit-il, sans lever les yeux de ses pages à petits caractères, même s'il faisait maintenant trop sombre pour pouvoir lire.

« Quelle sale nuit, John ! dit-elle. Peut-être que nous devrions arrêter avant Pampa. Earl doit être fatigué.

— Ça va, intervint Earl, ce n'est plus si loin.

— Vous êtes fatigué, répéta Virginie. Nous le sommes tous.

— Eh bien, nous pourrions trouver un motel, je suppose, suggéra Gyer. Qu'en pensez-vous Earl ? »

Earl haussa ses larges épaules. « Comme vous voulez patron », répondit-il, sans trop lutter.

Gyer se tourna vers sa femme et lui tapota doucement le dos de la main.

« Nous allons chercher un motel, dit-il. Earl pourra téléphoner à Pampa pour dire que nous y serons demain matin. Qu'en penses-tu ? »

Elle lui sourit, mais il ne la regardait pas.

« Je crois que c'est White Deer au prochain croisement, dit Earl à Virginie. Il y aura peut-être un motel. »

En fait, le Motel du Peuplier se trouvait à un kilomètre à l'ouest de White Deer, dans une région non cultivée, au sud de la route 60 ; c'était un petit établissement de deux bâtiments bas avec un peuplier mort ou mourant entre les deux. Il y avait déjà un certain nombre de voitures sur les aires de stationnement, et de la lumière dans la plupart des chambres ; des voyageurs fuyant comme eux la tempête... Earl entra la voiture dans l'enceinte du motel et se gara le plus près possible de la réception, puis il piqua un sprint à travers le terrain battu par la pluie pour aller demander s'il restait des chambres pour la nuit. Moteur arrêté, le bruit de la pluie sur le toit de la Pontiac était plus entêtant que jamais.

« J'espère qu'il y aura de la place pour nous », dit Virginie qui regardait l'enseigne au néon déformée par le ruissellement de l'eau sur la vitre. Gyer ne répondit pas. La pluie grondait au-dessus de leur tête. « Parle-moi, John, lui dit-elle.

— Pour quoi faire ? »

Elle secoua la tête. « Ça ne fait rien. » Des mèches de cheveux collaient à son front légèrement moite ; malgré l'arrivée de la pluie, la chaleur n'avait pas diminué.

« Je déteste la pluie, dit-elle.

— Elle ne durera pas toute la nuit », répondit Gyer, en passant sa main dans ses épais cheveux gris. C'était le geste dont il ponctuait ses sermons à la tribune, lorsqu'il faisait une pause entre deux déclarations capitales. Elle connaissait si bien sa rhétorique, gestuelle et verbale ! Parfois elle pensait qu'elle savait de lui tout ce qu'il était possible de savoir ; qu'il n'avait plus rien à lui dire qu'elle ait vraiment envie d'entendre. Mais cette impression était sans doute réciproque : ils avaient depuis longtemps cessé de vivre leur mariage comme tel. Cette nuit, comme toutes les nuits de la tournée, ils coucheraient dans des lits jumeaux, il dormirait de ce sommeil profond, facile, qui lui venait si rapidement, tandis qu'elle avalerait en douce un ou deux somnifères qui lui apporteraient un apaisement bienvenu.

« Le sommeil, avait-il souvent dit, est le moment où l'on communie avec le Seigneur. » Il croyait en l'efficacité des rêves, même s'il ne parlait pas de ce qu'il y voyait. Elle ne doutait pas un seul instant que l'heure viendrait où il dévoilerait la majesté de ses visions, mais en attendant il dormait seul, gardait son secret, et la laissait en proie à tous ses chagrins cachés. L'amertume aurait été facile, mais elle lutta contre cette tentation. La destinée de John Gyer était manifeste, le Seigneur l'exigeait ; et s'il était dur envers sa femme, il l'était bien davantage envers lui-même, suivant un régime qui aurait détruit des hommes moins solides, et il se châtiait toujours de ses moindres actes de faiblesse.

Earl émergea enfin de la réception et revint à la voiture au pas de course. Il avait trois clés.

« Chambres 7 et 8, dit-il, le souffle court, la pluie gouttant de ses sourcils et de son nez ; j'ai aussi la clé de la porte de séparation.

— Bien, dit Gyer.

— Ce sont les deux dernières ! dit-il. Je fais le tour avec la voiture ? Elles se trouvent de l'autre côté du bâtiment. »

L'intérieur des deux chambres était un hymne à la banalité. Il leur semblait avoir séjourné dans mille de ces cellules identiques jusqu'au couvre-lit d'un orange écœurant et à la gravure passée du Grand Canyon sur des murs vert pâle. John était insensible au décor, il l'avait toujours été, mais aux yeux de Virginie, ces chambres représentaient un parfait modèle du Purgatoire. Des limbes sans âmes où rien d'important n'était jamais arrivé, et n'arriverait jamais. Il n'y avait rien pour différencier ces chambres les unes des autres, mais ce soir-là, Virginie n'était pas la même.

Cette ambiance bizarre ne venait pas des conversations sur les tornades. Virginie regardait Earl aller et venir avec les bagages, et elle se sentait étrangement dédoublée, comme si elle regardait les choses à travers un voile plus dense que la pluie tiède qui tombait derrière la porte. Elle dormait presque debout. Lorsque John lui eut gentiment désigné son lit pour la nuit, elle s'allongea et essaya de se détendre pour maîtriser son impression de dédoublement. Plus facile à dire qu'à faire ! La télévision marchait dans une chambre voisine, et on entendait distinctement chaque parole du film de dix heures à travers les murs minces comme du papier.

« Vous vous sentez bien ? »

Elle ouvrit les yeux. Toujours plein de sollicitude, Earl la regardait. Il paraissait aussi las qu'elle. Son visage, très hâlé à force de prendre le soleil dans les réunions de plein air, lui sembla plutôt jaunâtre au lieu de son brun habituel respirant la santé. Il était aussi un peu trop gros, même si sa corpulence allait bien avec son visage aux traits larges et têtus.

« Oui, ça va bien, merci, dit-elle. J'ai un peu soif.

— Je vais voir si je peux vous avoir une boisson. Il doit bien y avoir un distributeur de coca. »

Elle acquiesça, soutenant des yeux son regard. Il y avait, dans cet échange, un non-dit que Gyer, assis à la table prenant des notes pour son discours du lendemain, ne pouvait comprendre. De temps en temps au cours de la tournée, Earl avait procuré des pilules à Virginie. Oh ! rien de bien méchant, de simples calmants pour tranquilliser ses nerfs de plus en plus ébranlés. Mais, comme les stimulants, le maquillage et les bijoux, ils n'étaient pas bien vus par un homme de principes comme Gyer, et lorsque son mari avait par hasard découvert les médicaments, il s'en était suivi une vilaine scène. Earl avait essuyé la colère de son patron, Virginie lui en avait été très reconnaissante. Et, bien qu'il eût reçu l'ordre strict de ne jamais recommencer, il lui en avait bientôt procuré d'autres. Leur culpabilité était presque un secret agréable entre eux ; même à cet instant, elle lut une complicité dans ses yeux, ainsi que lui dans les siens.

« Pas de coca-cola, dit Gyer.

— Allons, je pensais que nous pouvions faire une exception.

— *Une exception ?* » reprit Gyer, d'une voix qui prenait son accent suffisant caractéristique. Il y avait de la rhétorique dans l'air, et Earl maudit sa langue stupide. « Le Seigneur ne nous a pas donné des lois à suivre pour que nous fassions des *exceptions,* Earl. Vous le savez bien. »

A ce moment-là, Earl se moquait pas mal de ce que le Seigneur avait dit ou fait. C'est de Virginie qu'il se souciait. Il la savait forte, malgré ses manières courtoises de fille du Sud, et l'apparente fragilité qui les accompagne ; assez forte pour leur faire traverser toutes les petites catastrophes de la tournée, lorsque le Seigneur oubliait d'entrer en scène pour aider ses agents dans l'arène. Mais personne n'avait des forces illimitées, et il avait l'impression qu'elle était à deux doigts de craquer. Elle donnait tant à son mari ! — d'amour et d'admiration, d'énergie et d'enthousiasme. Dans les semaines précédentes, Earl avait plus d'une fois pensé qu'elle méritait peut-être mieux que l'homme qui montait en chaire.

« Vous pourriez peut-être aller me chercher de l'eau glacée », dit-elle, en levant vers lui ses yeux gris-bleu soulignés d'un cerne de fatigue. Elle n'était pas belle selon les critères d'aujourd'hui, elle avait des traits trop parfaits, trop aristocratiques. Son épuisement leur donnait un nouvel éclat.

« De l'eau glacée? Mais tout de suite! » dit Earl, d'un ton qui se voulait jovial mais qu'il eut à peine la force de maintenir. Il se dirigea vers la porte.

« Pourquoi n'appelez-vous pas la réception pour qu'on vous en apporte? suggéra Gyer au moment où Earl allait sortir. Je voudrais revoir avec vous l'itinéraire de la semaine prochaine.

— Mais cela ne m'ennuie pas, dit Earl. Vraiment. Et puis il faut que j'appelle Pampa pour leur dire que nous sommes retardés. »

Et il fut dehors avant que John ait pu le contredire. Il avait besoin d'un prétexte pour avoir un peu de temps à lui; l'atmosphère entre Virginie et Gyer se détériorait de jour en jour et ce n'était pas vraiment réjouissant. Il resta un long moment à regarder la pluie tomber à verse. Le peuplier au milieu de la cour penchait sa tête dénudée sous la furie du déluge; Earl savait exactement ce qu'il devait ressentir.

Tandis qu'il se tenait sur l'allée, se demandant ce qu'il allait faire pour garder sa raison pendant les huit dernières semaines de la tournée, deux silhouettes venues de la route traversèrent la cour. Il ne les vit pas, bien que leur chemin vers la chambre 7 les fît passer droit dans le champ de sa vision. Le couple arrivait du terrain vague derrière la réception — où, en 1955, il avait garé sa Buick rouge — et traversait sous la pluie diluvienne qui pourtant ne semblait pas le toucher. La femme, dont la coiffure avait été deux fois à la mode depuis les années cinquante, et dont les vêtements donnaient l'image de la même période, ralentit un instant pour regarder l'homme qui contemplait le peuplier d'un air si absorbé. Il avait un regard gentil, malgré ses sourcils froncés. Elle songea qu'en son temps elle aurait pu aimer un homme comme celui-là ; mais son temps était passé depuis des lustres ! Buck, son mari, se retourna vers elle : « Tu viens Sadie ? » demanda-t-il. Et elle le suivit sur l'allée en béton (qui était en bois la dernière fois qu'elle était venue) et ils entrèrent dans la chambre 7 par la porte ouverte.

Earl eut un frisson dans le dos. A force de fixer la pluie, pensa-t-il ; et aussi à force de vaine attente. Il avança jusqu'au bout du patio, s'arma de courage pour traverser la cour jusqu'au bureau, compta jusqu'à trois et s'élança.

Sadie Durning jeta un coup d'œil par-dessus son épaule et regarda partir Earl, puis elle tourna la tête vers Buck. Les années n'avaient pas modéré le ressentiment qu'elle éprouvait à l'égard de son mari, pas plus qu'elles n'avaient amélioré son air roublard ni son rire trop facile. Sadie ne l'aimait pas beaucoup en ce 2 juin 1955, et elle ne l'aimait pas tellement non plus à présent, exactement trente ans plus tard. Buck Durning avait une âme de coureur — le père de Sadie le lui avait toujours dit. Cela en soi n'était pas si terrible ; c'était peut-être inhérent à la condition masculine. Mais cela avait conduit à un comportement tellement moche qu'à la fin elle s'était lassée de ses mensonges incessants. Lui — innocent jusqu'au bout — avait pris la déprime de sa femme comme le besoin d'une deuxième lune de miel. Cette hypocrisie phénoménale l'avait finalement emporté sur tout sentiment latent de tolérance ou de pardon qu'elle aurait pu nourrir et, lorsque, trois décennies plus tôt jour pour jour, ils étaient descendus au Motel du Peuplier, elle s'apprêtait à plus qu'une nuit d'amour. Elle avait laissé Buck prendre sa douche et, lorsqu'il en était sorti, elle avait braqué sur lui son Smith & Wesson .38, et lui avait ouvert un grand trou dans la poitrine. Ensuite elle avait couru, jeté le pistolet, s'était enfuie tout en sachant que la police la rattraperait, mais sans vraiment trop s'inquiéter de l'heure. On l'avait conduite à la prison du comté de Carson à Panhandle et, au bout de quelques semaines, on l'avait jugée. Pas une seule fois elle n'avait essayé de nier le meurtre : il y avait eu suffisamment de mensonge dans les trente-huit années de sa vie. Et alors, parce qu'on la trouvait insolente, on l'avait transférée à la prison d'Etat de Huntsville, et on avait choisi une très belle journée du mois d'octobre suivant pour lui faire passer 2 250 volts à travers le corps, sans autre forme de procès, arrêtant ainsi presque instantanément son cœur impénitent. Œil pour œil, dent pour dent. On l'avait élevée selon un code de simples équations morales. Elle n'était pas malheureuse d'être morte selon les mêmes principes mathématiques.

Mais cette nuit, Buck et elle avaient choisi de refaire leur voyage de trente ans auparavant, pour voir s'ils découvriraient pourquoi et comment leur mariage s'était terminé dans le sang. Cette occasion était offerte à nombre d'amants défunts, mais apparemment peu d'entre eux en profitaient; la pensée de revivre une deuxième fois le cataclysme qui avait terminé leur vie leur était peut-être trop désagréable. Pourtant Sadie ne pouvait s'empêcher de se demander si tout était prédestiné : un mot gentil de la part de Buck, un regard d'affection sincère dans ses yeux noirs, auraient pu immobiliser son doigt sur la détente et leur sauver la vie à tous les deux. Cette nuit-ci leur donnerait l'occasion de vérifier l'histoire. Invisibles, inaudibles, ils allaient suivre le même chemin que trois décennies plus tôt : les prochaines heures leur diraient si cet itinéraire les menait inévitablement au meurtre.

La chambre 7 était occupée, et la chambre voisine également; la porte de séparation était ouverte, et la lumière allumée dans les deux. Le fait qu'elles soient occupées ne créait aucun problème. Il y avait longtemps que Sadie était accoutumée à sa condition éthérée; à se promener au milieu des vivants sans qu'on la voie. C'est ainsi qu'elle avait assisté au mariage de sa nièce, et plus tard à l'enterrement de son père, debout près de la tombe, à faire avec le vieux mort, des commentaires sur les gens du cortège. Mais Buck, qui n'avait jamais été très vif, était plus enclin à l'étourderie. Elle espérait que cette nuit il ferait attention. Après tout, il voulait autant qu'elle mener l'expérience à son terme.

Tandis qu'ils se tenaient sur le seuil et regardaient à la ronde dans la pièce où s'était déroulée leur farce fatale, elle se demanda si la balle l'avait fait beaucoup souffrir. Il faudrait qu'elle le lui demande cette nuit, si l'occasion s'en présentait.

Lorsque Earl était allé réserver les chambres, il y avait à la réception une jeune femme au visage sympathique mais sans beauté. Elle n'y était plus et un homme d'environ soixante ans, avec une barbe grise de trois jours et une chemise maculée de sueur la remplaçait. Il leva le nez de son quotidien de la veille lorsque Earl entra.

« C'est pourquoi ?

— Serait-il possible d'avoir de l'eau glacée ? » demanda Earl. L'homme gueula par-dessus l'épaule : « Laura-May ? Tu es là ? »

Le vacarme du film de dix heures traversait la porte — coups de feu, cris, rugissements de fauve en liberté — et puis, la réponse de Laura-May :

« Qu'est-ce que tu veux P'pa ?

— Il y a quelqu'un qui a besoin d'un service », hurla le père de Laura-May, non sans une trace d'ironie dans la voix. Tu peux venir t'en occuper ?

Aucune réponse ; simplement de nouveaux hurlements qui firent grincer les dents du client. Le patron leva la tête vers lui. Il avait un œil voilé par la cataracte.

« Vous êtes avec l'évangéliste ? fit-il.

— Oui... comment avez-vous su qu'il est...

— Laura-May l'a reconnu. Elle a vu sa photo dans le journal.

— Ah oui ?

— Elle ne loupe jamais rien, ma petite. »

Laura-May fit son entrée à ce moment précis. Lorsque ses yeux bruns se posèrent sur Earl, elle s'illumina visiblement.

« Oh... dit-elle, le visage animé par un sourire. Que puis-je pour vous, Monsieur ? » La réplique, alliée au sourire, sembla marquer plus qu'un intérêt poli pour le client ; ou n'était-ce que le souhait secret de Earl ? A part une belle de nuit rencontrée en Oklahoma, à Pomca City, sa vie sexuelle était inexistante depuis trois mois. Saisissant l'occasion, il rendit son sourire à Laura-May. Elle avait au moins trente-cinq ans, mais des façons curieusement enfantines ; son regard l'intimidait presque par sa franchise. Rencontrant ses yeux, Earl se mit à penser que sa première impression ne l'avait pas tellement trompé.

« Je me demandais si vous auriez de l'eau glacée, dit-il. Mrs Gyer ne se sent pas très bien. »

Laura-May hocha la tête. « Je vais vous en chercher », dit-elle, s'attardant un instant sur le seuil avant de retourner dans la pièce de la télévision. Le vacarme du film s'était apaisé — une scène de calme peut-être, avant la réapparition de la bête — et dans le silence, Earl entendit battre la pluie dehors, qui changeait la terre en boue.

« Ça pleut à torrents, ce soir, hein ! observa le patron, si ça ne s'arrête pas, demain vous n'aurez personne !

— Oh, les gens viennent par tous les temps, vous savez, dit Earl. John Gyer est une grande attraction. »

Le type fit la grimace. « Il n'empêchera pas la tornade », dit-il, se complaisant visiblement dans son rôle d'oracle. Nous devons bientôt en avoir une de toute façon.

« Vraiment ?

— Y a deux ans, le vent a arraché le toit de l'école. Il l'a soulevé comme un rien. »

Laura-May réapparut à la porte, avec un plateau où se trouvaient une carafe et quatre verres. Les glaçons tintaient contre les bords de la carafe.

« De quoi tu parles, P'pa ?

— De tornade.

— Il ne fait pas assez chaud », annonça-t-elle d'un air ferme mais détaché. Son père grommela son désaccord, mais ne discuta pas. Laura-May se dirigea vers Earl avec son plateau, et lorsqu'il fit un geste pour le lui prendre, elle dit : « Je le porterai moi-même. Je vous suis. » Il ne fit aucune objection. En chemin vers la chambre des Gyer, il aurait ainsi l'occasion d'échanger des plaisanteries avec elle ; la même pensée lui trottait peut-être aussi dans la tête. Ou alors elle voulait voir l'évangéliste de plus près.

Ils firent en silence tout le trajet jusqu'au bout du premier bâtiment ; là ils s'arrêtèrent. Ils avaient devant eux quinze mètres de flaques à traverser entre les deux bâtiments.

« Je prends la carafe ? proposa Earl. Vous porterez le plateau et les verres.

— D'accord », répondit-elle. Puis, posant sur lui le même regard droit qu'auparavant, elle dit : « Comment vous appelez-vous ?

— Earl, lui dit-il, Earl Rayburn.

— Moi c'est Laura-May Cade.

— Ravi de vous connaître, Laura-May.

— On vous a parlé de cet endroit, n'est-ce pas ? dit-elle. Papa vous a tout raconté, je pense.

— Sur les tornades ?

— Non, répondit-elle, sur les crimes. »

Sadie se tenait au pied du lit et regardait la femme allongée. Elle ne la trouva pas très coquette ; ses vêtements étaient tristes, sa coiffure peu flatteuse. La femme murmura quelque chose dans son état semi-comateux et, soudain, elle se réveilla. Ses yeux s'ouvrirent tout grands. Ils trahissaient une inquiétude vague, et de la douleur aussi. Sadie la regarda et soupira.

« Quel est le problème ? » demanda Buck. Il avait posé les valises et s'était installé dans un fauteuil en face du quatrième occupant de la pièce, grande personne maigre, aux traits vigoureux, dont la crinière gris acier n'aurait pas fait honte à un prophète de l'Ancien Testament.

« Il n'y a pas de problème ! répondit Sadie.

— Je ne veux pas partager la chambre avec ces deux-là, dit Buck.

— Allons, c'est la chambre où nous... où nous avons séjourné, répondit Sadie.

— Allons à côté, suggéra Buck, en montrant la chambre 8 de la tête, ce sera plus intime.

— Ils ne nous voient pas.

— Mais moi je *les* vois ! répondit Buck, et ça me flanque la chair de poule. Quelle différence si nous sommes dans une autre chambre, bon sang ? » Sans attendre l'accord de Sadie, Buck emporta les bagages dans la chambre de Earl. « Tu viens ou non ? » demanda-t-il à Sadie. Elle hocha la tête. Il valait mieux lui céder ; si elle se mettait à discuter dès à présent, ils ne passeraient pas le premier obstacle. Elle se redit que leur réunion devait se faire sous le signe de la conciliation ; et elle le suivit sagement dans la chambre 8.

Sur son lit, Virginie songea à se lever pour aller dans la salle de bains où, hors de vue, elle pourrait prendre un ou deux calmants. Mais la présence de John la terrifiait ; parfois elle avait l'impression qu'il voyait en elle, qu'il lisait à livre ouvert dans son âme coupable. Elle était certaine que si elle se levait et fouillait dans son sac à la recherche des médicaments, il lui demanderait ce qu'elle faisait. Alors, elle bredouillerait immanquablement la vérité. Elle n'avait pas la force de résister à la flamme de ses yeux accusateurs. Non, il valait mieux rester là et attendre le retour de Earl avec l'eau. Puis, lorsque les deux hommes discuteraient de la tournée, elle s'esquiverait pour avaler les pilules défendues.

Il y avait quelque chose de vague dans l'éclairage de la pièce, qui l'angoissait, et elle voulut fermer les yeux pour éviter les tours que lui jouait la lumière. Quelques instants plus tôt, il s'était créé un mirage au pied de son lit, papillotant comme une aile de phalène et qui s'était presque figé avant de disparaître.

En face, près de la fenêtre, John lisait encore tout bas. Elle ne saisit d'abord que quelques mots :

« *De la fumée sortirent des sauterelles, qui se répandirent sur la terre...* » Virginie reconnut immédiatement le passage par son imagerie manifeste.

« *... et il leur fut donner le pouvoir qu'ont les scorpions de la terre.* »

Ces phrases étaient tirées de l'Apocalypse selon saint Jean. Virginie connaissait par cœur les paroles suivantes. John les avait maintes fois déclamées à ses assemblées.

« *Il leur fut dit de ne point faire de mal à l'herbe de la terre, ni à aucune verdure, ni à aucun arbre, mais seulement aux hommes qui n'avaient pas le sceau de Dieu sur le front.* »

Gyer adorait l'Apocalypse. Il la lisait plus souvent que les Evangiles, dont il connaissait les histoires par cœur mais dont le vocabulaire ne l'enflammait pas comme les rythmes incantatoires de la première. Lorsqu'il prêchait l'Apocalypse, il en partageait la vision, et il était heureux. Sa voix prenait un accent différent ; la poésie ne sortait plus de sa bouche, elle le traversait tout entier. Impuissant entre ses griffes, il escaladait une spirale de métaphores plus terribles encore, passant des anges aux dragons, et de là, à Babylone, la mère des putains, assise sur une bête écarlate.

Virginie essaya de repousser ces mots. D'habitude, c'était pour elle une joie d'entendre son mari réciter les versets de l'Apocalypse, mais pas ce soir. Ce soir, les mots semblaient trop chargés de corruption et elle avait l'impression — pour la première fois peut-être — que John ne comprenait pas vraiment ce qu'il disait ; que, tandis qu'il les récitait, l'esprit des mots le dépassait. Sans le faire exprès, elle émit une petite plainte. Gyer s'arrêta de lire.

« Qu'est-ce qu'il y a ? » dit-il.

Elle ouvrit les yeux, ennuyée de l'avoir interrompu.

« Rien, dit-elle.

— Est-ce que ma lecture te dérange ? » demanda-t-il.

La question était un défi, et elle ne le releva pas.

« Non, dit-elle. Bien sûr que non. »

De la porte de séparation entre les deux chambres, Sadie regardait le visage de Virginie. Cette femme mentait bien sûr ; les mots la gênaient, c'était évident. Ils troublaient également Sadie, mais uniquement parce qu'ils avaient une résonnance pitoyable de mélodrame : une drogue — le rêve d'Armageddon, plus comique qu'intimidant.

« Dis-le-lui, conseilla-t-elle à Virginie. Allez, dis-lui que ça ne te plaît pas.

— A qui parles-tu ? demanda Buck. Ils ne t'entendent pas. »

Sadie feignit d'ignorer la remarque de son mari.

« Allez, dit-elle à Virginie, dis-le-lui à ce salaud. »

Mais Virginie restait allongée, et Gyer reprit la lecture de son passage et de ses absurdités croissantes :

« *Ces sauterelles ressemblaient à des chevaux préparés pour le combat ; il y avait sur leur tête comme des couronnes semblables à de l'or, et leurs visages étaient des visages d'hommes.*

« Elles avaient des cheveux comme des cheveux de femmes, et leurs dents étaient comme des dents de lions. »

Sadie secoua la tête : des terreurs de bandes dessinées, bonnes à effrayer les enfants. Pourquoi fallait-il attendre de mourir pour se débarrasser de pareilles inepties ?

« Dis-lui, redit-elle. Dis-lui qu'il est ridicule avec ses histoires. » Au moment précis où ces mots quittaient les lèvres de Sadie, Virginie se redressa sur son lit et dit :

« John ? »

Sadie la regarda d'un œil encourageant. « *Dis-le-lui*, allez ! »

« As-tu continuellement besoin de parler de la mort ? C'est très déprimant ! »

Sadie faillit applaudir ; elle n'aurait pas tout à fait présenté la chose de cette façon, mais chacun la sienne !

« Qu'as-tu dit ? » demanda Gyer, croyant qu'il avait mal entendu. Elle ne le défiait pas, tout de même ?

Virginie porta une main tremblante à ses lèvres, comme pour annuler ses paroles avant qu'elles ne sortent ; mais elles s'échappèrent quand même.

« Ces passages que tu lis. Je les déteste. Ils sont tellement... »

« Stupides », souffla Sadie.

« ... déplaisants », dit Virginie.

« Tu viens te coucher ou non ? demanda Buck.

— Un instant, répondit Sadie, je veux seulement voir ce qui va se passer ici.

— La vie n'est pas un film de série B ! » s'interposa Buck. Sadie allait le supplier d'attendre, mais avant de le pouvoir, elle vit l'évangéliste approcher du lit de Virginie, Bible en main.

« Ceci est la parole inspirée du Seigneur, Virginie, dit-il.

— Je sais John. Mais il y a d'autres passages...

— Je croyais que tu aimais l'Apocalypse.

— Non, dit-elle, elle me déprime.

— Tu es fatiguée, répondit-il.

— Ben voyons ! intervint Sadie, c'est ce qu'ils vous disent tous quand on approche de la vérité : " Tu es fatiguée, pourquoi ne te reposes-tu pas un peu ? " »

« Pourquoi ne dors-tu pas un moment ? dit Gyer, j'irai travailler à côté. »

Virginie soutint le regard condescendant de son mari pendant cinq bonnes secondes, puis elle hocha la tête.

« Oui, concéda-t-elle, c'est vrai que je *suis* fatiguée. »

« Idiote, lui dit Sadie. Réponds-lui, sinon il recommencera ! Donnez-leur un arpent et ils rafflent la moitié du pays. »

Buck apparut derrière Sadie. « Je te l'ai déjà demandé une fois ! lui dit-il en la prenant par le bras, nous sommes ici pour nous réconcilier. Alors allons-y ! » Il l'arracha de la porte, plutôt plus durement que nécessaire. Elle se dégagea le bras.

« Pas besoin d'être violent, Buck, dit-elle.

— Ha ! C'est un peu fort, venant de toi ! dit Buck avec un rire sans humour. Tu veux voir quelque chose de violent ? » Sadie se détourna de Virginie pour regarder son mari.

« En voilà de la violence ! » dit-il. Il avait enlevé sa veste, et il soulevait sa chemise boutonnée pour montrer sa blessure par balle. Pratiquement à bout portant, le .38 de Sadie lui avait troué la poitrine d'une belle brûlure rouge ; elle était aussi fraîche qu'au moment de sa mort. Il mit son doigt dessus comme s'il montrait le sacré cœur. « Tu vois ça, ma petite chérie ? C'est toi qui l'as fait. »

Elle scruta le trou non sans un certain intérêt. C'était, à n'en pas douter, une marque permanente ; à peu près la seule qu'elle aurait laissée sur lui, pensa-t-elle.

« Tu t'envoyais en l'air depuis le début, n'est-ce pas ? » demanda-t-elle.

— Nous ne parlons pas de m'envoyer en l'air, nous parlons de m'expédier en enfer, répondit Buck.

— Il me semble qu'une chose mène à l'autre, répondit Sadie. Et inversement. »

Buck rétrécit sur elle son regard déjà étroit. Des douzaines de femmes l'avaient trouvé irrésistible ce regard, à en juger par le nombre des anonymes venues pleurer à son enterrement. « D'accord, dit-il, j'ai eu d'autres femmes. Et alors ?

— Alors je t'ai tiré dessus ! » répondit carrément Sadie. C'était à peu près tout ce qu'elle avait à dire sur le sujet. Son procès n'avait pas duré longtemps.

« Bon, dis-moi au moins que tu le regrettes », explosa Buck.

Sadie considéra un instant la suggestion avant de dire : « Mais non ! » Elle se rendit compte que sa réponse manquait de tact, mais c'était la vérité inéluctable. Au moment même où l'on avait attaché ses bras sur la chaise électrique, et où le prêtre faisait de son mieux pour consoler son avocat, elle ne regrettait pas la tournure des événements.

« Toute cette histoire est inutile, dit Buck. Nous sommes venus ici pour faire la paix et tu ne sais même pas dire pardon. Tu me dégoûtes ! Tu le sais ? Tu m'as toujours écœuré. Tu t'es mêlée de mes affaires, tu as fouiné partout derrière mon dos.

— C'est absolument faux ! répondit Sadie avec fermeté. Tes cochonneries sont venues à ma rencontre.

— Mes cochonneries ?

— Oh oui, Buck, tes *cochonneries !* Ça a toujours été comme ça avec toi. A la sauvette, à la va-vite. »

Il la saisit. « Retire ce que tu viens de dire ! exigea-t-il.

— Tu me faisais peur jadis, répondit-elle froidement. Alors j'ai acheté une arme. »

Il la repoussa loin de lui.

« Bon, dit-il, tu ne pourras pas dire que je n'ai pas essayé. Je voulais voir s'il nous était possible de pardonner et d'oublier; c'est vrai, tu sais. Mais tu n'as aucune envie de céder d'un pouce, n'est-ce pas ? » En parlant, il passait son doigt sur sa blessure, sa voix se faisait plus douce. « On aurait pu se payer du bon temps cette nuit ici, ma toute petite, murmura-t-il. Tous les deux. Je t'aurais joué de la clarinette, tu vois ce que je veux dire? A une époque, tu n'aurais pas dit non. »

Elle soupira doucement. Il disait vrai. A cette époque, elle aurait pris le peu qu'il lui donnait et se serait estimée heureuse. Mais les temps avaient changé.

« Allons, chérie, laisse-toi aller », dit-il d'un ton vaporeux, et il se mit à déboutonner complètement sa chemise, et à la retirer de son pantalon. Son ventre était net comme celui d'un bébé. « Si on oubliait tout ce que tu as dit et qu'on se mette au lit pour bavarder un peu ? »

Sadie allait répondre, lorsque la porte de la chambre 7 s'ouvrit pour laisser entrer l'homme aux yeux si expressifs, accompagné par une femme dont le visage lui rappelait quelque chose.

« Voici l'eau glacée », dit Earl. Sadie le regarda traverser la pièce. Il n'y avait jamais eu de plus bel homme à Wichita Falls; du moins d'après ses souvenirs. Il lui donna presque envie de revivre.

« Veux-tu te déshabiller oui ou non? lui demanda Buck, depuis la pièce voisine.

— Une minute, Buck. Nous avons toute la nuit, bon sang!

— Je m'appelle Laura-May Cade », dit la femme au visage familier en posant son plateau sur la table.

Bien sûr! pensa Sadie, la petite Laura-May! C'était

une fillette de cinq ou six ans la dernière fois que Sadie s'était arrêtée là ; une enfant étrange, secrète, au regard sournois. Depuis, elle avait mûri physiquement, mais son expression bizarre était toujours évidente sur ses traits légèrement asymétriques. Sadie se tourna vers Buck qui, assis sur le lit, délaçait ses souliers.

« Tu te souviens de la petite fille ? dit-elle. Celle a qui tu avais donné une pièce pour t'en débarrasser ?

— Eh bien quoi ?

— Elle est là.

— Ah oui ? » répondit-il, visiblement indifférent.

Laura-May avait versé l'eau dans les verres et en portait un à Virginie.

« C'est vraiment sympa de vous avoir, m'sieurs dame, dit-elle. Il arrive pas grand-chose ici. Juste une tornade de temps en temps... »

Gyer fit un petit signe de tête à Earl qui sortit un billet de cinq dollars et le tendit à Laura-May. Elle le remercia, disant que ce n'était pas nécessaire, puis elle prit le billet. Mais, on n'allait pas la payer pour qu'elle parte !

« Par un temps comme ça, les gens se sentent drôles », continua-t-elle.

Earl imaginait l'histoire qui lui trottait dans la tête. Elle lui en avait raconté la trame en chemin, et il savait que Virginie n'était pas en état d'entendre un tel récit.

« Merci pour l'eau », dit-il, en lui mettant la main sur le bras pour la reconduire à la porte. Mais Gyer intervint.

« Ma femme souffre de cette chaleur, dit-il.

— Vous devriez être très prudente, m'dame, conseilla Laura-May à Virginie, les gens font vraiment de drôles de choses.

— Comme quoi ? demanda Virginie.

— Je ne crois pas que... commença Earl, mais avant de pouvoir dire “ nous ayons envie d'en entendre parler ”, Laura-May répondit d'un air détaché :

— Oh, surtout des crimes. »

Virginie leva les yeux du verre où s'était plongé son regard.

« Des crimes ?

— Tu entends ça? dit Sadie, avec fierté. Elle se souvient.

— Oui, dans cette chambre même », réussit à balbutier Laura-May avant que Earl ne l'escorte dehors de force.

« Attendez ! » dit Virginie alors que les deux silhouettes passaient la porte. Earl ! Je veux savoir ce qui s'est passé.

— Non, lui dit Gyer.

— Oh, mais si ! dit très doucement Sadie, étudiant le visage de Virginie. Tu voudrais vraiment savoir, hein, Vivi ? »

Pendant un moment, chargé de possibilités, Virginie détourna son regard de la porte extérieure, fixa droit dans la chambre 8, et ses yeux semblèrent s'arrêter sur Sadie. Son regard était si direct qu'on aurait presque cru qu'elle la reconnaissait. Dans son verre, les glaçons tintèrent. Elle fronça les sourcils.

« Qu'est-ce qui ne va pas ? » lui demanda Gyer.

Virginie secoua la tête.

« Je t'ai demandé ce qui n'allait pas », insista Gyer.

Virginie posa son verre sur la table de chevet. Au bout d'un moment, elle dit très simplement :

« Il y a là quelqu'un, John.

— Que veux-tu dire ?

— Il y a quelqu'un dans la pièce avec nous. J'avais entendu parler. Parler à haute voix.

— Dans la chambre à côté, dit Gyer.

— Non dans la chambre d'Earl.

— Elle est vide. Tes voix venaient très certainement de la chambre voisine. »

La logique n'allait pas imposer silence à Virginie ! « Je les ai entendues ici, te dis-je. Et j'ai vu quelque chose au pied de mon lit. Dans l'air. »

« Oh, doux Jésus ! dit Sadie, dans un souffle. Cette fichue bonne femme est médium ! »

Buck se leva. Il était en slip. Il vint à la porte de communication pour regarder Virginie d'un autre œil.

« Tu es sûre ? dit-il.

— Chut ! lui dit Sadie, en s'éloignant du champ de vision de Virginie. Elle vient de dire qu'elle nous avait vus. »

« Tu n'es pas bien, Virginie, disait Gyer dans la pièce voisine. Ce sont ces pilules qu'il t'a données...

— Non, répondit Virginie, en élevant la voix. Quand cesseras-tu de parler de mes pilules ? Elles servent à me calmer, c'est tout, elles m'aident à dormir. »

Buck ne la trouva pas calme du tout à ce moment-là. Il aimait cette façon dont elle tremblait en essayant de retenir ses larmes. Elle semblait avoir besoin d'un petit air de clarinette, cette pauvre Virginie ; voilà qui l'aiderait à dormir !

« Je te dis que je vois des choses, disait-elle à son mari.

— Que *moi* je ne vois pas, répondit Gyer, sans la croire. C'est ce que tu dis ? Que tu as des visions de choses auxquelles nous autres sommes aveugles ?

— Je ne me vante pas, bon sang ! » lui hurla-t-elle au visage, excédée par sa contradiction.

« Eloignons-nous, Buck, dit Sadie. Nous la troublons. Elle sait que nous sommes là.

— Et alors ? répondit Buck. Son idiot de mari ne la croit pas. Regarde-le ! Il la croit folle.

— Nous allons la *rendre* folle pour de bon si nous nous affichons dans les parages, dit Sadie. Baissons au moins la voix, tu veux ? »

Buck se tourna vers Sadie, et lui adressa un sourire

lubrique. « Tu veux que pour moi le jeu en vaille la chandelle ? demanda-t-il d'un air plein de sous-entendus. Je me sors de là à condition qu'on s'amuse un peu, toi et moi. »

Sadie hésita un instant avant de répondre. Il était sans doute pervers de repousser les avances de Buck ; ce gars était émotif comme un petit enfant et l'avait toujours été. Le sexe était un de ses rares moyens d'expression. « D'accord, Buck, dit-elle, laisse-moi seulement me rafraîchir et défaire mes cheveux. »

Une trêve malaisée s'était apparemment installée dans la chambre 7.

« Je vais prendre une douche, Virginie, dit Gyer, je te conseille de t'allonger et de cesser de te rendre ridicule. Parle ainsi devant des gens et tu mettras notre croisade en péril, tu m'entends ? »

Virginie regarda son mari avec plus de lucidité que jamais auparavant. « Oh oui, je t'entends », dit-elle, d'une voix totalement dénuée d'émotion.

Il sembla satisfait. Il enleva sa veste et passa dans la salle de bains, emportant sa Bible avec lui. Virginie entendit le bruit du loquet, et elle poussa un long soupir de malaise. Nombreuses seraient les récriminations de Gyer à la suite de leur échange ; dans les jours à venir, il lui arracherait sa contrition jusqu'à la dernière goutte. Elle jeta un coup d'œil à la porte de séparation. Il n'y avait plus trace des ombres dans l'air ; ni le moindre murmure de voix perdues. Peut-être, *peut-être* avait-elle simplement tout imaginé. Elle ouvrit son sac et fouilla pour trouver ses tubes de calmants. L'œil sur la porte de la salle de bains, elle choisit un cocktail de trois cachets et les avala avec une gorgée d'eau. Les glaçons avaient fondu depuis longtemps dans la carafe. L'eau qu'elle but était tiède, comme la pluie qui tombait toujours sans arrêt dehors. Au matin, le monde entier aurait peut-être été emporté par les torrents. Elle songea que si cela se réalisait, elle n'en éprouverait aucun chagrin.

« Je vous avais demandé de ne pas mentionner le meurtre, dit Earl à Laura-May. Mrs Gyer n'est pas en état de supporter ces choses-là.

— Sans arrêt les gens se font tuer, répondit Laura-May sans se frapper. Elle ne peut pas se balader en faisant l'autruche. »

Earl ne dit rien. Ils venaient d'arriver au bout de l'allée. Il leur restait à piquer un sprint à travers la cour pour atteindre le premier bâtiment. Laura-May se tourna vers lui. Elle mesurait une tête de moins. Ses grands yeux lumineux étaient levés vers les siens. Malgré sa colère, il ne put s'empêcher de remarquer sa bouche si charnue, ses lèvres si brillantes.

« Excusez-moi, dit-elle, je ne voulais pas vous faire avoir des histoires.

— Bien sûr, je sais. Je suis énervé, c'est tout.

— C'est la chaleur, répondit-elle. Comme j'ai dit, ça vous met des idées dans la tête. Vous savez bien ! » Son regard flotta un instant ; un soupçon d'incertitude lui traversa le visage. Earl se sentit des picotements à la nuque. A lui de jouer, non ? Elle le lui proposait sans équivoque. Mais les mots lui manquèrent. Finalement ce fut elle qui dit :

« Vous devez rentrer tout de suite ? »

Il avala sa salive ; il avait la gorge sèche.

« Je ne vois pas pourquoi, dit-il. C'est-à-dire, je ne veux pas m'interposer quand ils ont des mots tous les deux.

— Des vieilles querelles ? demanda-t-elle.

— Je crois que oui. Vaut mieux que je les laisse s'en dépatouiller tranquilles. Ils n'ont pas besoin de moi. »

Laura-May baissa les yeux. « Eh bien moi si », souffla-t-elle, ses paroles à peine audibles dans le vacarme sourd de la pluie.

Il approcha doucement la main de son visage et caressa le duvet de sa joue. Elle tremblait, si imperceptiblement. Ensuite il pencha la tête pour l'embrasser. Elle lui laissa effleurer ses lèvres.

« Pourquoi n'irions-nous pas dans ma chambre ? dit-elle contre sa bouche. Ça ne me plaît pas ici.

— Et votre père ?

— Il sera ivre mort à cette heure ! C'est la même rengaine tous les soirs. Vas-y doucement, c'est tout. Il ne s'apercevra de rien. »

Earl n'était pas très satisfait de ce projet de réjouissances. Son travail valait plus que d'être surpris dans le lit de Laura-May. Il était marié, même s'il n'avait pas vu Barbara depuis trois mois. Laura-May sentit ses hésitations.

« Ne viens pas si tu n'en as pas envie, dit-elle.

— Ce n'est pas ça », répondit-il.

Lorsqu'il baissa les yeux vers elle, elle se passait la langue sur les lèvres. C'était un geste totalement inconscient, il en était sûr, mais cela suffit à le décider. En un sens, même s'il ne pouvait encore le savoir, tout ce qui allait se passer (la farce grotesque, le sang répandu, la tragédie inévitable) tourna autour de ce geste de Laura-May qui humectait sa lèvre inférieure avec une sensualité si naturelle. « Ah, et merde ! dit-il, je ne résiste pas. »

Il se pencha et l'embrassa encore pendant que, quelque part du côté de Skellytown, les nuages lâchaient un roulement de tonnerre assourdissant, comme le tambour du cirque avant une série d'acrobaties particulièrement difficiles.

Dans la chambre 7, Virginie faisait de mauvais rêves. Ses pilules ne lui avaient pas assuré un refuge paisible dans le sommeil. Au lieu de cela elle était plongée dans une tempête rugissante. Elle s'accrochait à un arbre rachitique — ancre pitoyable au milieu d'un tel maelström — pendant que le vent soulevait bétail et automobiles, aspirait la moitié du monde dans les nuages d'un noir d'encre qui bouillaient au-dessus de sa tête. Au moment même où elle pensait devoir mourir là, absolument seule, elle vit à quelques mètres d'elle, deux silhouettes qui apparaissaient et disparaissaient dans les voiles de poussière aveuglante que soulevait le vent. Elle ne voyait pas leur visage, alors elle les héla :

« Hé, qui êtes-vous ? »

A côté, Sadie entendit Virginie parler dans son sommeil. Elle se demanda à quoi rêvait la femme. Elle résista cependant à la tentation d'aller dans la pièce voisine pour murmurer dans l'oreille de la dormeuse.

Sous les paupières de Virginie, le rêve allait bon train. Malgré ses appels, les inconnus de l'orage ne semblaient pas l'avoir entendue. Plutôt que de rester toute seule, elle abandonna le confort de son arbre — qui fut instantanément déraciné et emporté — et elle lutta contre la poussière mordante pour aller vers eux. Comme elle approchait, le vent se calma soudain et les lui révéla. Il y avait un homme, et une femme, tous deux armés. Au moment où elle appelait pour attirer leur attention, ils s'attaquèrent et se firent l'un l'autre des blessures mortelles au cou et à la poitrine.

« Au secours ! A l'assassin ! » hurla-t-elle tandis que le vent lui éclaboussait le visage du sang des protagonistes. « Pour l'amour du ciel, arrêtez ! A l'assassin ! »

Et soudain elle fut éveillée, le cœur battant à tout rompre. Le rêve papillotait toujours devant ses yeux. Elle secoua la tête pour se débarrasser des horribles images, puis, tant bien que mal elle s'assit sur le bord du lit et se leva. Sa tête lui donnait l'impression d'être légère au point de s'envoler comme un ballon de baudruche. Virginie avait besoin d'air pur. Elle s'était rarement sentie aussi bizarre dans sa vie. C'était comme si elle perdait sa mince prise sur la réalité ; comme si le monde tangible glissait entre ses doigts. Elle se dirigea vers la porte d'entrée. Elle entendait John qui parlait tout haut dans la salle de bains, il s'adressait sans aucun doute au miroir, pour affiner chaque détail de son discours. Elle sortit dans l'allée. Il y avait un peu de fraîcheur à y prendre, mais si peu ! Dans l'une des chambres du bout du bâtiment un enfant pleurait. Tandis qu'elle écoutait, une voix cinglante le fit taire. L'enfant se tut peut-être dix secondes, puis il recommença une octave plus haut. *Continue !* lui dit-elle, *pleure ! Il y a tant de raisons de pleurer.* Elle croyait au malheur ; elle y croyait de plus en plus. La tristesse était un sentiment tellement plus franc que la jovialité artificielle qui était devenu un signe des temps : cette façade d'optimisme plaquée sur tous les désespoirs ressentis au plus profond du cœur. En ce moment, par ses pleurs dans la nuit, l'enfant exprimait une terreur raisonnable. Virginie applaudit en silence à son honnêteté.

Dans la salle de bains, John Gyer se lassa de l'image que lui reflétait son miroir et il se plongea dans ses pensées. Il abaissa le siège des toilettes, s'assit et resta plusieurs minutes en silence. Il sentait la sueur refroidie de son corps ; il avait besoin d'une douche, puis d'une bonne nuit de sommeil. Demain : Pampa. Assemblées, discours ; des milliers de mains à serrer et de bénédictions à donner. Parfois il se sentait si las ; alors il se demandait si le Seigneur ne pouvait pas quelque peu alléger son fardeau. Mais c'était le diable qui lui parlait à l'oreille, n'est-ce pas ? Il se garderait bien de faire très attention à cette ignoble voix. Si on l'écoutait ne serait-ce qu'une fois, on se laissait assiéger par le doute, comme Virginie. Quelque part en route, alors qu'il avait le dos tourné et s'occupait du Seigneur, elle s'était égarée, et le Vieux l'avait trouvée errante. Lui, John Gyer, devrait la ramener sur le droit chemin; lui montrer le danger où était plongée son âme. Il y aurait des pleurs et des gémissements; peut-être serait-elle un peu meurtrie. Mais les bleus s'effacent.

Il posa sa Bible, s'agenouilla dans l'espace restreint entre la baignoire et le porte-serviettes, et il se mit à prier. Il essaya de trouver des mots suaves, une douce prière pour demander la force de finir sa tâche, et de ramener Virginie à ses sens. Mais la clémence l'avait déserté. C'était le vocabulaire de l'Apocalypse qui lui revenait naturellement aux lèvres. Il laissa s'égrener les mots, mais sa fièvre intérieure brûla d'un éclat plus vif à chaque parole prononcée.

« Qu'en penses-tu ? » demanda Laura-May à Earl en le menant jusqu'à sa chambre. Earl était trop surpris par ce qu'il avait devant les yeux pour lui proposer une réponse cohérente : la chambre était un mausolée, en l'honneur des Vétilles, semblait-il. Disposés sur les étagères, accrochés aux murs et couvrant une bonne partie du sol, se trouvaient des objets qu'on aurait pu ramasser dans n'importe quel tas d'ordures : boîtes de Coca-Cola, morceaux de tickets, revues déchirées ou sans couverture, jouets mutilés, miroirs brisés, cartes postales jamais envoyées, lettres jamais lues — un défilé boiteux de choses oubliées ou abandonnées. Son regard fit un aller et retour sur cet étalage élaboré sans trouver un seul article de valeur parmi cette camelote, ce bric-à-brac. Pourtant toutes ces choses insignifiantes avaient été disposées avec un soin méticuleux, si bien qu'aucun article n'en cachait un autre; et, maintenant qu'il y regardait de plus près, il s'aperçut que chaque pièce était numérotée, comme si chacune avait sa place dans un catalogue de rebut. Earl eut l'estomac noué à la pensée que tout cela était dû à Laura-May. De toute évidence, cette femme frisait la folie.

« C'est ma collection, lui dit-elle.

— Je vois, répondit-il.

— Je la fais depuis l'âge de six ans. » Elle traversa la pièce jusqu'à sa coiffeuse, où la plupart des femmes que Earl avait connues auraient rangé leurs affaires de toilettes. Mais là étaient rangées d'autres pièces insensées du même acabit. « Ils oublient tous quelque chose, vous savez », dit Laura-May à Earl, en prenant une de ces saloperies avec un soin que d'autres auraient consacré à une pierre précieuse, pour l'examiner avant de la replacer à sa place initiale.

« Ah oui ? dit Earl.

— Ouais, tous sans exception. Même si ce n'est qu'une allumette brûlée ou un kleenex avec du rouge à lèvres dessus. On avait une Mexicaine qui faisait le ménage des chambres quand j'étais petite, Ophelia. En fait, ça a commencé comme un jeu avec elle. Elle me rapportait toujours un truc qui appartenait au client qui venait de partir. Quand elle est morte, je me suis mise à faire moi-même la collection, à toujours garder un petit souvenir. »

Earl saisit peu à peu l'absurde poésie de ce musée. Au sein du corps propret de Laura-May se trouvait toute l'ambition du grand conservateur. Non pas pour *l'art* — elle collectionnait les souvenirs d'une nature plus intime, les signes oubliés de gens passés par là et qu'elle ne reverrait vraisemblablement jamais.

« Vous avez tout marqué, observa-t-il.

— Eh oui, répondit-elle, ça ne servirait pas à grand-chose si je ne savais plus à qui ont appartenu ces objets, pas vrai ? »

Earl pensa qu'elle n'avait peut-être pas tort. « Incroyable », murmura-t-il, très sincèrement. Elle lui sourit ; il supposa qu'elle ne montrait pas sa collection à tout le monde. Il se sentit bizarrement flatté.

« J'ai quelques pièces rares, dit-elle en ouvrant le tiroir du milieu de sa coiffeuse, des choses que je n'expose pas.

— Ah oui ? »

Le tiroir qu'elle ouvrit était recouvert de papier hygiénique, qui bruissa quand elle sortit une sélection de ses acquisitions spéciales. Un kleenex sale trouvé sous le lit d'une star d'Hollywood ayant séjourné au motel et morte tragiquement six semaines plus tard ; une seringue à héroïne négligemment laissée par X ; une boîte d'allumettes vides, jetée par Y, et dont elle avait retrouvé l'origine : un bar d'homosexuels d'Amarillo. Les noms qu'elle mentionnait signifiaient peu et même rien pour Earl, mais il jouait le jeu comme elle avait envie qu'il le joue, d'après lui, avec un mélange d'exclamations incrédules et de petits rires. Le plaisir de la jeune femme, nourri par celui d'Earl, grandit. Elle lui montra toutes les pièces du tiroir de la coiffeuse, en lui racontant une anecdote ou un aperçu biographique pour chacune. Lorsqu'elle eut terminé, elle dit :

« Je ne disais pas vraiment la vérité, quand j'ai prétendu que ça avait commencé comme un jeu avec Ophelia. C'est vraiment venu plus tard.

— Alors, qu'est-ce qui vous a fait commencer ? » demanda-t-il.

Elle s'assit sur ses talons et ouvrit le tiroir du bas avec une clé qu'elle gardait à sa chaîne autour du cou. Dans ce tiroir, il n'y avait qu'un objet, qu'elle souleva presque avec respect, et elle se releva pour le lui montrer.

« Qu'est-ce que c'est ?

— Tu m'as demandé ce qui m'avait fait commencer ma collection, dit-elle. C'est ça. Je l'ai trouvé, et je ne l'ai jamais rendu. Tu peux regarder si tu veux. »

Elle lui tendit la pièce de choix, et il déplia le tissu

blanc empesé qui entourait l'objet. C'était un pistolet. Un Smith & Wesson .38, intouché depuis qu'il avait servi. Earl ne mit qu'un instant à comprendre à quel client du motel avait appartenu cet article historique.

« Le pistolet utilisé par Sadie Durning... dit-il, en le prenant. C'est ça ? »

Elle rayonna. « Je l'ai trouvé dans les buissons derrière le motel, avant que la police ne se mette à le chercher. Il y avait une telle pagaille, vous savez... Personne n'a fait attention à moi. Et bien sûr ils n'ont pas essayé de le chercher en plein jour.

— Et pourquoi donc ?

— La tornade de 55 a frappé le lendemain. Elle a emporté le toit du motel, soufflé l'école. Il y en a eu des morts cette année-là ! On a eu des enterrements pendant des semaines.

— Ils ne vous ont jamais questionnée ?

— Je mentais bien, répondit-elle, non sans une certaine satisfaction.

— Et vous n'avez jamais avoué que vous l'aviez trouvé ? De toutes ces années ? »

Elle eut une expression de léger dédain à cette question. « On me l'aurait enlevé, dit-elle.

— Mais c'est *une pièce à conviction !*

— De toute façon, on a exécuté Sadie, n'est-ce pas ? répondit-elle. Elle avait tout avoué depuis le début. Cela n'aurait pas changé grand-chose qu'ils trouvent ou non l'arme du crime. »

Earl retourna l'arme dans sa main. Il s'y trouvait une croûte de saleté.

« C'est du sang, l'informa Laura-May, il était encore frais quand je l'ai trouvé. Elle a dû toucher le corps de Buck, pour s'assurer qu'il était mort. Elle s'est seulement servi de deux balles. Les autres sont toujours dedans. »

Depuis que par accident son beau-frère s'était fait

sauter trois orteils, Earl n'aimait pas beaucoup les armes. L'idée que ce .38 était toujours chargé le rendait encore plus nerveux. Il le remit dans son enveloppe, et replia le tissu dessus.

« Je n'ai jamais rien vu de pareil à cet endroit, dit-il alors que Laura-May s'agenouillait pour ranger le pistolet dans le tiroir. T'es une sacrée bonne femme, tu sais ? »

Elle leva la tête vers lui. Sa main remonta lentement sur le devant de son pantalon.

« Je suis contente que ça te plaise », dit-elle.

« Sadie... ? Tu viens au lit ou non ?

— Je finis d'arranger mes cheveux.

— Tu n'es pas juste. Laisse tes cheveux et viens !

— Une minute.

— Merde !

— Tu n'es pas pressé, Buck, si ? Enfin, tu n'as pas de train à prendre ? »

Elle surprit l'image de Buck dans le miroir. Il lui lançait un regard aigri.

« Tu crois que c'est drôle, hein ? dit-il.

— Qu'est-ce qui est drôle ?

— Ce qui est arrivé. Le fait que je me sois fait tuer. Que tu sois passée sur la chaise. Ça te donne une satisfaction perverse... »

Elle y réfléchit un instant. C'était la première fois que Buck montrait un réel désir de parler sérieusement ; elle voulut répondre sincèrement.

« Oui, dit-elle, lorsqu'elle fut certaine que c'était la vérité. Oui, je suppose que ça m'a plu, d'une façon étrange.

— *Je le savais,* dit Buck.

— Pas si fort, lui jeta Sadie, elle va nous entendre.

— Elle est sortie. Je l'ai entendue. Et ne détourne pas

la conversation. » Il roula sur le côté et s'assit au bord du lit; Sadie trouva que sa blessure semblait atroce.

« Est-ce que tu as eu très mal ? lui demanda-t-elle en se tournant vers lui.

— Tu plaisantes ? dit-il, en lui montrant le trou. A quoi ça ressemble, nom d'un chien ?

— Je pensais que ce serait rapide. Je ne voulais pas que tu souffres.

— C'est vrai ? dit Buck.

— Bien sûr. Il fut un temps où je t'aimais, tu sais, Buck. Je t'ai vraiment aimé. Tu sais ce que disaient les gros titres le lendemain ?

— Non, répondit Buck. J'étais occupé ailleurs, tu te souviens ?

— " *Le Motel devenu l'Abattoir de l'Amour* ", cita-t-elle. Il y avait des photos de la chambre ; du sang par terre ; et de toi qu'on emportait sous un drap.

— Mon heure de gloire, dit-il d'un ton amer. Et je n'ai même pas eu droit à une photo de ma tête dans la presse.

— Je n'oublierai jamais l'expression : " *l'Abattoir de l'Amour* " ! J'ai trouvé ça romantique. Pas toi ? »

Buck grogna de dégoût. Sadie continua quand même. « J'ai eu trois cents propositions de mariage en attendant de passer sur la chaise, je ne te l'ai jamais dit ?

— Ah ouais ? dit Buck. Les types sont venus te rendre visite ? Te jouer un petit air de clarinette pour t'empêcher de penser au jour J ?

— Non, dit Sadie d'un ton glacial.

— Tu aurais pu bien t'amuser ! Moi je l'aurais fait.

— J'en suis sûre ! répondit-elle.

— Rien que d'y penser, ça me fait bander, Sadie. Pourquoi tu n'en profites pas maintenant ?

— Nous sommes venus parler, Buck.

— C'est fait, bon Dieu ! Je n'ai plus envie d'en parler. Maintenant viens ! Tu m'as promis. » Il se frotta le ventre, et lui adressa un sourire tordu. « Je m'excuse pour le sang et tout, mais je n'y suis pour rien. »

Sadie se leva.

« Voilà que tu deviens raisonnable », dit-il.

Au moment où Sadie Durning se dirigeait vers le lit, Virginie rentra. La pluie lui avait un peu rafraîchi le visage, et les tranquillisants qu'elle avait avalés commençaient enfin à apaiser ses nerfs. Dans la salle de bains, John priait toujours, avec des hauts et des bas. Virginie alla jusqu'à la table et jeta un coup d'œil aux notes de son mari, sans pouvoir concentrer son attention sur les mots écrits serrés. Elle prit les papiers afin de les regarder de plus près ; au même moment elle entendit un gémissement dans la pièce à côté. Elle se figea. Le gémissement recommença, plus fort. Les papiers tremblèrent dans sa main ; elle voulut les reposer sur la table, mais la voix revint pour la troisième fois, et là, les papiers lui glissèrent des doigts.

« Ouvre-toi un peu, bon sang... », dit la voix. Les mots, bien qu'indistincts, étaient très compréhensibles ; ils furent suivis d'autres grognements. Virginie se dirigea vers la porte de séparation, le tremblement de ses mains gagnait le reste de son corps. « Joue le jeu, s'il te plaît », redit la voix avec une pointe de colère. Avec précaution, Virginie regarda dans la chambre 8, en se tenant au chambranle de la porte. Il y avait une ombre sur le lit ; elle se tortillait désespérément, comme si elle cherchait à se dévorer elle-même. Virginie resta là, figée sur place, essayant d'étouffer un cri, tandis que l'ombre produisait d'autres bruits. Il n'y avait pas qu'*une* voix cette fois, mais deux. Les mots étaient brouillés ; dans sa panique croissante, elle n'arrivait pas bien à les comprendre. Elle ne parvenait pourtant pas à tourner le dos à la scène. Elle continua à regarder, essayant de découvrir un sens à la configuration mouvante. Voilà que des bribes de mots émergeaient clairement, lui permettant d'identifier le phénomène qui se déroulait sur le lit. Elle entendit une voix de femme, qui protestait; elle commença même à voir celle qui parlait en se débattant sous un partenaire qui s'efforçait de maîtriser l'attaque de ses bras. Les premiers instincts de Virginie ne l'avaient pas trompée; c'était bien une scène dévoratrice en un sens.

Sadie regarda le visage de Buck. Son sourire de salaud avait reparu; ce qui lui démangea le doigt, celui de la détente. Voilà donc pourquoi il était revenu ce soir. Non pas pour parler de l'échec de leurs rêves; mais pour l'humilier comme il l'avait si souvent fait par le passé, en lui chuchotant des obscénités au creux de l'oreille pendant qu'il la clouait sur le lit. Le plaisir qu'il prenait à son malaise l'irrita vivement.

« *Lâche-moi !* » hurla-t-elle, plus fort qu'elle ne l'aurait voulu.

A la porte, Virginie dit :

« Laissez-la !

— Nous avons du public », sourit Buck Durning, satisfait de l'air épouvanté de Virginie. Sadie profita de sa distraction. Elle dégagea son bras que serrait Buck et repoussa son corps, il tomba du lit étroit, avec un hurlement. En se levant, elle se tourna vers la femme blême qui se tenait dans l'embrasure de la porte; que Virginie pouvait-elle voir et entendre ? Assez pour savoir qui ils étaient ?

Buck enjambait le lit en direction de sa meurtrière de jadis. « Allons, viens, dit-il, ce n'est que la folle.

— Ne me touche pas, prévint Sadie.

— Tu ne peux pas me faire de mal maintenant, ma vieille. Je suis déjà mort, tu te souviens ? » Ses efforts avaient rouvert sa blessure. Il avait du sang partout; et sur elle aussi. Elle recula vers la porte. Il n'y avait plus rien à sauver. Leur mince chance de réconciliation avait dégénéré en farce sanglante. La seule solution à tout ce regrettable désordre était de partir et de laisser la pauvre Virginie se débrouiller pour trouver un sens à tout cela. Plus Sadie resterait à se battre contre Buck, et plus la situation serait pénible pour eux trois.

« Où vas-tu ? demanda Buck.

— Dehors, répondit-elle. Je m'en vais. J'ai dit que je t'aimais, Buck, n'est-ce pas ? Eh bien... je t'ai peut-être aimé. Mais maintenant je suis guérie.

— Garce !

— Au revoir, Buck. Je te souhaite une agréable éternité.

— *Espèce de sale garce !* »

Elle ne répondit pas à ses insultes ; elle se contenta d'aller vers la porte et de sortir dans la nuit.

Virginie regarda l'ombre traverser la porte fermée et se raccrocha aux derniers lambeaux de sa raison en serrant si fort les poings qu'elle en eut les jointures blanches. Il fallait qu'elle s'ôte aussi vite que possible ces apparitions de l'esprit, sinon elle allait devenir folle. Elle tourna le dos à la chambre 8. Il lui fallait ses pilules. Elle prit son sac à main, mais le laissa tomber lorsque ses doigts tremblants y fouillèrent à la recherche des tubes, et le contenu du sac se déversa par terre. L'un des tubes, mal refermé, se répandit. Un assortiment de pilules aux couleurs de l'arc-en-ciel roula dans toutes les directions sur la moquette tachée. Elle se baissa pour les ramasser. Ses larmes, qui montaient peu à peu, l'aveuglaient ; elle chercha de son mieux les pilules à tâtons, en fourra une demi-poignée dans sa bouche et essaya de les avaler sans eau. Le battement de la pluie sur le toit résonnait de plus en plus fort dans sa tête ; un roulement de tonnerre souligna encore la percussion.

Puis la voix de John :

« *Que fais-tu, Virginie ?* »

Elle leva la tête, les larmes aux yeux, une poignée de pilules à mi-chemin des lèvres. Elle avait totalement oublié l'existence de son mari ; les ombres, la pluie, les voix l'avaient chassé de son esprit. Elle laissa retomber les cachets sur la moquette. Ses membres tremblaient ; elle n'avait pas la force de se relever.

« Je... je... j'ai encore entendu les voix », dit-elle.

Le regard de John Gyer s'était posé sur le contenu épars du sac et du tube. La faute de sa femme s'étalait sans détour devant lui. Inutile d'essayer de nier ; cela ne servirait qu'à l'enrager davantage.

« Femme, dit-il, n'as-tu pas appris ta leçon ? »

Elle ne répondit pas. Le tonnerre engloutit la suite de ses paroles. Il la répéta plus fort.

« Où t'es-tu procurée ces pilules, Virginie ? »

Elle secoua faiblement la tête.

« Encore par Earl, je suppose. Qui d'autre ?

— Non, murmura-t-elle.

— Ne me raconte pas de mensonges, Virginie ! »

Il éleva la voix pour lutter contre l'orage.

« Tu sais que le Seigneur entend tes mensonges tout comme moi. Et Il te *juge,* Virginie ! Il te *juge !*

— Je t'en prie, laisse-moi en paix, supplia-t-elle.

— Tu es en train de t'empoisonner.

— J'en ai *besoin,* John, lui dit-elle. J'en ai vraiment besoin. »

Elle n'avait pas la force de repousser ses réprimandes ; elle ne voulait pas non plus qu'il lui enlève ses calmants. Mais à quoi bon protester ? Il n'en ferait qu'à sa tête, comme toujours. Il valait mieux céder maintenant afin de s'épargner une angoisse superflue.

« Regarde-toi, dit-il, à plat ventre par terre !

— Ne commence pas à m'accabler, John, répondit-elle. Tu as gagné. Prends les pilules. Allez, *prends-les !* »

Il était visiblement déçu par sa capitulation rapide,

comme un acteur, prêt pour sa scène de bravoure, qui verrait le rideau tomber trop tôt. Mais il tira le maximum de sa proposition, il renversa le contenu du sac à main sur le lit, et rassembla les tubes de médicaments.

« C'est tout ? demanda-t-il.

— Oui, dit-elle.

— Tu ne me tromperais pas, Virginie.

— *C'est tout !* » lui cria-t-elle. Puis, plus doucement, elle ajouta :

« Je jure... que c'est tout.

— Earl va le regretter. Je te le promets. Il a exploité ta faiblesse...

— ... non !

— ... ta faiblesse et ta peur. Cet homme est un suppôt de Satan, voilà au moins qui est apparent.

— Ne raconte pas de bêtises ! » dit-elle, surprise par sa propre violence. « Je lui ai *demandé* de me les fournir. » Elle se releva avec difficulté. « Il ne voulait pas te provoquer, John. C'est entièrement de ma faute. »

Gyer secoua la tête. « Non, Virginie. Tu ne le sauveras pas. Pas cette fois-ci. Il n'a cessé son travail de sape contre moi. Je le vois maintenant. Contre ma croisade, en se servant de toi. Eh bien, je comprends ses manigances maintenant. Oh, oui. Oh, que *oui !* »

Il se tourna brusquement et jeta une poignée de tubes par la porte ouverte dans la pluie noire du dehors. Virginie les regarda voler, et sentit sombrer son cœur. Il n'y avait pas grand équilibre mental à espérer d'une nuit pareille — c'était une nuit à vous rendre fou, n'est-ce pas ? Avec cette pluie qui vous meurtrissait le crâne et du crime dans l'air — et voilà que cette espèce d'imbécile lui avait jeté sa dernière chance de s'en sortir. Il se retourna vers elle, avec un sourire découvrant ses dents parfaites.

« Combien de fois faut-il te le dire ? »

Finalement, il ne serait pas spolié de sa scène, semblait-il.

« Je n'écoute pas ! » lui dit-elle, en se mettant les mains sur les oreilles. Même ainsi elle entendait la pluie. « Je ne *veux pas* t'écouter !

— Je suis patient, Virginie, dit-il. Le Seigneur jugera quand les temps seront accomplis. Bien, où est Earl ? »

Elle secoua la tête. Le tonnerre gronda de nouveau ; elle n'était pas sûre de l'entendre à l'intérieur ou à l'extérieur.

« *Où est-il ?* tonna-t-il. Parti chercher un supplément de ces saletés ?

— Non ! répondit-elle en hurlant. Je ne sais pas où il est.

— Prie, femme ! dit Gyer. Mets-toi à genoux et remercie le Seigneur que je sois là pour te garder du diable. »

Satisfait de la sortie retentissante que lui procuraient ses paroles, il partit à la recherche de Earl, laissant Virginie tremblante, mais curieusement exaltée. Il reviendrait bien sûr, lui ferait d'autres récriminations, et elle verserait encore des larmes. Quant à Earl, il lui faudrait se défendre de son mieux. Virginie se laissa tomber sur son lit, et ses yeux larmoyants vinrent se poser sur les cachets toujours éparpillées sur le sol. Tout n'était pas perdu. Il n'y en avait pas plus de deux douzaines, aussi lui faudrait-il les prendre avec économie, mais c'était mieux que rien. S'essuyant les yeux du dos de la main, elle se remit à quatre pattes pour rassembler les pilules. Ce faisant, elle sentit sur elle un regard. Celui de l'évangéliste, déjà de retour ? Elle leva la tête. La porte d'entrée était toujours grande ouverte sur la pluie dehors, mais il ne s'y tenait pas. Le rythme de son cœur sembla s'arrêter un moment lorsqu'elle se rappela les ombres de la pièce à côté. Elles étaient *deux*. L'une était partie ; mais l'autre ?

Son regard glissa vers la porte de séparation. L'ombre était là, forme molle, plus consistante toutefois que la dernière fois qu'elle l'avait vue. L'apparition aurait-elle gagné en cohésion, ou Virginie voyait-elle plus en détail ? Sa forme était visiblement humaine, et tout aussi visiblement celle d'un homme, qui la regardait, elle n'en avait aucun doute. En se concentrant, elle pouvait même voir ses yeux. Sa perception fragile de l'existence de l'ombre s'améliorait ; elle gagnait de la définition à chacune de ses faibles inspirations.

Virginie se leva, très lentement. L'ombre fit un pas pour franchir la porte de séparation. Virginie se dirigea vers la porte d'entrée, et, d'un seul pas, l'ombre imita son déplacement en se glissant entre elle et la nuit à une vitesse surprenante. Le bras tendu de Virginie frôla la forme vaporeuse et, comme illuminé par un éclair, le portrait en pied de l'inconnu se révéla devant ses yeux, pour disparaître un instant plus tard lorsqu'elle retira sa main. Elle en avait cependant vu assez pour être épouvantée. C'était le fantôme d'un mort, la poitrine ouverte par balles. Etait-ce la continuation de son cauchemar qui se poursuivait dans le monde réel ? Elle envisagea de courir après John, de le supplier de revenir, mais pour cela il aurait fallu approcher à nouveau de la porte, et risquer un nouveau contact avec l'apparition. Alors elle recula à pas prudents, tout en récitant une prière à voix basse. John avait peut-être raison sur toute la ligne ; elle avait peut-être sollicité cette démence en prenant les cachets qu'en ce moment même elle réduisait en poudre sous ses talons. Le fantôme se rapprocha d'elle. Etait-ce un effet de son imagination, ou bien ouvrait-il les bras, comme pour l'étreindre ?

Son talon se prit dans le rabat du couvre-lit. Avant de

pouvoir se rétablir, elle tombait à la renverse, ses bras battant l'air pour trouver un support. Elle entra de nouveau en contact avec son cauchemar ; l'horrible portrait en pied lui apparut de nouveau. Mais cette fois il ne se désagrégea pas, car le fantôme lui avait saisi la main et la tenait serrée. Virginie eut l'impression d'avoir les doigts plongés dans de l'eau glacée. Elle hurla pour qu'il la lâche, levant son bras libre pour repousser l'assaillant qui lui saisit simplement l'autre main.

Incapable de lui résister, elle croisa son regard. Ce n'étaient pas les yeux du diable qui la regardaient (c'étaient des yeux quelque peu stupide, comiques même), et, plus bas, la bouche, molle, ne fit que renforcer l'impression qu'elle avait de sa stupidité. Soudain Virginie n'eut plus peur. Ce n'était pas le démon. C'était une hallucination inoffensive provoquée par sa fatigue et par les pilules. Le seul danger qu'elle courait, c'était de se blesser en tentant de chasser ses visions.

Buck sentit que Virginie perdait sa volonté de résister. « C'est bien, lui dit-il d'une voix tendre. Tu veux simplement qu'on te joue un peu de clarinette, hein, Vivi ? »

Il n'était pas certain qu'elle l'entendait, mais aucune importance. Il saurait vite lui montrer clairement ses intentions. Il lui lâcha une main, glissa la paume sur sa poitrine. Elle soupira, une expression ahurie dans ses beaux yeux, mais elle ne fit aucun effort pour résister à ses caresses.

« Tu n'existes pas, lui dit-elle carrément. Tu n'es qu'une vue de mon esprit, comme le dit John. Les pilules t'ont créé. Elles ont tout fait. »

Buck laissa déblatérer la femme ; qu'elle pense ce qu'elle voulait, du moment qu'elle cédait.

« C'est vrai, non ? dit-elle. Tu n'es pas réel, n'est-ce pas ? »

Il lui fit le plaisir de répondre poliment : « Mais certainement. Je ne suis qu'un rêve, c'est tout. » Et il la serra contre lui. La réponse sembla satisfaire Virginie. « Pas besoin de te débattre, n'est-ce pas ? J'aurai fait ma petite affaire avant que tu aies le temps de dire ouf. »

⁂

Le bureau du patron était vide. Gyer entendit la télévision dans la pièce de derrière. Il semblait logique que Earl soit dans les parages. Il avait quitté leur chambre en compagnie de la fille qui avait apporté l'eau glacée, et ils n'étaient certainement pas en train de se promener par une nuit pareille. Le tonnerre s'était rapproché tout dernièrement. Il tonnait presque à la verticale. Gyer aimait ce bruit, ainsi que le spectacle des éclairs. Cela flattait son amour du décor adéquat.

« Earl », cria-t-il, en traversant le bureau jusqu'à l'entrée de la pièce à la télévision. Le film de dix heures arrivait presque à son apogée, le volume tourné à fond était assourdissant. Une bête fantastique réduisait Tokyo en poussière ; les habitants s'enfuyaient, en poussant de grands cris. Un homme relativement âgé dormait dans un fauteuil devant cette apocalypse de carton-pâte. Ni le tonnerre, ni les appels de Gyer ne l'avaient troublé. Un gobelet d'alcool, niché sur ses genoux, lui avait glissé des mains et taché son pantalon. Toute cette scène puait le bourbon et la dépravation ; Gyer la nota mentalement pour s'en servir en chaire plus tard.

Un courant d'air froid souffla en provenance du bureau, Gyer se retourna, s'attendant à voir quelqu'un, mais il n'y avait personne à la réception, derrière lui. Il fixa le vide. Pendant tout son trajet jusqu'ici, il avait eu l'impression d'être suivi, pourtant il n'y avait personne sur ses talons. Il fit taire ses soupçons. De telles frayeurs étaient bonnes pour les femmes et les vieillards, qui ont peur de la nuit. Il s'avança entre l'ivrogne endormi et les ruines de Tokyo et se dirigea vers la porte fermée, en face.

« Earl? appela-t-il. Répondez-moi ! »

Sadie regarda Gyer ouvrir la porte et entrer dans la cuisine. Sa fatuité l'étonna. Elle s'attendait à ce que les types de cette espèce aient disparu à présent; un tel mélodrame était-il crédible à une époque aussi sophistiquée que la présente? Elle n'avait jamais beaucoup aimé les gens d'église, mais ce spécimen-là était particulièrement déplaisant; il y avait plus d'un atome de méchanceté sous sa prétention. Lui était échauffé, et ses réactions imprévisibles; il n'allait pas apprécier la scène qui l'attendait dans la chambre de Laura-May. Sadie y était déjà passée. Elle avait un moment regardé les amants, puis leur passion avait été trop forte pour elle et elle était sortie se rafraîchir au spectacle de la pluie. A présent, l'arrivée de l'évangéliste l'avait ramenée sur ses pas, avec la crainte de voir se terminer mal les événements de la nuit. Dans la cuisine, Gyer s'était remis à appeler. De toute évidence il aimait le son de sa voix!

« Earl! Vous m'entendez? Je ne m'en laisserai pas accroire! »

Dans la chambre de Laura-May, Earl tentait d'accomplir trois choses à la fois. Un : embrasser la femme à qui il venait juste de faire l'amour. Deux : remettre son pantalon trempé. Et trois : inventer une excuse adéquate à présenter à Gyer au cas où l'évangéliste arriverait à la porte de la chambre avant qu'il ait pu y recréer un semblant d'innocence. En fait, il n'eut le temps de finir aucune de ces trois tâches. Sa langue fouillait toujours la tendre bouche de Laura-May lorsque la serrure de la porte céda.

« Ah vous voilà ! »

Earl interrompit son baiser et se tourna vers la voix

messianique. Gyer se tenait dans l'embrasure, les cheveux plaqués par la pluie comme un casque gris sur son crâne, le visage luisant de courroux. L'éclairage de la lampe de chevet, tamisé par un carré de soie, lui donnait l'air plus massif; l'éclat de son regard d'apôtre du Seigneur virait à la folie. Earl avait entendu parler par Virginie des justes fureurs du grand homme : des meubles avaient volé en miettes dans le passé, des os avaient été brisés.

« N'y aura-t-il donc point de fin à votre iniquité? » siffla-t-il avec un calme effrayant entre ses lèvres minces. Earl remonta son pantalon, et farfouilla pour trouver la braguette.

« Cela ne vous regarde pas... » commença-t-il, mais la fureur de Gyer réduisit ses paroles en cendres dans sa bouche.

Laura-May ne fut pas aussi aisément intimidée. « Sortez! » dit-elle, en tirant le drap sur ses seins généreux. Earl se retourna vers elle, regarda ses douces épaules qu'il avait si récemment embrassées. Il voulut les embrasser de nouveau, mais l'homme en noir traversa la pièce en quatre grandes enjambées et le saisit par le bras et les cheveux. Cette action, dans l'espace restreint de la chambre de Laura-May fit l'effet d'un tremblement de terre. Les pièces de la précieuse collection basculèrent sur les étagères et la coiffeuse, une première tombant sur la voisine et ainsi de suite jusqu'à ce que s'ensuive une avalanche mineure de petits riens dégringolant vers le sol. Pourtant Laura-May fut aveugle au dégât; ses pensées se concentraient sur celui qui avait partagé son lit avec tant de douceur. Elle voyait l'émoi des yeux de Earl lorsque l'évangéliste l'entraîna dehors et elle le partagea.

« Laissez-le! » hurla-t-elle d'une voix aiguë et, oubliant sa pudeur, elle se leva. « Il n'a rien fait de mal! »

L'évangéliste fit une pause avant de répondre, Earl se débattait en vain pour se dégager. « Que pouvez-vous connaître du bien et du mal, *putain?* lui cracha Gyer. Vous baignez dans le péché. Vous et votre nudité, vous et votre lit puant. »

Le lit sentait fort, oui, mais l'odeur du bon savon et de l'amour frais. Elle n'avait rien à se faire pardonner, et elle n'allait pas se laisser intimider par cet écorneur de Bible de deux sous.

« Je vais appeler les flics, prévint-elle. Si vous ne le lâchez pas, je les appelle. »

Gyer ne daigna même pas répondre à sa menace. Il se contenta d'entraîner Earl dehors par la cuisine. Laura-May hurla : « Tiens bon, Earl ! Je vais chercher de l'aide. » Son amant ne répondit pas, trop occupé à empêcher Gyer de lui arracher les cheveux.

Parfois, lorsque les journées étaient longues et monotones, Laura-May avait rêvé d'hommes bruns comme l'évangéliste. Elle les avait imaginés arrivant avant une tornade, tout auréolés de poussière. Elle les avait vus la prendre (seulement contre son gré), et l'emporter au loin. Mais l'homme qui, ce soir, avait couché dans son lit, était en tous points différent de ses amants de rêve ; il avait été ridicule et vulnérable. S'il devait mourir entre les mains d'un Gyer (dont elle avait évoqué l'image en désespoir de cause), elle ne se le pardonnerait jamais.

« Qu'est-ce que qui se passe ? » entendit-elle son père dire dans l'autre pièce. Quelque chose tomba et se brisa ; une assiette peut-être, tombant du buffet, ou un verre de ses genoux. Elle pria pour que son papa n'essaie pas de se colleter avec l'évangéliste : il ne vaudrait pas plus qu'un fétu de paille dans le vent. Elle revint à son lit pour dénicher ses vêtements ; ils étaient perdus dans les draps, et elle se sentait de plus en plus frustrée à chaque seconde perdue à les chercher. Elle balança les oreillers. L'un d'eux atterrit sur la coiffeuse; de nouvelles pièces soigneusement exposées de sa collection furent balayées. Au moment où elle enfilait sa culotte, son père apparut à la porte. Son visage bouffi d'alcool prit une teinte d'un rouge plus foncé quand il vit sa tenue.

« Qu'est-ce que tu as fait, Laura-May?

— T'en fais pas, P'pa. J'ai pas l' temps de t'expliquer.

— Mais il y a des types là-bas.

— Je sais, je sais. Tu vas appeler le shérif de Panhandle pour moi. Tu comprends?

— Qu'est-ce qui se passe?

— T'en fais pas. Appelle Alvin, c'est tout, et dépêche-toi, sinon on va se retrouver avec un nouveau crime sur les bras. »

L'idée de massacre galvanisa Milton Cade. Il disparut, laissant sa fille finir de s'habiller. Laura-May savait que par une nuit pareille Alvin Baker et son adjoint pouvaient mettre longtemps avant d'arriver. Entre-temps, Dieu seul sait de quoi cet enragé de pasteur serait capable.

A la porte, Sadie regardait s'habiller la femme. Laura-May n'était pas belle, du moins à ses yeux critiques, et sa peau de blonde la faisait paraître pâle et sans substance malgré ses formes rebondies. Oui mais qui suis-je donc pour trouver à redire au manque de substance? pensa Sadie. Regardez-moi! Et pour la première fois depuis trente ans qu'elle était morte, elle éprouva de la nostalgie pour la plénitude du corps. En partie parce qu'elle enviait à Laura-May son bonheur avec Earl, et en partie parce qu'elle brûlait de jouer un rôle dans le drame qui se déroulait à toute vitesse autour d'elle.

Dans la cuisine un Milton Cade soudain dessoûlé baragouinait son histoire au téléphone, essayant de provoquer une réaction chez les types de Panhandle, tandis que Laura-May, qui avait fini de se rhabiller, ouvrait la serrure du dernier tiroir de sa coiffeuse et y fouillait à tâtons. Sadie jeta un œil par-dessus l'épaule de la femme, découvrit la nature de son trophée, et un frisson lui picota la peau du crâne lorsqu'elle reconnut son .38. C'était donc Laura-May qui avait trouvé le pistolet; ce petit bout de chou de six ans au visage blême qui ne cessait de courir de long en large sur l'allée ce jour-là, trente ans auparavant, en jouant toute seule et en chantonnant des refrains dans la chaleur immobile du soir.

Sadie se réjouit de revoir l'arme du crime. Elle pensa que tout compte fait elle *avait* peut-être laissé un signe qui aiderait l'avenir à prendre forme; peut-être *représentait*-elle plus qu'un gros titre sur un journal jauni ou un souvenir qui peu à peu s'estompe dans les mémoires vieillissantes. D'un œil neuf et curieux, elle regarda Laura-May enfiler des chaussures et sortir dans la tempête qui faisait rage.

Virginie resta affalée contre le mur de la chambre 7, et regarda la silhouette minable appuyée au linteau de la porte en face d'elle. Elle avait laissé l'esprit, appelé par ses soins, faire d'elle ce qu'il avait voulu; et jamais, au cours des quarante et quelques années de sa vie, elle n'avait entendu de telles promesses de débauche. Mais bien que le spectre se soit approché à maintes reprises, collant son corps froid contre le sien, sa bouche glacée et molle contre la sienne, il n'était pas arrivé à mener son viol à terme. Le fantôme avait essayé par trois fois; et trois fois les paroles pressantes murmurées à l'oreille de Virginie ne s'étaient pas réalisées. A présent, il gardait la porte, se préparant, d'après elle, à une nouvelle attaque. Sa figure était assez transparente pour lui permettre d'y lire sa déroute et sa honte. Elle pensa qu'il la dévisageait d'un œil assassin.

Elle entendit, dehors, la voix de son mari plus forte que

le vacarme du tonnerre, et la voix de Earl également, élevée en protestation. Une furieuse discussion faisait rage, cela au moins était apparent. Elle se releva en se glissant contre le mur, tout en essayant de comprendre leurs paroles ; le fantôme la regardait d'un air sinistre.

« Vous avez échoué », lui dit-elle.

Il ne répondit pas.

« Vous n'êtes qu'un de mes rêves ; et vous avez échoué. »

Il ouvrit la bouche et agita sa langue blafarde. Virginie ne comprenait pas pourquoi il ne s'était pas évaporé ; mais peut-être lui collerait-il aux talons jusqu'à ce que l'effet des pilules ait disparu de son organisme. Aucune importance. Elle avait enduré le pire ; maintenant, avec le temps, ce rêve finirait par la quitter. Ses viols manqués le dépouillaient de son pouvoir sur elle.

Elle traversa la pièce en direction de la porte, elle n'avait plus peur. L'esprit redressa les épaules.

« Où vas-tu ? lui demanda-t-il.

— Dehors, dit-elle. Aider Earl.

— Non, lui dit-il. Je n'en ai pas fini avec toi.

— Vous n'êtes qu'un fantôme, rétorqua-t-elle. Vous ne m'empêcherez pas d'y aller. »

Il lui adressa un sourire aux trois quarts méchant et un quart charmeur. « Tu te trompes, Virginie », dit Buck. Ce n'était pas la peine de mentir plus longtemps à cette femme ; il s'était finalement lassé de ce petit jeu. Et il avait peut-être échoué dans sa tentative pour lui jouer de la clarinette uniquement parce qu'elle s'était donnée si facilement à lui, pensant qu'il n'était qu'un cauchemar inoffensif. « Je ne suis pas un rêve, ma vieille, dit-il. *Je suis Buck Durning.* » Elle fronça les sourcils devant la silhouette vacillante. Son inconscient lui jouait-il un nouveau tour ? « On m'a tiré dessus et tué ici même, dans cette chambre, il y a trente ans. Juste là où tu es, en fait. »

Instinctivement, Virginie baissa les yeux à ses pieds, sur la moquette, s'attendant presque à y voir des taches de sang.

« Nous sommes revenus ce soir, Sadie et moi, poursuivit le fantôme. Passer une nuit à l'Abattoir de l'Amour. C'est ainsi qu'on a appelé cet endroit, tu le savais ? Les gens venaient de partout, juste pour visiter la chambre ; pour voir l'endroit où Sadie Durning avait tiré sur Buck, son mari. Des malades, Virginie, tu ne crois pas ? Plus intéressés par le crime que par l'amour. Pas moi... J'ai toujours aimé l'amour, tu sais ? C'était presque la seule chose pour laquelle j'étais doué, en fait.

— Vous m'avez menti, dit-elle. Vous vous êtes servi de moi !

— Et je n'ai pas fini ! promit Buck. En fait j'ai à peine commencé. »

Il alla vers elle, mais elle s'était préparée cette fois. Lorsqu'il la toucha et que la fumée prit corps, elle lui donna un coup de poing. Buck se déplaça pour l'éviter, et elle en profita pour se précipiter vers la porte. Ses cheveux défaits lui tombaient dans les yeux, mais elle se jeta littéralement vers la liberté. Une main vaporeuse la saisit, mais la prise était si ténue qu'elle glissa.

« J'attendrai », cria Buck dans son dos, tandis qu'elle traversait l'allée en titubant et entrait dans la tempête. « Tu m'entends, salope ? *Je t'attendrai.* »

Il n'allait pas s'abaisser à la poursuivre. Il faudrait bien qu'elle revienne, non ? Et lui, invisible à tous sauf à cette femme, il pouvait se permettre de prendre son temps. Si elle racontait ce qu'elle avait vu à ses compagnons, ils la traiteraient de folle ; ils l'enfermeraient même peut-être, et il l'aurait alors à lui tout seul. Oui, il était gagnant. Elle reviendrait trempée jusqu'aux os, la robe collée à la peau en une douzaine d'endroits intéressants ; en proie à la panique peut-être ; en pleurs ; trop faible pour résister à ses avances. Ils la joueraient leur petite musique alors. Oh que oui ! Jusqu'à ce qu'elle le supplie d'arrêter.

Sadie suivit Laura-May dehors.

« Où vas-tu ? » demanda Milton à sa fille, qui ne répondit pas. « Jésus Marie ! » lui cria-t-il, assimilant ce qu'il venait de voir. « Où as-tu trouvé ce fichu flingue ? »

La pluie était torrentielle ; elle battait le sol, les dernières feuilles du peuplier, le toit, le crâne des gens. En quelques secondes, Laura-May eut les cheveux plaqués sur le front et la nuque.

« Earl ? hurla-t-elle. Où es-tu ? *Earl ?* » Elle se mit à courir pour traverser la cour, tout en criant son nom à tue-tête. La pluie avait transformé le sol poussiéreux en boue marron foncé qui lui giclait sur les tibias. Elle arriva au second bâtiment. Un certain nombre de clients, réveillés par les vociférations de Gyer, la regardaient de leur fenêtre. Plusieurs portes étaient ouvertes ; un homme, debout dans l'allée, une bière à la main, voulut savoir ce qui se passait. « Tous ces gens qui courent partout comme des fous, dit-il, et qui n'arrêtent pas de beugler ! On est venus ici pour trouver un peu de tranquillité et d'intimité, bon dieu ! » Une jeune femme, d'une bonne vingtaine d'années de moins que lui, sortit de la chambre dans le dos du buveur de bière. « Elle tient un pistolet, Dwayne, dit-elle. Tu l'as vu ?

— Où sont-ils allés ? demanda Laura-May au type à la bière.

— Qui ? répondit Dwayne.

— *Les dingues !* brailla Laura-May, pour couvrir un nouveau roulement de tonnerre.

— Derrière le bureau de la réception, dit Dwayne, les yeux sur le pistolet plutôt que sur Laura-May. Ils ne sont pas par ici. Je vous assure qu'ils n'y sont pas. »

Laura-May rebroussa chemin en direction du premier bâtiment. La pluie, les éclairs, l'aveuglaient, elle eut du mal à garder l'équilibre dans le bourbier de la cour.

« Earl ! cria-t-elle. Où es-tu ? »

Sadie allait au même pas. La Cade ne manquait pas de cran, aucun doute là-dessus, mais sa voix avait un accent hystérique que Sadie n'aimait pas trop. Ce genre d'affaire (le meurtre) exigeait un certain détachement. L'astuce c'était de le faire avec naturel presque, comme d'allumer la radio, ou d'écraser un moustique. La panique ne pouvait que brouiller le résultat, de même que la passion. Vrai ! Lorsqu'elle avait levé et pointé ce même .38 sur Buck, pas un atome de colère n'était venu lui faire rater sa cible. En définitive, voilà pourquoi on l'avait envoyée à la chaise. Non pas pour avoir tué, mais pour l'avoir trop bien fait.

Laura-May n'était pas aussi calme. Sa respiration s'était faite irrégulière, et à l'entendre sangloter le nom de Earl en courant, elle était visiblement au bord de la crise de nerfs. Elle contourna l'arrière du premier bâtiment, où l'enseigne du motel jetait une lumière froide sur le terrain vague, et cette fois, lorsqu'elle appela Earl, elle entendit un cri en réponse. Elle s'arrêta, scrutant à travers le rideau de pluie. C'était bien la voix de Earl, comme elle l'avait espéré, mais il ne l'appelait pas elle.

« Salaud ! gueulait-il. Vous avez perdu la tête. Fichez-moi la paix ! »

Voilà qu'à présent elle distinguait deux silhouettes à mi-distance. Earl, la bedaine éclaboussée et maculée de boue, était à quatre pattes au milieu des mauvaises herbes et des broussailles. Gyer, debout derrière lui, lui appuyait sur la tête pour le forcer à toucher terre.

« Admettez votre crime, pécheur.

— *Pas question*, crénom !

— Vous êtes venu exprès pour détruire ma croisade. Admettez-le ! Allons, avouez !

— Allez au diable !

— Avouez votre complicité, ou je vous brise un par un tous les os du corps ! »

Earl luttait pour se dégager des griffes de Gyer, mais l'évangéliste était de loin le plus fort.

« Priez ! dit-il, en lui appuyant le visage dans la boue. Priez !

— Allez vous faire foutre ! » gueula Earl.

Gyer tira Earl par les cheveux pour lui faire relever la tête, l'autre main en l'air pour lui asséner un coup sur la figure. Mais avant qu'il ait pu frapper, Laura-May entra en jeu, avançant de trois ou quatre pas vers eux dans la boue, le .38 tremblant dans sa main.

« Ecartez-vous ! » exigea-t-elle.

Sadie nota calmement que la femme aurait pu viser avec plus de précision. Même par temps clair, elle ne devait pas être excellente tireuse ; mais ici, sous pression, et sous une telle averse, qui, excepté le plus expérimenté des tireurs d'élite, aurait pu garantir du résultat ? Gyer se retourna et regarda Laura-May. Il ne montra aucune trace de crainte. « Il a fait le même calcul que moi, se dit Sadie ; il sait fichtrement bien qu'il n'a pas grande chance d'être blessé. »

« *La putain !* annonça Gyer, levant les yeux au ciel. La voyez-vous Seigneur ? Voyez-vous sa honte, ses vices ? Regardez-la bien ! Elle appartient à la cour de Babylone ! »

Laura-May ne comprit pas très bien les détails, mais le sens général de l'attaque de Gyer lui fut parfaitement clair. « Je ne suis pas une putain ! hurla-t-elle en réponse, le .38 tressautant dans sa main comme s'il était pressé de tirer. Ne vous mêlez pas de me traiter de putain !

— Je t'en prie, Laura-May... » dit Earl, se débattant

contre Gyer pour pouvoir voir la jeune femme. « ... Va-t'en d'ici. Il a perdu l'esprit. »

Elle ne tint aucun compte de cet ordre.

« Si vous ne le lâchez pas..., dit-elle, pointant le pistolet sur l'homme en noir.

— Eh bien ? dit Gyer, d'un ton sarcastique. Que ferez-vous, putain ?

— Je vais tirer ! Oui, je vais tirer. »

De l'autre côté du premier bâtiment, Virginie repéra un des tubes de pilules que Gyer avait jetés dans la boue. Elle se baissa pour le ramasser, mais elle se ravisa. Elle n'avait plus besoin de pilules, n'est-ce pas ? Elle avait parlé à un mort ; son seul contact avec lui lui avait rendu Buck Durning visible. Quel don ! Ses visions étaient réelles, et l'avaient toujours été ; plus vraies que toutes les apocalypses d'occasion que faisait naître son lamentable mari. Que pourraient bien lui faire ces drogues sinon brouiller son talent nouvellement découvert ? Qu'elles restent où elles étaient !

Un certain nombre de clients avaient enfilé une veste pour sortir de leur chambre et aller voir la cause de tout ce remue-ménage.

« Y a-t-il eu un accident ? » demanda une femme à Virginie. Au moment où ces paroles quittaient ses lèvres, on entendit un coup de feu.

« John ! » dit Virginie.

Avant la fin de l'écho, elle se dirigeait déjà vers la source du bruit. Elle imaginait déjà ce qu'elle allait découvrir : son mari étendu par terre ; l'assassin triomphant qui prenait ses jambes boueuses à son cou. Elle accéléra le pas, et une prière lui vint aux lèvres. Elle ne priait pas pour que le scénario imaginé soit faux ; mais plutôt pour que Dieu lui pardonne de souhaiter sa réalisation.

La scène qu'elle découvrit derrière le bâtiment anéantit ses attentes. L'évangéliste n'était pas mort. Il se tenait là, indemne. C'était Earl qui gisait à terre à côté de lui, sur le sol détrempé. A proximité, se tenait la femme qui, quelques heures plus tôt, avait apporté l'eau glacée ; elle tenait à la main un pistolet qui fumait encore. Au moment même où Virginie posait les yeux sur Laura-May, une silhouette s'avança dans la pluie et cogna l'arme que la femme avait en main. Le pistolet tomba. Virginie suivit sa chute des yeux. Laura-May eut l'air surpris ; visiblement, elle ne comprenait pas comment elle avait pu lâcher le pistolet. Mais Virginie le savait ! Elle voyait le fantôme, quoique fugitivement, et elle devina son identité. Il s'agissait sûrement de Sadie Durning, celle dont le mépris de la loi avait permis de baptiser cet établissement l'Abattoir de l'Amour.

Le regard de Laura-May tomba sur Earl ; elle poussa un cri d'horreur, et courut à lui.

« Reste avec nous, Earl ! Je t'en supplie, ne meurs pas ! »

Earl releva la tête de son bain de boue et la secoua.

« Tu m'as loupé d'un bon kilomètre ! » dit-il.

A ses côtés, Gyer était tombé à genoux, les mains jointes, le visage offert à la pluie battante.

« Oh ! Seigneur, je vous rends grâce d'avoir préservé votre instrument à l'heure du besoin... »

Virginie mit un terme à ces inepties. Voilà l'homme qui l'avait si profondément convaincue de son état d'illuminée qu'elle avait elle-même montré à Buck Durning. Eh bien, *c'était fini !* Il l'avait assez terrorisée. Elle avait vu Sadie agir sur le monde réel ; elle avait senti Buck en faire de même. Il était temps maintenant de renverser la vapeur. Elle avança posément jusqu'à l'endroit où se trouvait le .38, sur l'herbe, et elle le ramassa.

Ce faisant, elle sentit la présence toute proche de Sadie

Durning. Une voix, si faible qu'elle l'entendit à peine, lui dit à l'oreille : « Est-ce bien raisonnable ? » Virginie n'aurait su répondre. De toute façon, où se nichait la raison ? Certainement pas dans la rhétorique usée des prophètes morts. La raison, c'était peut-être Earl et Laura-May qui s'étreignaient dans la boue, sans se soucier des prières débitées par Gyer, ni des regards des clients accourus voir qui était mort. Ou bien la raison consistait-elle à trouver le fléau de sa vie, et à s'en défaire une bonne fois pour toutes. Pistolet en main, elle rentra à la chambre 7, consciente de la présence immatérielle de Sadie Durning à ses côtés.

« Pas Buck... ? chuchota Sadie, ... non, n'est-ce pas ?

— Il m'a attaquée, dit Virginie.

— Pauvre petit agnelet !

— Je n'ai plus rien d'un agnelet, répondit Virginie. Plus maintenant. »

Comprenant que cette femme était parfaitement maîtresse de son destin, Sadie ralentit, de peur que sa présence n'alerte Buck. Elle regarda Virginie traverser la cour, dépasser le peuplier, et entrer dans la chambre où son poursuivant lui avait promis de l'attendre. La lumière était toujours allumée, aveuglante après l'obscurité bleu sombre de la nuit. Il n'y avait aucun signe de Durning. Virginie alla à la porte de séparation. La chambre 8 était vide également. Puis, la voix familière dit :

« Tu es revenue. »

Elle pivota sur ses talons, lui cachant le pistolet. Il venait de sortir de la salle de bains et se trouvait entre elle et la porte.

« Je savais que tu reviendrais, lui dit-il. Vous finissez toutes par revenir.

— Vous allez vous montrer, dit Virginie.

— Mais je suis déjà nu comme un angelot, dit Buck,

que veux-tu que je fasse de plus, que je m'enlève la peau ? Ça pourrait être drôle, en fait.

— Montrez-vous à John, mon mari. Faites-lui voir son erreur.

— Oh, le pauvre John ! Je ne pense pas qu'il veuille me voir.

— Il me croit folle.

— La folie peut être très utile, sourit Buck, ils ont presque sauvé Sadie de la chaise sous prétexte qu'elle était folle. Mais elle a été trop honnête. Elle ne cessait de leur répéter : " Je voulais qu'il meure. Alors, je l'ai tué. " Elle n'a jamais eu beaucoup de jugeotte. Mais toi... allons, je crois que toi tu connais ton intérêt. »

La forme vaporeuse changea de place. Virginie ne distinguait pas clairement ce que faisait Durning, mais son geste était obscène, sans aucune équivoque.

« Viens le prendre mon petit bout, Virginie, dit-il, allez, en piste ! »

Elle sortit le .38 de derrière son dos et le pointa sur lui.

« Pas cette fois, dit-elle.

— Tu ne peux pas me faire de mal avec ce truc, répondit-il. Je suis déjà mort, tu ne te souviens pas ?

— *Vous m'avez fait mal.* Pourquoi ne pourrais-je pas vous rendre la pareille ? »

Buck agita de droite à gauche sa tête éthérée, secoué d'un rire bas. Au même moment, des sirènes de police se firent entendre sur la grand-route.

« Allons donc ! dit Buck. Quelle histoire, quel remue-ménage ! On ferait mieux de se jouer un peu de clarinette avant d'être interrompus, mon chou.

— Je vous préviens, c'est le pistolet de Sadie.

— Tu ne me ferais pas de mal, murmura Buck. Je vous connais, vous les femmes. Vous dites une chose et vous faites le contraire. »

Il avança vers elle en riant.

« Non ! » le prévint-elle.

Il fit encore un pas, et elle pressa sur la détente. Juste avant d'entendre le bruit et de sentir le recul du pistolet dans sa main, elle vit John apparaître à la porte. Avait-il été tout le temps là, ou rentrait-il de sous la pluie, ses prières faites, pour lire l'Apocalypse à son épouse égarée ? Elle ne le saurait jamais. La balle traversa Buck, partageant au passage son corps de fumée, et fila droit sur l'évangéliste avec une précision parfaite. Il ne la vit pas arriver. Elle le toucha à la gorge, et le sang coula très vite, éclaboussant sa chemise. La forme de Buck s'envola comme de la poussière, et il disparut. Soudain il n'y eut plus, dans la chambre 7, que Virginie, son mari mourant et le bruit de la pluie.

John Gyer lança un regard noir à Virginie, puis il tendit le bras vers le montant de la porte pour soutenir sa considérable carcasse. Il ne put l'agripper et tomba dehors à la renverse, comme une statue déboulonnée de son socle, le visage lavé par la pluie. Son sang n'arrêtait pas de couler cependant. Il se déversait à gros bouillons joyeux ; et il jaillissait encore lorsque Alvin Baker et son adjoint, l'arme au poing, arrivèrent devant la chambre.

Virginie pensa que son mari ne saurait jamais ; quel dommage ! A présent, on ne pourrait plus jamais lui faire admettre sa stupidité, ni ravaler son arrogance. Du moins, pas de ce côté-ci de la tombe ! Il était *en sûreté,* le bougre, et elle restait, un pistolet fumant à la main et Dieu seul savait le prix qu'elle allait payer.

« Jetez votre arme et sortez ! » La voix qui venait du dehors était sèche et intransigeante.

Virginie ne répondit pas.

« Vous m'entendez, là-dedans ? C'est le shérif Baker qui vous parle. L'endroit est cerné, alors sortez, ou vous allez mourir. »

Virginie s'assit sur le lit et pesa le pour et le contre. On ne l'exécuterait pas pour son acte, comme Sadie. Mais elle passerait très longtemps en prison, et elle était lasse des régimes. Si elle n'était pas déjà folle, l'incarcération la ferait basculer dans la démence. Mieux valait en finir ici, se dit-elle. Elle appliqua contre son menton le .38 encore chaud, l'inclinant pour être sûre que le coup lui fasse sauter le haut du crâne.

« Est-ce bien raisonnable ? demanda Sadie, tandis que le doigt de Virginie se resserrait sur la détente.

— Ils vont m'enfermer, répondit-elle. Je ne le supporterai pas.

— Vrai, dit Sadie. On te gardera un certain temps derrière les barreaux. Mais ce ne sera pas très long.

— Vous voulez rire ! Je viens de tuer mon mari de sang froid.

— Tu ne l'as pas fait exprès ; répondit gaiement Sadie, tu visais Buck.

— Ah oui ? dit Virginie. Je me le demande.

— Tu peux plaider la folie, comme j'aurais dû le faire. Invente simplement une histoire, la plus farfelue possible, et n'en démords pas. »

Virginie secoua la tête ; elle n'avait jamais bien su mentir. « Et quand tu auras été libérée, continua Sadie, tu seras célèbre. Ça vaut la peine de vivre pour ça, non ? »

Virginie n'y avait pas pensé. L'ombre d'un sourire illumina son visage. Dehors, le shérif Baker réitéra son ordre : qu'elle jette son arme par la porte et sorte les mains en l'air.

« Vous avez dix secondes, Madame, dit-il. Et pas une de plus !

— Je ne peux plus supporter cette humiliation ! murmura Virginie. *Non, je ne peux pas.* »

Sadie haussa les épaules.

« Dommage, dit-elle. La pluie diminue. Il y a de la lune.

— On voit la lune, c'est vrai ? »

Baker commença à compter.

« Il faut te décider, dit Sadie. Si tu leur en donnes l'occasion, ils te tireront dessus. Avec joie en plus ! »

Baker était arrivé à huit. Virginie se leva.

« *Arrêtez !* » cria-t-elle à travers la porte.

Baker cessa de compter. Virginie jeta le pistolet. Il atterrit dans la boue.

« Bien, dit Sadie. Je suis tellement contente !

— Je ne peux pas y aller toute seule, répondit Virginie.

— Pas besoin. »

Un public conséquent s'était rassemblé dans la cour : Earl et Laura-May bien sûr, Milton Cade, Dwayne et sa petite amie, le shérif Baker et son adjoint, et un éventail de clients du motel. Ils se tenaient dans un silence respectueux, dévisageant Virginie Gyer avec un mélange d'étonnement et de crainte.

« Mettez les mains en l'air, que je les voie ! » dit Baker.

Virginie s'exécuta.

« Regarde ! » dit Sadie, l'index levé.

La lune était là, grosse et blanche.

« Pourquoi vous l'avez tué ? demanda la petite amie de Dwayne.

— C'est le diable qui me l'a demandé », répondit Virginie, en contemplant la lune, et en arborant son sourire le plus dément.

Retro Satanas

Par un heureux concours de circonstances, Grégorius s'était enrichi au-delà du possible. Il possédait des flottes et des palais ; des chevaux de course ; des villes. En fait il possédait tant de biens, qu'il sembla parfois plus rapide à ceux qui à la fin furent chargés de les énumérer (lorsque les événements de cette histoire eurent atteint leur monstrueuse conclusion) de faire la liste de ce qu'il ne possédait pas.

Riche, il l'était ; mais heureux, loin de là ! Il avait été élevé dans la religion catholique, et au cours de ses jeunes années, avant sa vertigineuse ascension vers la fortune, il avait trouvé secours dans la foi. Mais il l'avait négligée, et ce ne fut qu'à l'âge de cinquante-cinq ans, ayant le monde à ses pieds, qu'il se réveilla une nuit et s'aperçut qu'il n'avait pas de Dieu.

Quel coup dur ! Mais il avait immédiatement pris ses dispositions pour transformer cette perte en gain. Il se rendit à Rome et parla au Souverain Pontife ; il pria nuit et jour ; il fit bâtir des séminaires et des léproseries. Dieu refusa pourtant de montrer ne serait-ce qu'un ongle de son orteil. Grégorius était apparemment abandonné.

Au bord du désespoir, il lui vint à l'esprit qu'il ne pourrait retrouver sa place entre les bras du Créateur qu'en exposant son âme aux pires dangers. Cette idée avait du mérite. Supposons que j'arrive à rencontrer Satan, pensa-t-il, le Malin ; est-ce qu'en me voyant ainsi *in extremis,* Dieu ne se sentirait pas obligé d'intervenir pour me remettre dans le droit chemin ?

C'était un bon plan, mais comment le réaliser ? Le Diable n'accourait pas sur un simple appel, même pour un potentat comme Grégorius, et ses recherches prouvèrent bientôt que toutes les méthodes traditionnelles pour sommer le Seigneur de la Vermine de venir — la profanation du Saint Sacrement, le sacrifice d'innocents — ne faisaient pas davantage d'effet que ses bonnes actions pour exaspérer Iahvé. Ce ne fut qu'au bout d'une année de délibérations qu'il tomba enfin sur un fameux plan. Il allait s'arranger pour construire un enfer sur la terre, un enfer moderne si monstrueux que le Tentateur serait tenté, et viendrait s'y nicher comme un coucou dans un nid volé.

Il remua ciel et terre pour trouver un architecte, il le découvrit qui languissait dans un asile d'aliénés à la sortie de Florence, un certain Leopardo, dont les plans pour les palaces de Mussolini avaient une grandeur démente qui convenait parfaitement aux projets de Grégorius. On sortit Leopardo (misérable vieillard puant) de sa cellule, et il put à nouveau rêver. Son génie du prodigieux ne l'avait pas abandonné.

De manière à nourrir son esprit inventif, on parcourut les plus grandes bibliothèques du monde pour y trouver les descriptions des enfers, séculier et métaphysique ; on scruta les voûtes des musées pour y découvrir des images oubliées de martyres. On ne laissa pas une pierre en place si on croyait qu'elle pouvait cacher quelque chose de pervers.

Les plans terminés devaient un peu de leur inspiration à Sade et Dante, beaucoup à Freud et Kraft-Ebbing, mais ils renfermaient aussi bien des choses qu'aucun esprit n'avait conçu auparavant, ou du moins n'avait osé coucher sur le papier.

On choisit un site en Afrique du Nord, et les travaux du Nouvel Enfer de Grégorius démarrèrent. Chaque élément du projet battait des records. Les fondations étaient plus vastes, les murs plus épais, les tuyauteries plus élaborées que dans tout édifice bâti jusqu'ici. Grégorius regardait la lente construction avec un enthousiasme qu'il n'avait plus ressenti depuis ses premières années de bâtisseur d'empire. Inutile de dire que partout on pensait qu'il avait perdu la tête. Certains amis de longue date refusèrent dès lors de s'associer à lui ; plusieurs de ses sociétés s'effondrèrent lorsque les investisseurs s'alarmèrent aux rapports sur sa démence. Cela lui était égal. Son plan ne pouvait échouer. Le Diable ne manquerait pas de venir, ne serait-ce que par curiosité, pour voir ce Léviathan construit en son nom, et à son arrivée, Grégorius serait là pour le recevoir.

Les travaux durèrent quatre ans, et engloutirent la majeur partie de la fortune de Grégorius. La construction terminée avait la taille d'une demi-douzaine de cathédrales, et se glorifiait de posséder toutes les installations dont un Ange des ténèbres puisse rêver. Des flammes brûlaient derrière les murs, de sorte que c'était presque un supplice insupportable de marcher dans les couloirs. Les pièces donnant sur ces couloirs étaient dotées de tous les dispositifs de torture imaginables (pointes, chevalets, ténèbres) pour que le génie des bourreaux de Satan trouve à s'employer. Il y avait des fours assez vastes pour y incinérer des familles entières ; des bassins assez profonds pour y noyer des générations. Le Nouvel Enfer était prêt pour les atrocités, monument à l'inhumanité auquel ne manquait que sa première cause.

Les ouvriers se retirèrent, soulagés. Parmi eux, le bruit courait que Satan observait depuis longtemps la construction de son dôme de plaisir. Certains prétendaient même l'avoir aperçu dans les étages souterrains où le froid était si intense qu'il vous glaçait l'urine dans la vessie. Il y eut des preuves pour étayer cette croyance en des présences surnaturelles convergeant sur le bâtiment presque achevé, dont la moindre ne fut pas la mort cruelle de Leopardo, qui s'était jeté ou (selon les superstitieux) s'était fait jeter par la fenêtre de sa chambre d'hôtel au sixième étage. Il fut enterré en grande pompe, comme il se doit.

Donc, à présent seul en Enfer, Grégorius attendait.

Il n'eut pas longtemps à attendre. Il était là depuis un jour, pas plus, lorsqu'il entendit des bruits dans les grandes profondeurs. Débordant de plaisir anticipé, il partit à la recherche de leur source, mais ne trouva que le glou-glou des bains d'excréments et le craquement des fourneaux. Il retourna dans sa suite, au neuvième étage, et attendit. Les bruits recommencèrent ; de nouveau il se mit en quête de leur origine ; de nouveau il remonta déçu.

Les perturbations ne cessaient pourtant pas. Les jours suivants il ne se passa jamais plus de dix minutes sans qu'il entende des bruits d'occupants. Le prince des ténèbres était là ! Grégorius ne pouvait en douter, mais il restait dans l'ombre. Grégorius se plaisait à jouer le jeu. C'était sa fête au Diable, après tout. A lui de mener la danse !

Pourtant, au cours des longs mois suivants, souvent solitaires, Grégorius se lassa de ces parties de cache-cache, et il se mit à exiger de Satan qu'il se montre. Mais sa voix résonna en vain dans les couloirs déserts, puis sa gorge fut irritée par tant d'appels. Désormais, il poursuivit ses recherches comme un voleur, espérant surprendre son locataire au dépourvu. Mais l'ange apostat s'envolait toujours avant l'apparition de Grégorius.

Satan et lui jouaient tous deux à un jeu de sape,

semblait-il, se pourchassant l'un l'autre à travers la glace et le feu, et de nouveau la glace. Grégorius décida de patienter. Le diable était là, n'est-ce pas ? N'y avait-il pas l'empreinte de son doigt sur la poignée de la porte ? Sa crotte sur l'escalier ? Tôt ou tard le Démon montrerait son visage, et Grégorius lui cracherait dessus.

Le monde continuait à tourner et Grégorius était relégué à la compagnie d'autres reclus détruits par leur fortune. Sa Folie, ainsi qu'on l'avait baptisée, n'était pourtant pas totalement dépourvue de visiteurs. Il y avait ceux qui l'avaient trop aimé pour l'oublier ; ceux aussi, qui avaient prospéré grâce à lui, et espéraient encore tirer profit de sa démence, et qui osaient franchir les grilles du Nouvel Enfer. Ces visiteurs faisaient le voyage sans faire part de leurs intentions, de crainte de la désapprobation de leurs amis. On ne poussait jamais les recherches consécutives à leur disparition jusqu'en Afrique du Nord.

Et dans sa Folie, Grégorius pourchassait toujours le Serpent, et le Serpent l'évitait toujours, laissant seulement, au fil des mois, des traces de plus en plus terribles de son occupation des lieux.

***

Ce fut l'épouse de l'un des visiteurs disparus qui découvrit finalement le pot aux roses et alerta les autorités. On surveilla la Folie de Grégorius, et finalement — quelques trois ans après son achèvement — un quarteron d'officiers en brava le seuil.

Sans entretien, la Folie commençait à se dégrader sérieusement. Les lampes étaient mortes à de nombreux étages ; les murs s'étaient refroidis ; la poix fondue des fosses s'était solidifiée. Mais à mesure que les officiers passaient sous les voûtes ténébreuses à la recherche de Grégorius, ils eurent de nombreuses preuves que, malgré son état de décrépitude, le Nouvel Enfer fonctionnait bien. Il y avait dans les fours des corps au large visage noirci ; il y avait dans plusieurs pièces des restes humains ficelés à leur siège, aux yeux arrachés, à la peau trouée et tailladée.

Leur terreur augmentait à mesure qu'ils ouvraient les portes, à mesure que leurs yeux se posaient sur une nouvelle abomination.

Deux des quatre agents ayant franchi l'entrée n'atteignirent jamais le cœur du domaine. En route, submergés par leur terreur, ils s'enfuirent, se perdirent dans un cul-de-sac étouffant et s'ajoutèrent aux centaines de ceux qui avaient péri dans la Folie depuis que Satan y avait élu domicile.

Des deux qui déterrèrent finalement l'auteur de cet enfer, un seul eut le courage de raconter son histoire, bien que les scènes auxquelles il avait été confronté au cœur de la Folie fussent presque trop atroces pour être narrées.

Il n'y avait aucun signe de Satan bien entendu. Il n'y avait que Grégorius. Le maître bâtisseur, n'ayant trouvé personne pour habiter la demeure qui l'avait tant fait transpirer, l'avait occupée lui-même. Il avait avec lui quelques disciples rassemblés au fil des ans, créatures qui, comme lui, ne semblaient rien avoir de remarquable. Mais on n'aurait pu trouver dans tout le bâtiment un appareil de torture dont ils ne se soient pas servis avec un zèle impitoyable.

Grégorius ne résista point lors de son arrestation ; au contraire, il semblait content d'avoir une estrade pour se vanter de ses boucheries. Ensuite, et plus tard au cours de son procès, il parla librement de son ambition et de son désir ; de tout le sang qu'il verserait encore si seulement on voulait bien le libérer. Assez pour noyer toute la foi et ses mensonges, jura-t-il. Et pourtant il ne serait encore pas satisfait. Car Dieu moisissait au paradis et Satan dans les abîmes, alors, qui allait l'arrêter ?

Il se fit copieusement malmener pendant son procès, puis dans l'asile où , dans des circonstances suspectes, il mourut au bout de deux mois à peine. Le Vatican détruisit de ses archives tout rapport le concernant ; les séminaires fondés en son nom impie furent fermés.

Mais il y avait, parmi les cardinaux, ceux qui n'arrivaient pas éliminer l'idée de sa méchanceté impénitente, et — dans le secret de leurs doutes — ils se demandaient s'il n'avait pas réussi sa stratégie. Si, en abandonnant tout espoir aux anges — déchus et autres —, il n'en était pas devenu un lui-même.

Ou ce que le monde concevait comme tel.

Le siècle du désir

L'homme enflammé se propulsa en bas des marches des laboratoires Hume au moment où la voiture de police — appelée d'après lui par l'alarme que Welles ou Danse avait déclenchée à l'étage — apparaissait à la grille et tournait dans l'allée. Lorsqu'il passa la porte en courant, la voiture s'arrêta devant les marches dans un crissement de pneus et déchargea son contenu humain. Il attendit, tapi dans l'ombre, trop épuisé par sa terreur pour courir davantage, et certain qu'on le verrait. Mais les policiers disparurent derrière les portes à double battant sans même un coup d'œil vers lui. Suis-je vraiment en flammes, se demanda-t-il. Cette épouvantable vision de sa chair baptisée par une flamme lisse qui le desséchait sans le consumer, n'était-elle qu'une hallucination de ses yeux et de ses yeux seuls ? Si oui, tout ce qu'il avait subi là-haut dans le laboratoire était peut-être aussi du délire. Peut-être n'avait-il pas vraiment commis les crimes qui l'avaient poussé à fuir, léché jusqu'au martyre par une flamme interne.

Il regarda son corps. Des points de feu pâle rampaient toujours sur sa peau nue, mais ils mouraient l'un après l'autre. Il se rendit compte qu'il s'éteignait comme un feu de joie délaissée. Les sensations qui l'avaient envahi — si intenses et si exigeantes, qu'elles ressemblaient à la douleur autant qu'au plaisir — finissaient par quitter ses nerfs, et le laissaient dans un état de torpeur bienfaisante. Son corps, émergeant à présent sous le voile du feu, était en piteux état. Sa peau faisait l'effet effrayant d'une carte de griffures, ses vêtements étaient en lambeaux, ses mains collantes de sang caillé; sang qui, il le savait, n'était pas le sien. Aucun moyen d'éviter l'amère vérité. Il *avait* bien accompli tout ce qu'il s'était imaginé faire. En ce moment même les officiers de police devaient contempler son atroce ouvrage.

Il se glissa hors de sa niche près de la porte et entreprit de descendre l'allée en gardant un œil sur le retour éventuel des deux agents; mais ni l'un ni l'autre ne reparut. Passé la grille, la rue était déserte. Il se mit à courir. Il avait à peine fait quelques pas que, dans son dos, l'alarme du bâtiment fut brusquement coupée. Pendant quelques secondes ses oreilles résonnèrent dans le silence de la sonnerie. Puis, bizarrement, il commença à entendre le bruit de la chaleur — le murmure furtif des braises — assez lointain pour ne pas l'effrayer, et pourtant aussi proche que le battement de son cœur.

Il continua à trottiner, pour s'éloigner autant que possible de ses crimes avant leur découverte; mais quelle que fût la rapidité de son pas, la chaleur allait de pair, bien nichée en un recoin de ses tripes, menaçant de l'embraser de nouveau à chacune de ses foulées désespérées.

Dooley mit plusieurs secondes à identifier la cacophonie venant de l'étage supérieur une fois que McBride eut coupé le signal d'alarme. C'était un babillage aigu de singes, qui provenait de l'une des nombreuses pièces du couloir, à droite.

« Virgile, cria-t-il dans la cage d'escalier. Montez! »

Sans attendre son collègue, Dooley se dirigea vers la

source du vacarme. A mi-couloir, l'odeur de moquette neuve et d'électricité statique fit place à une combinaison plus forte d'urine, de désinfectants et de fruits gâtés. Dooley ralentit son allure : il n'aimait pas davantage cette odeur que le baragouin hystérique des macaques. Mais McBride n'arrivait pas vite et après un bref instant d'hésitation, Dooley sentit sa curiosité l'emporter sur son inquiétude. La main à la matraque, il approcha de la porte ouverte et entra. Son apparition provoqua une nouvelle flambée de délire chez les animaux — environ une douzaine de rhésus. Ils s'affolèrent dans leurs cages, firent des culbutes, raclèrent et morigénèrent le treillage. Leur énervement était contagieux. Dooley sentit ses pores se gonfler de sueur.

« Il y a quelqu'un là-dedans ? » cria-t-il.

La seule réponse lui vint des prisonniers : un supplément d'hystérie, et de grattements métalliques. Il regarda les macaques, qui le fixèrent en retour, sans savoir s'ils découvraient les dents de peur ou en signe de bienvenue ; Dooley n'avait pas non plus envie d'éprouver leurs intentions. Il resta à bonne distance du banc où étaient alignées les cages et entreprit une fouille sommaire du laboratoire.

« Diable, je me demandais ce qu'était cette odeur ! dit McBride en arrivant à la porte.

— Les animaux, tout simplement, répondit Dooley.

— Ils ne se lavent donc jamais ? Bougres de dégueulasses !

— Trouvé quelque chose en bas ?

— Rien ! » dit McBride en allant vers les cages. Les acrobaties augmentèrent à son approche. « Seulement l'alarme.

— Rien ici non plus », dit Dooley. Il allait ajouter, « *Ne faites pas ça* », pour empêcher son collègue de mettre le doigt dans un trou du grillage, mais avant qu'il ait pu prononcer un mot, l'un des animaux saisit le doigt tendu et le mordit. McBride dégagea son index et envoya un coup de poing vengeur dans le treillage. Avec des couinements de colère, l'occupant décharné se lança furieusement dans un fandango débridé qui menaça de faire basculer cage et macaque.

« Il vous faudra une piqûre anti-tétanique pour ça, commenta Dooley.

— Ah merde ! dit McBride. Mais enfin, qu'est qu'il lui arrive à ce petit con ?

— Peut-être qu'ils n'aiment pas les étrangers.

— Ils ont complètement perdu la tête ! » McBride, songeur, suça son doigt et cracha. « Enfin, regardez-les ! »

Dooley ne répondit pas.

« Mais *regardez-les* donc... » répéta McBride.

Très calmement, Dooley dit :

« Là-bas...

— Qu'est-ce qu'il y a ?

— Venez voir. »

Le regard de McBride passa de la rangée des cages aux tables encombrées pour venir se poser par terre, à l'endroit que Dooley fixait avec un air de dégoût fasciné. McBride cessa de sucer son doigt et se fraya un passage entre paillasses et tabourets pour rejoindre son collègue.

« Là-dessous », murmura Dooley.

Aux pieds de Dooley, sur le sol griffé, il y avait une chaussure à talon, beige ; sous le banc se trouvait sa propriétaire. A en juger par sa position, ou bien le gredin l'avait dissimulée dans cette cachette, ou bien elle s'y était traînée elle-même pour mourir loin des regards.

« Elle est morte ? demanda McBride.

— Regardez-la bon dieu ! répondit Dooley. Elle est complètement éventrée !

— Il faut vérifier les signes de vie », lui rappela McBride.

Dooley ne remua pas le petit doigt, alors McBride se mit à quatre pattes devant la victime et chercha un pouls sur son cou lacéré. Il n'y en avait pas. Pourtant la peau était encore tiède sous ses doigts. Sur sa joue, une traînée brillante de salive n'avait pas encore séché.

Dooley, décidant que son rapport était terminé, baissa les yeux sur la défunte. Le corps accroupi de McBride lui masquait la plupart de ses blessures, sur le haut du torse. Il ne voyait que sa chevelure auburn éparse et ses jambes, dont un pied était déchaussé, sortant de la cachette. Il les trouva belles ; il aurait pu la siffler pour ses jambes.

« Elle est docteur, ou technicienne, dit McBride. Elle porte une blouse de labo. » Elle ne la portait plus. En fait, le vêtement avait été déchiré, ainsi que les autres couches d'habits en dessous, et ensuite, comme si on avait voulu compléter le tableau, on avait également déchiré la peau et les muscles. McBride examina l'intérieur de sa cage thoracique ; son sternum était cassé et son cœur délogé de son emplacement, comme si l'assassin avait voulu l'emporter en souvenir et qu'il avait été interrompu en pleine action. Il la regarda attentivement, sans avoir la nausée ; il se félicitait toujours d'avoir le cœur bien accroché.

« Vous avez la preuve qu'elle est bien morte, maintenant ?

— Jamais vu plus morte !

— Carnégie va venir », dit Dooley, en allant vers l'un des éviers. Sans se préoccuper de laisser ses empreintes, il ouvrit le robinet et, de la main, s'aspergea le visage d'eau froide. Lorsqu'il releva la tête, après ses ablutions, McBride avait achevé son tête-à-tête avec le cadavre et se dirigeait à travers la salle vers une batterie d'appareils.

« Bon sang, mais qu'est-ce qu'ils font ici ? demanda-t-il. Regardez-moi tous ces machins !

— Un genre de centre de recherches, dit Dooley.

— Et qu'est-ce qu'ils cherchent ?

— Comment diable le saurais-je ? » coupa sèchement Dooley. Les piailleries incessantes des singes et la proximité de la morte lui donnaient envie de déguerpir. « Laissons tout cela... »

McBride feignit d'ignorer le souhait de Dooley ; il était fasciné par la technique. Ravi, il contempla les appareils à encéphalogrammes et à électrogrammes, les imprimantes qui continuaient à dévider des kilomètres de papier blanc par terre ; le dispositif de moniteurs vidéo et de consoles. L'endroit faisait penser à la *Marie Céleste*. Ce navire scientifique abandonné qui, bien qu'il n'y eût plus ni capitaine ni équipage pour le mener, continuait à naviguer en fredonnant un air sans mélodie pour lui tout seul.

Derrière le mur de matériel, il y avait une fenêtre d'un mètre carré, guère plus. McBride avait pensé qu'elle donnait sur l'extérieur du bâtiment, mais à y regarder de plus près, il se rendit compte qu'il s'était trompé. Derrière le dispositif technique se trouvait une salle d'expériences.

« Dooley... ? » dit-il, en se retournant. Mais le bonhomme n'y était plus, descendu à la rencontre de Carnégie sans doute. Content de pouvoir rester à son exploration, McBride reporta son attention sur la fenêtre. Il n'y avait pas de lumière derrière. Curieux, il longea l'arrière de la rangée d'appareils, jusqu'à ce qu'il trouve la porte de la salle. Elle était entrouverte. Il entra sans hésiter.

La lumière qui aurait pu filtrer par la fenêtre restait bloquée par les instruments de l'autre côté ; donc l'intérieur était sombre. Les yeux de McBride mirent quelques secondes à percevoir l'impression véritable du chaos dans lequel était la salle : une table renversée ; une chaise réduite en bois d'allumettes ; un fouillis de câbles et d'appareils démolis (caméras, peut-être, pour filmer ce qui se passait dans la salle?); groupes de lampes pareillement fracassées. Aucun vandale professionnel n'aurait fait meilleure œuvre de dégradation!

Il flottait dans l'air une odeur que McBride connaissait sans arriver à la remettre, ce qui l'irritait. Il resta immobile, taquiné par cette perception. Un bruit de sirène monta d'en bas, par le couloir; Carnégie serait là d'ici peu. Soudain, il retrouva à quoi associer l'odeur. C'était la même que celle qui lui chatouillait les narines quand, après avoir fait l'amour avec Jessica et être allé se laver (selon son habitude rituelle), il revenait de la salle de bains dans la chambre. C'était l'odeur de l'amour. Il sourit.

Son visage respirait encore le plaisir lorsqu'un objet lourd fendit l'air à la rencontre de son nez. Il sentit céder le cartilage et jaillir un flot de sang. Sous le choc, il fit deux ou trois pas en arrière, évitant ainsi le coup suivant, mais, déboussolé, il perdit l'équilibre. Il tomba maladroitement sur une litière de verre brisé et leva la tête pour voir son assaillant, qui brandissait une barre de métal et lui avançait dessus. Son visage ressemblait à celui des singes : mêmes dents jaunes, mêmes yeux farouches. « Non! » cria l'homme, en abaissant sa massue improvisée sur McBride qui, du bras, parvint à parer le coup et à saisir l'arme par la même occasion. Cette attaque l'avait pris par surprise, mais à présent, la douleur de son nez cassé s'ajoutant à la fureur de sa réaction, il égalait largement son agresseur. Il lui arracha sa matraque, comme une sucette à un enfant et, avec un rugissement, se dressa d'un bond. Tous les préceptes qu'il avait pu jadis apprendre quant à la technique d'arrestation avaient fui son esprit. Il asséna une volée de coups sur la tête et les épaules de son agresseur, le forçant à reculer. L'homme se plia en deux sous l'assaut, et à la fin il s'affala contre le mur en gémissant. Ce fut seulement alors, une fois son adversaire au bord de l'inconscience, que McBride sentit son courroux s'estomper. Il resta au milieu de la pièce, le souffle court, et regarda sa victime glisser le long du mur. Il venait de commettre une grossière erreur. Il se rendait compte à présent que son agresseur portait une blouse blanche ; comme Dooley aimait à le dire, ce qui énervait toujours McBride, ce type était du côté des anges.

« Nom d'un chien ! dit McBride. Enfer et damnation de merde ! »

Le type ouvrit les yeux et regarda McBride. De toute évidence sa prise sur le réel était très ténue, mais dans la sombre figure au large front brillait un regard qui semblait le reconnaître. Ou plutôt, ne pas le reconnaître.

« Ce n'est pas lui ! murmura-t-il.

— Qui ? » McBride, comprenait qu'il pouvait encore sauver sa réputation de ce fiasco s'il parvenait à extirper un renseignement de ce témoin. « Pour qui m'avez-vous pris ? »

L'homme ouvrit la bouche, mais aucune parole n'en sortit. Avide d'entendre son témoignage, McBride s'accroupit près de lui et dit : « Qui pensiez-vous attaquer ? »

De nouveau la bouche s'ouvrit, mais aucune parole audible n'en sortit. McBride insista : « C'est important, fit-il, dites-moi simplement qui était là. »

L'homme fit un effort pour être entendu. McBride colla son oreille aux lèvres tremblantes.

« Dans l'œil de bœuf », dit-il avant de s'évanouir, laissant McBride maudire son père de lui avoir légué un caractère qu'il craignait bien encore d'avoir à regretter. Mais sinon pourquoi vivre après tout ?

L'inspecteur Carnégie avait l'habitude de s'ennuyer. En échange de chacun des rares moments de vraie découverte que lui avait procurés sa vie professionnelle, il avait passé des heures et des heures à attendre — qu'on ait photographié et examiné les cadavres, qu'on se soit décidé sur le choix des avocats, qu'on ait intimidé les suspects. Il avait depuis longtemps abandonné toute tentative de lutte contre cette vague d'ennui et, à sa façon, avait appris l'art de se laisser porter par le courant. On ne pouvait brusquer le cours des enquêtes; il en était venu à penser que le sage laissait les médecins légistes, les avocats et toute leur clique prendre leur temps. L'important, c'était de désigner le coupable et de le faire trembler.

A présent que la pendule murale du laboratoire marquait minuit cinquante-trois et que même les singes se taisaient dans leur cage, il attendait, assis sur l'un des bancs, qu'Hendrix ait fini ses estimations. Le médecin légiste regarda le thermomètre, puis il se dépouilla de la seconde peau de ses gants et les jeta sur le drap où reposait la morte. « Il est toujours difficile de définir l'heure du décès, dit le docteur. Elle a perdu moins de trois degrés. Je dirais qu'elle est morte depuis moins de deux heures.

— Les agents sont arrivés à minuit moins le quart, dit Carnégie. Alors elle a dû mourir à peu près une demi-heure avant?

— Quelque chose de cet ordre.

— Est-ce qu'elle a été placée là-dessous? demanda-t-il, indiquant le banc.

— Oh, certainement! Elle n'a pu en aucune façon s'y cacher seule. Pas avec de telles blessures. Elles sont terribles, n'est-ce pas? »

Carnegie dévisagea Hendrix. Ce type avait sans doute vu des centaines de cadavres, dans toutes les conditions possibles, mais on lisait un enthousiasme sans réserve sur ses traits pincés. En un sens, Carnégie trouva ce mystère plus fascinant que celui de la mort de la femme, ou de son assassin. Comment pouvait-on se délecter à prendre la température rectale d'un cadavre ? Voilà qui le dépassait. Mais le plaisir luisait dans les yeux de cet homme.

« Le mobile ? demanda Carnégie.

— Plutôt explicite, non ? Le viol. Il y a eu des molestations très précises ; des contusions autour du vagin ; un abondant dépôt de sperme. Il y a de quoi faire !

— Et les blessures à la poitrine ?

— Elle s'est fait déchiqueter. Déchirer plutôt que taillader.

— L'arme ?

— Je ne sais pas, dit Hendrix avec un sourire à l'envers. Enfin, on lui *a lacéré* la chair. S'il n'y avait pas les preuves de viol, je serais tenté de penser qu'il s'est agi d'un animal.

— Un chien... ?

— Je pencherais pour un tigre », dit Hendrix.

Carnégie fronça les sourcils. « Un tigre ?

— Je plaisante, répondit Hendrix. C'était une blague, Carnégie. Mon Dieu, avez-vous un soupçon d'humour ?

— Ce n'est pas drôle, dit Carnégie.

— Je ne ris pas, répondit Hendrix d'un air revêche.

— Et l'homme qu'a trouvé McBride dans la salle d'expériences ?

— Eh bien ?

— Suspect ?

— Pas le moins du monde ! Nous cherchons un *malade,* Carnégie. Grand, fort. Fou furieux.

— Et les blessures ? Avant ou après ?

— Je ne sais pas », répondit Hendrix, le sourcil froncé. « L'autopsie nous en dira plus. A mon humble avis le type était en rut. Je dirais que blessures et viol ont sans doute été simultanés. »

Les traits naturellement flegmatiques de Carnégie exprimèrent comme un choc. « Simultanés ? »

Hendrix haussa les épaules. « Le désir est une drôle de chose, dit-il.

— Très drôle ! » dit l'autre d'une voix atterrée.

Suivant son habitude, Carnégie se fit déposer à cinq cents mètres de son domicile par son chauffeur, pour pouvoir faire le vide dans sa tête avant de retrouver son foyer, son chocolat chaud et son lit. L'inspecteur observait religieusement ce rituel, même quand il était mort de fatigue. Il faisait sa petite promenade afin de se détendre avant de franchir le seuil de sa porte ; sa longue expérience lui avait appris que le fait de ramener ses soucis professionnels à la maison ne servait ni son enquête ni sa vie de famille. Il l'avait compris trop tard pour empêcher le départ de sa femme et l'éloignement de ses enfants, mais il appliquait quand même le principe.

Cette nuit il marchait lentement, pour que les scènes affligeantes de la soirée s'estompent un peu. Sa route le fit passer devant un petit cinéma qui serait bientôt démoli d'après ce qu'il avait lu dans la presse locale. Ce n'était pas surprenant. Il ne fréquentait pas beaucoup les cinémas, mais le tarif appliqué par ce nid à puces avait dégénéré ces dernières années. Le programme de la semaine était un cas d'espèce ! Il proposait deux films d'horreur. Des navets sinistres sans originalité à en juger d'après l'illustration grossière et les hyperboles éhontées des affiches. « *Vous risquez d'en perdre le sommeil* ! » disait l'une des formules accrocheuses ; et, en dessous, une femme (tout à fait éveillée) se faisait toute petite dans l'ombre d'un homme à deux têtes. Quelles images banales n'allait-on pas chercher pour provoquer la peur chez les spectateurs ! Les morts ambulants ; la nature démesurée envahissant un monde miniature ; les vampires, les mauvais sorts, les marches sur le feu, les orages et autres stupidités effrayant le public. Tout était tellement rebattu que c'en était risible ! Dans ce catalogue d'épouvantes à deux sous il n'y en avait pas une qui égalât la banalité de l'appétit humain dont, à chaque semaine de sa vie professionnelle, il voyait l'horreur (ou ses conséquences). En y pensant, son esprit survola une douzaine d'images : de morts, découverts à la torche, visage contre terre et battus jusqu'à l'oubli ; et de vivants aussi, dont il revoyait les yeux avides de sexe, de drogue, et de douleur des autres. Pourquoi ne mettait-on jamais *cela* sur les affiches ?

En arrivant près de sa maison, il entendit gémir un enfant dans l'ombre à côté du garage ; la plainte l'arrêta net. Elle recommença, et cette fois il reconnut qu'il ne s'agissait pas du tout d'un enfant, mais d'un chat, ou de plusieurs chats, qui s'adressaient des cris d'amour dans le passage sombre. Il alla les chasser. Le passage puait la sécrétion des chats en chaleur. Il n'eut pas à beugler ; son pas suffit à les effrayer. Ils filèrent en tous sens, ils n'étaient pas deux, mais une demi-douzaine : apparemment ils s'étaient adonnés à une véritable orgie ! Mais il était arrivé trop tard sur les lieux ; l'odeur infecte de leurs séductions était suffocante.

Carnégie fixa sans comprendre l'ensemble compliqué des moniteurs et magnétoscopes installés dans son bureau.

« Qu'est-ce que ça veut dire, nom d'une pipe ? demanda-t-il.

— C'est pour les bandes vidéo du laboratoire, dit Boyle, son second. Je pense que vous devriez y jeter un coup d'œil, Chef. »

Bien qu'ils aient fait équipe pendant plusieurs mois, Carnégie ne comptait pas Boyle parmi ses agents favoris ; on sentait presque l'ambition dans son haleine. Chez une personne moitié moins âgée que lui, une telle cupidité aurait été inadmissible ; chez un homme de trente ans, elle frisait la répugnance. Ce dispositif même, cet assemblage de matériel prêt à recevoir Carnégie dans son bureau à huit heures du matin, était bien dans le style de Boyle : clinquant et excessif.

« Pourquoi tant d'écrans ? demanda Carnégie d'un ton acide. On me les passe en stéréo par hasard ?

— Ils filmaient simultanément avec trois caméras, Chef. Prenant l'expérience sous des angles différents.

— *Quelle* expérience ? »

D'un geste, Boyle proposa à son supérieur de s'asseoir. Obséquieux dans les moindres détails, hein ? pensa Carnégie ; ça te fera un bon point !

« Allez-y, indiqua Boyle au technicien des magnétoscopes, passez les cassettes. »

Carnégie but une petite gorgée du chocolat chaud qu'il avait apporté avec lui en entrant. Son faible pour cette boisson virait à la drogue. Les jours où la machine tombait en panne, il était vraiment très malheureux. Il regarda les trois écrans. Soudain un titre.

« *Etude de l'Aveugle,* disait le titre. " *Confidentiel.* "

— *L'Aveugle* ? dit Carnégie. Qu'est-ce que c'est ? Qui est-ce ?

— De toute évidence, c'est un genre de code, dit Boyle.

— *L'Aveugle, l'Aveugle.* » Carnégie répétait le mot comme pour le maîtriser, mais avant d'avoir pu résoudre le problème, il vit les images différer sur les trois écrans. Elles représentaient le même sujet : un homme à lunettes, proche de la trentaine, assis sur une chaise ; mais chaque écran montrait la scène sous un angle différent. Le premier montrait le sujet en entier et de profil ; le deuxième le montrait de trois quarts, pris en plongée ; et le troisième faisait un gros plan de face sur son visage et ses épaules, pris de derrière la vitre de la salle d'expériences. Les trois images étaient en noir et blanc, et toutes légèrement décentrées et floues. En fait, pendant que les bandes se déroulaient, on s'occupait de régler ces points techniques. Le sujet échangeait un flot de paroles avec la femme (même d'après ses brèves apparitions, on la reconnaissait comme la défunte) qui lui appliquait des électrodes sur le front. Le plus gros de la conversation était difficile à saisir ; l'acoustique de la salle frustrait aussi bien le micro que l'auditeur.

« Cette femme est le docteur Danse, fit Boyle. La victime.

— Oui », dit Carnégie, regardant intensément les écrans. « Je la reconnais. Combien de temps durent ces préparatifs ?

— Un certain temps. Ce n'est pas très édifiant.

— Eh bien, passez donc à la partie édifiante !

— Avance rapide », dit Boyle. Le technicien s'exécuta, et les acteurs des trois écrans se mirent à couiner. « Attendez ! dit Boyle. Petit retour en arrière. »

De nouveau le technicien fit ce qu'on lui demandait. « Là ! dit Boyle. Stop. Maintenant, vitesse normale. » L'action reprit son cours naturel. « C'est là que ça commence vraiment, Chef. »

Carnégie avait terminé son chocolat ; il mit le doigt au fond de son gobelet et déposa le fond pâteux, écœurant et sucré sur sa langue. Sur les écrans, le Docteur Danse s'était approchée du sujet, une seringue à la main, voilà qu'elle lui passait un coton au creux du coude et lui faisait une injection. Depuis sa visite aux Laboratoires Hume, ce n'était pas la première fois que Carnégie se demandait ce qu'on y faisait précisément. Cette procédure était-elle de rigueur dans la recherche pharmaceutique ? Le secret implicite de l'expérience (l'heure tardive, le bâtiment désert) laissait penser le contraire. Et il y avait, avec le titre, la mention « *Confidentiel* ». De toute évidence, ce qu'ils regardaient n'était pas destiné au public.

« Etes-vous bien installé ? » demandait maintenant un

homme hors du champ de la caméra. Le sujet hocha la tête. Sans ses lunettes, qu'on lui avait ôtées, il avait l'air un peu ahuri. Visage passe-partout, pensa Carnégie ; le sujet — toujours anonyme — n'était ni Adonis, ni Quasimodo. Ses tempes étaient légèrement dégarnies et sa tignasse d'un blond sale lui arrivaient aux épaules.

« Je suis très bien, Docteur Welles, répondit-il.

— Vous n'avez pas chaud ? Vous ne transpirez pas ?

— Pas vraiment, répondit le " cobaye ", un peu comme s'il s'excusait. Je ne sens rien d'extraordinaire. »

Tu ne l'es pas non plus, mon bonhomme, pensa Carnégie ; puis se tournant vers Boyle :

« Avez-vous visionné les bandes jusqu'au bout ?

— Non, Chef. J'ai pensé que vous aimeriez les voir d'abord. Je me suis arrêté à la piqûre.

— Des nouvelles du docteur Welles à l'hôpital ?

— La dernière fois que nous avons appelé il était toujours dans le coma. »

Carnégie grogna et reporta son attention sur les écrans. Après le rebondissement d'action au moment de l'injection, l'image sur les bandes redevenait immobile : les trois caméras fixaient leur sujet myope d'un regard perçant ; de temps en temps, une question de Welles, toujours la même, sur son état interrompait la torpeur du sujet. Après trois ou quatre minutes de cette étude sans action, un cillement de paupières commença même à revêtir un sens éminemment dramatique.

« Pas tellement intéressant comme intrigue ! » commenta le technicien.

Carnégie se mit à rire ; Boyle eut l'air affligé. Deux ou trois minutes de plus passèrent ainsi.

« Voilà qui n'a pas l'air très prometteur, dit Carnégie. Faites une avance rapide, voulez-vous ? »

Le technicien allait exécuter l'ordre lorsque Boyle dit :

« *Attendez !* »

Carnégie lui lança un regard irrité par son intervention, puis il retourna aux écrans. Il se *passait* quelque chose : une transformation subtile s'était imprimée sur les traits insipides du sujet. Il commençait à sourire en lui-même et s'affaissait sur son siège comme si son corps glissait dans un bain bien chaud. Ses yeux, qui jusque-là n'avaient pas exprimé grand-chose d'autre qu'une affable indifférence, se fermèrent, et ensuite, une fois fermés, ils se rouvrirent. On y vit alors une qualité absente jusque-là : une lueur de désir qui semblait traverser l'écran pour atteindre l'atmosphère paisible du bureau de l'inspecteur.

Carnégie posa son gobelet de chocolat et s'approcha des écrans. Au même moment, le sujet se leva également de sa chaise et avança vers la vitre de la salle, sortant du champ de deux des caméras. Mais la troisième le filmait encore lorsqu'il colla son visage à la vitre, et pendant un instant les deux hommes, face à face de part et d'autre de plusieurs couches de verre et de temps, semblèrent se croiser du regard.

L'homme avait maintenant une expression critique sur le visage, son désir débordait rapidement les limites de la raison. Les yeux brûlants, il appliqua ses lèvres contre la vitre de la salle, l'embrassa et la fouilla de sa langue.

« Bon sang, mais que se passe-t-il ? »

La piste sonore déversait maintenant un fouillis de voix aiguës ; le docteur Welles s'efforçait en vain de demander au sujet de l'expérience de décrire clairement ses sensations tandis que le docteur Danse lançait les chiffres qu'elle lisait sur différents appareils de mesure. Il était difficile d'entendre distinctement (le vacarme étant d'autre part augmenté par une explosion de piailleries dans la cage des singes), mais il était évident que la valeur des chiffres allait en montant. Le visage du sujet était rouge ; sa peau luisante de transpiration soudaine. Il ressemblait au martyr à qui on brûle les pieds ; en proie à l'extase fatale. Il cessa d'embrasser la vitre, arracha les électrodes de ses tempes et les capteurs de ses bras et de sa poitrine. Danse, dont la voix trahissait à présent la frayeur, lui cria d'arrêter. Puis elle traversa le champ de la caméra ; en direction de la porte de la salle, supposa Carnégie.

« Vaudrait mieux pas faire ça ! » dit-il, comme si, à son commandement, ce drame revenait de trois siècles en arrière, et qu'il pouvait à volonté empêcher la tragédie.

Mais la femme ne l'écouta pas. Un instant plus tard, on la voyait de la tête aux pieds à son entrée dans la salle. L'homme alla au-devant d'elle, renversant du matériel par la même occasion. Elle cria quelque chose — son nom peut-être. Si oui, le raffut des singes empêcha de l'entendre. « Merde, dit Carnégie, lorsque les bras agressifs du sujet s'attaquèrent d'abord à la caméra qui filmait de profil, puis à celle qui le prenait de trois quarts : l'image s'arrêta sur deux des trois moniteurs. Seule la caméra qui filmait de face, en sûreté à l'extérieur de la pièce, continua à enregistrer les événements, mais le réglage de l'objectif ne permettait que de temps en temps un aperçu du corps en mouvement. A la place, l'œil sobre de la caméra continua à fixer, presque avec ironie, le carreau maculé de salive entre les deux salles, aveugle aux atrocités qui se commettaient à deux pas.

« Que lui ont-ils donc donné, grand dieu ? » dit Carnégie, tandis que, quelque part hors du champ de la caméra, les hurlements de la femme s'élevaient au-dessus des cris aigus des singes.

Jérôme se réveilla en début d'après-midi, affamé et courbatu. Lorsqu'il repoussa le drap de son corps, il fut épouvanté par son état : son torse était couvert de griffures, et la région du bas-ventre à vif. Avec une grimace de douleur, il se déplaça jusqu'au bord du lit et s'assit un instant, essayant de recomposer les événements de la nuit. Il se rappelait être allé au laboratoire, mais ensuite? Il y avait plusieurs mois qu'on le payait comme « cobaye », en échange d'un peu de sang, de son confort et de sa patience, ce qui complétait ses maigres revenus de traducteur. Cet arrangement s'était fait grâce à un ami qui avait le même genre de travail, mais alors que Figley était employé dans le cadre du programme principal des recherches du laboratoire, Jérôme avait été contacté au bout d'une semaine par les docteurs Welles et Danse qui lui proposèrent (après toute une série de tests psychologiques) de travailler exclusivement pour eux. Dès le départ, ils lui avaient fait clairement comprendre que leur projet (dont on ne lui avait pas défini le but) était d'une nature secrète, et qu'ils exigeaient de lui une disponibilité totale de même qu'une entière discrétion. Il avait besoin d'argent, et la rémunération offerte était substanciellement supérieure à celle que payait le laboratoire, aussi avait-il accepté, malgré les horaires impossibles. Depuis quelques semaines on lui demandait de venir tard le soir et même de travailler jusqu'aux toutes premières heures du matin, pour subir les interminables questions de Welles sur sa vie privée, sous l'œil vitreux de Danse.

Au souvenir de son regard froid, il ressentit un frisson. Etait-ce parce qu'il s'était un jour imaginé qu'elle le regardait avec plus de tendresse que nécessaire pour un docteur? Il se reprocha cette lamentable illusion. Il n'était pas fait du bois dont rêvent les femmes, et il s'en convainquait chaque jour davantage en marchant dans les rues. De sa vie d'adulte, il ne se rappelait pas qu'une seule fois une femme ait regardé et maintenu son regard vers lui, qu'une fois son coup d'œil appréciateur lui ait été retourné. Il ne savait pas très bien pourquoi cela le tracassait à présent. Sa vie dépourvue d'amour n'avait rien d'extraordinaire, il le savait. Et la Nature s'était montrée bonne : sachant apparemment que le don d'attirance lui était passé à côté, elle avait eu le bon goût de diminuer sa libido. Les semaines passaient sans que ses pensées conscientes ne se lamentent de sa chasteté forcée.

Parfois, lorsqu'il entendait gronder la tuyauterie, il pouvait se demander à quoi ressemblait Mrs Morrisey, sa propriétaire, dans son bain : il lui arrivait d'imaginer ses seins fermes et pleins de savon, ou la fente sombre de ses fesses quand elle se penchait pour se talquer entre les orteils. Mais ces affres le tourmentaient, heureusement, fort rarement. Et lorsqu'il n'en pouvait plus, il empochait ses économies du laboratoire et se payait les faveurs d'une certaine Angela (il n'avait jamais su son nom de famille) de Greek Street.

Il réfléchit qu'il se passerait plusieurs semaines avant qu'il puisse recommencer : ce qu'il avait fait la nuit précédente, ou que, plus exactement, il s'était fait, ses contusions, le handicapaient presque totalement. La seule explication plausible — bien qu'il fût incapable de se rappeler les détails — était qu'il s'était fait tabasser en rentrant du laboratoire ; ou alors il était entré dans un bar et on l'avait provoqué dans une bagarre. Ce qui était déjà arrivé, de temps en temps. Il avait une de ces têtes qui réveillaient la brute chez les ivrognes.

Il se leva et clopina jusqu'à la minuscule salle de bains adjacente. Ses lunettes ne se trouvaient pas à leur place habituelle près du miroir devant lequel il se rasait, et son image était triste et floue, mais son visage paraissait tout aussi éraflé que le reste de son corps. De plus, il avait une touffe de cheveux arrachés au-dessus de l'oreille gauche, du sang caillé sur le cou. Il se mit péniblement en devoir de nettoyer ses plaies, puis de les badigeonner d'une solution piquante antiseptique. Cela fait, il retourna dans sa pièce-studio pour y chercher ses verres. Il aurait pu tout remuer, il n'arriva pas à mettre la main dessus. Maudissant sa bêtise, il fouilla dans ses affaires pour retrouver l'ancienne paire. Elle ne servait plus — ses yeux s'étaient considérablement affaiblis depuis l'époque où il portait ces lunettes — mais elles auraient au moins le mérite de lui permettre une vision moins vague de son environnement.

Une indiscutable mélancolie l'avait envahi, faite de sa douleur et de ses pensées importunes sur Mrs Morrisey. Pour l'empêcher de s'installer, il alluma la radio. Une voix onctueuse se fit entendre, déversant les habituels propos lénifiants. Jérôme avait toujours eu du mépris pour la musique populaire et ses défenseurs, mais à présent, traînant dans son petit studio, rechignant à se vêtir d'étoffes irritantes alors que ses éraflures lui faisaient toujours mal, il se mit à ressentir autre chose que du dédain à l'écoute des chansons. On aurait dit qu'il entendait paroles et musique pour la première fois; qu'il avait pendant toute sa vie été sourd aux sentiments qu'elles véhiculaient. Captivé, il oublia sa douleur et écouta. Les chansons dévidaient l'histoire obsédante d'un amour perdu et retrouvé, avant d'être à nouveau perdu. Les paroles emplissaient les ondes de métaphores — la plupart ridicules, mais non moins puissantes pour cela. De paradis, de cœurs en flammes; d'oiseaux, de cloches, de voyages, de soleils levants; de passion comme folie, comme envol, comme trésor inimaginable. Il ne fut pas calmé par le sentimentalisme béat de ces chansons; malgré leurs rimes faibles et leur mélodie banale, elles le provoquaient par leur évocation d'un monde ensorcelé par le désir. Il se mit à trembler. Ses yeux, d'après lui, fatigués par ses lunettes trop faibles, commencèrent à le tromper. Il lui semblait voir des traces de lumière sous sa peau; des étincelles jaillir du bout de ses doigts!

Il scruta ses mains et ses bras; plutôt que de disparaître devant son observation, l'illusion augmenta. Des perles éclatantes, comme des restes de feu dans la cendre, se mirent à remonter ses veines, se multipliant sous son regard. Curieusement, il ne sentait aucun désarroi. Le feu qui bourgeonnait ne faisait que refléter la passion que lui racontaient les chansonnettes : l'amour était dans l'air, à chaque coin de rue, et attendait qu'on le cueille. Il repensa à la veuve Morrisey dans son appartement du dessous, qui vaquait à ses occupations, soupirait comme lui, sans aucun doute; qui attendait son héros. Plus il pensait à elle, et plus il s'enflammait. Elle ne le repousserait pas, il en était convaincu par les chansons; ou alors, il insisterait jusqu'à ce qu'elle cède (encore une promesse des chansonnettes). Soudain, à la pensée qu'elle allait se rendre, il sentit le feu s'engouffrer en lui. Il laissa la radio marcher derrière lui et descendit l'escalier en riant.

Il avait fallu presque toute la matinée pour établir une liste des personnes employées comme cobaye au laboratoire; Carnégie avait eu l'impression que la direction mettait une certaine mauvaise volonté pour ouvrir ses dossiers à l'enquête, malgré l'horreur de ce qui s'était déroulé sur les lieux. Finalement, peu après midi, on lui avait remis un bottin de noms hâtivement rassemblés, quatre douzaine et demie en tout, avec les adresses correspondantes. La direction soutint qu'aucun sujet ne correspondait à la description de celui de Welles. On expliqua que, de toute évidence, les médecins avaient utilisé le laboratoire pour travailler sur un projet privé. Bien qu'un tel procédé ne fût pas encouragé, tous deux étaient des chercheurs chevronnés, et on leur accordait une certaine licence. Il était donc vraisemblable que l'homme que recherchait Carnégie n'ait jamais été sur la liste du personnel du laboratoire. Sans se laisser troubler, Carnégie fit tirer une sélection de photos d'après la bande vidéo et les fit distribuer à ses agents, avec la liste de noms et d'adresses. Dès lors, ce fut un travail de fourmi qui demandait de la patience.

⁂

Leo Boyle parcourut du doigt la liste qu'on lui avait donnée. « Plus que quatorze », dit-il.

Son chauffeur grogna, il le regarda. « Ce n'était pas vous le collègue de McBride ? demanda-t-il.

— Si, répondit Dooley. Mais il a été suspendu.

— Pourquoi ?

— I' manquait de doigté, Virgile, vrai ! L'a jamais pu prendre le coup pour arrêter les gens, répondit Dooley d'un ton bourru. »

Il gara la voiture.

« C'est là ? demanda Boyle.

— Vous avez dit au numéro quatre-vingt. C'est le quatre-vingt. C'est sur la porte : huit et zéro.

— J'ai des yeux. »

Boyle sortit de la voiture et remonta l'allée. La maison, assez grande, avait été divisée en appartements : il y avait plusieurs sonnettes. Il appuya sur celle de J. Tredgolf — le nom qui figurait sur sa liste — et attendit. Parmi les cinq maisons visitées jusque-là, deux étaient inoccupées et les habitants des trois autres n'avaient aucune ressemblance avec le criminel.

Boyle attendit quelques secondes devant la porte et appuya de nouveau sur le bouton ; une pression plus longue cette fois.

« Il n'y a personne, lui dit Dooley depuis le trottoir.

— On dirait. »

Au moment même où il disait cela, Boyle sembla voir dans l'entrée glisser une silhouette au contour déformé par le verre vitrail de la porte. « Attendez... dit-il.

— Qu'est-ce qu'il y a ?

— Il y a du monde, et on ne veut pas répondre. » Il appuya de nouveau sur la première sonnette, puis sur les autres. Dooley s'avança dans l'allée, chassant une guêpe trop assidue.

« Vous êtes sûr ? dit-il.

— J'ai vu quelqu'un à l'intérieur.

— Sonnez chez les autres, suggéra Dooley.

— C'est déjà fait. Il y a quelqu'un qui ne veut pas venir ouvrir la porte. » Il tapa au carreau. « Ouvrez, annonça-t-il. Police ! »

C'est malin ! pensa Dooley ; pourquoi pas un haut parleur, pour mettre le Ciel au courant, tant qu'il y est ? La porte resta fermée, c'était couru d'avance, alors Boyle se tourna vers Dooley et lui demanda : « Y a-t-il un portillon sur le côté ?

— Oui, Chef.

— Vite, passez par derrière avant qu'il ne s'échappe.

— Ne faudrait-il pas...

— Exécution ! Je fais le guet ici. Si vous arrivez à entrer par l'arrière, venez m'ouvrir la porte. »

Dooley partit ; laissant Boyle seul devant la porte principale. Il appuya de nouveau sur toutes les sonnettes, puis, la main en visière au-dessus des sourcils, il colla le front à la vitre. Il n'y avait pas l'ombre d'un mouvement dans l'entrée ; se pouvait-il que l'oiseau se soit déjà envolé ? Il redescendit un peu l'allée et leva les yeux sur les fenêtres ; elles lui rendirent un regard vide. Il s'était écoulé largement assez de temps pour que Dooley soit arrivé derrière la maison ; mais jusqu'ici il n'avait ni reparu, ni appelé. Dans l'impasse où il était, Boyle avait peur que sa tactique ait permis à la proie de s'échapper, alors il décida de suivre son instinct et de faire le tour de la maison.

Dooley avait laissé le portillon ouvert. Boyle longea le côté de la maison, jeta un coup d'œil par une fenêtre dans une salle de séjour déserte, avant de contourner le bâtiment pour arriver à la porte de derrière. Elle était ouverte. Cependant, Dooley était invisible. Boyle empocha ses photos et sa liste, puis il entra, mais il rechignait à appeler Boyle de peur d'alerter l'assassin de sa présence ; pourtant le silence l'inquiétait. Il traversa l'appartement en marchant comme sur des œufs, mais toutes les pièces étaient désertes. A la porte donnant sur le hall d'entrée où il avait d'abord vu la silhouette, il s'arrêta. Où était passé Dooley ? Apparemment il avait disparu.

Il y eut alors un gémissement derrière la porte.

« Dooley ? » s'aventura Boyle. Nouveau gémissement. Il passa dans l'entrée. Trois portes de plus, toutes fermées, donnaient dans le hall ; portes d'appartement, sans doute, ou de studios. Sur le paillasson de coco de la porte principale il y avait la matraque de Dooley, comme si son propriétaire l'avait lâchée là en voulant fuir. Boyle ravala sa peur et pénétra dans le hall. La plainte se fit de nouveau entendre, tout près. Il se retourna et regarda dans l'escalier. Dooley gisait là, sur le demi-palier, à peine conscient. On avait grossièrement tenté de lui arracher ses vêtements ; de larges parties de son anatomie avachie au-dessous de la ceinture étaient à l'air.

« Que se passe-t-il, Dooley ? » demanda Boyle, en se dirigeant vers les premières marches de l'escalier. Entendant sa voix, l'agent se roula en boule. Ses yeux larmoyants s'ouvrirent tout grands de terreur en se fixant sur Boyle.

« Ce n'est rien, le rassura Boyle, ce n'est que moi. »

Boyle comprit trop tard que le regard de Dooley n'était pas du tout fixé sur lui, mais sur quelque chose par-dessus son épaule. Lorsqu'il pivota sur ses talons pour avoir un aperçu du croquemitaine de Dooley, une silhouette lui fonça dessus. Le souffle coupé et la bouche pleine d'injures, Boyle se retrouva à terre. Il joua des pieds et des mains pendant plusieurs secondes avant que son attaquant ne le saisisse par la veste et les cheveux pour le remettre sur pieds. Il reconnut immédiatement la face furieuse qui le confronta avec violence — la calvitie naissante, la bouche faible, le *désir brûlant* — mais il n'avait pas tout prévu. D'abord, l'individu était aussi nu qu'un nouveau-né, même s'il était pourvu d'attributs moins modestes. Ensuite, il était visiblement très excité. Si le gland luisant de son sexe dressé vers Boyle ne suffisait pas à le prouver, ses mains, qui s'étaient mises à lui déchirer les vêtements, rendaient ses intentions tout à fait claires.

« Dooley ! » hurla Boyle d'une voix aiguë tandis qu'il se voyait projeter à travers l'entrée. « Au nom du ciel ! Dooley ! »

Sa prière s'arrêta net lorsqu'il heurta le mur d'en face. Le fou fut dans son dos en moins de temps qu'il ne faut pour le dire, et lui colla le visage contre le papier peint : un entrelacs d'oiseaux et de fleurs remplit les yeux de Boyle. Aux cent coups, Boyle se défendit, mais le type nc contrôlait pas sa force décuplée par la passion. Maintenant la tête du policier d'une main insolente, il lui déchira son pantalon et son slip, lui découvrant ainsi les fesses.

« Dieu... » pria Boyle dans le motif du papier peint. « Je vous en prie mon Dieu, faites qu'on me vienne en aide... »

Mais ses prières ne furent pas plus fructueuses que ses tentatives de résistance. Il fut épinglé contre le mur comme un papillon sur du liège, sur le point de se faire transpercer intégralement. Il ferma les yeux, et ses larmes de dépit lui coulèrent sur les joues. L'assaillant lâcha la tête de Boyle et l'empala de son membre. Boyle refusa de crier. La douleur ressentie n'égalait en rien sa honte. Mieux valait sans doute que Dooley reste dans son état comateux, et que son humiliation se passe d'un bout à l'autre sans témoin.

« Arrête ! » murmura-t-il dans le mur. Il ne s'adressait pas à son attaquant, mais à son corps, l'exhortant à ne pas trouver de plaisir dans cet outrage. Mais ses terminaisons nerveuses le trahissaient : elles s'enflammèrent à cette prise d'assaut. Sous la torture des coups de boutoir, une partie impardonnable de sa personne ne refusait pas l'expérience.

Dans l'escalier, Dooley se remit sur pieds tant bien que mal. Ses reins, affaiblis depuis son accident de voiture au Noël précédent, avaient flanché dès que le fou furieux lui avait sauté dessus dans l'entrée. Et maintenant, ses moindres mouvements lui causaient une souffrance atroce en descendant l'escalier. Paralysé de douleur, il descendit les marches tant bien que mal et regarda, ahuri, à l'autre bout de l'entrée. Etait-ce bien Boyle, l'arriviste méprisant, qui se faisait baiser comme un petit délinquant en mal de fric pour sa drogue ? Ce tableau cloua Dooley sur place pendant plusieurs secondes, puis il parvint à détourner les yeux et les baissa sur le paillasson et la matraque. Il fit très attention en se déplaçant, mais le fou était trop occupé à déflorer sa victime pour le remarquer.

Jérôme écoutait le cœur de Boyle. Il battait fort, avec un rythme séduisant, et il semblait encore plus fort à chaque fois que Jérôme s'enfonçait en lui. Il voulut l'avoir, prendre sa chaleur, son mouvement. Sa main fit le tour de la poitrine de Boyle, et creusa dans la chair.

« Donne-moi ton cœur », dit-il. C'étaient les paroles d'une des chansonnettes.

Boyle hurla dans le mur lorsque son attaquant lui déchira la poitrine. Il avait vu des photos de la femme du laboratoire ; son souvenir lui rendait la blessure ouverte de son torse avec l'éclat de l'éclair. Ce malade voulait lui faire subir la même atrocité. *Donne-moi ton cœur*. En proie à une panique qui frisait les limites de la raison, il trouva une nouvelle énergie, et recommença à se battre. Il passa la main derrière son dos et enfonça les ongles dans la poitrine du type ; mais rien, pas même la déchirure de la peau de son crâne, ni la touffe de cheveux arrachés, ne ralentit le rythme de ses coups. In extremis, Boyle tenta de glisser une main entre son corps et le mur et d'attraper le salaud entre ses jambes pour le déloger. Au même moment, Dooley attaqua, assénant une volée de coups de matraque sur la tête de Jérôme. Cette diversion procura une précieuse liberté d'action à Boyle. Il s'appuya de toutes ses forces contre le mur ; l'autre lâcha prise, les mains gluantes du sang de la poitrine de Boyle. Boyle poussa encore. Cette fois, il réussit à se débarrasser entièrement de l'homme. Leurs corps se séparèrent ; Boyle se retourna, en sang, mais hors de danger, et regarda Dooley poursuivre le type dans le hall en lui cognant sur sa tête aux cheveux blonds et gras. Il ne faisait pas vraiment d'efforts pour se protéger ; ses yeux brûlants (jusqu'à présent, Boyle n'avait jamais compris la justesse de cette image) étaient toujours posés sur l'objet de ses affections.

« Tuez-le ! » dit calmement Boyle, tandis que l'individu souriait — il souriait ! — sous les coups. « Brisez-lui chacun des os de son corps ! »

Même si Dooley, boiteux comme il l'était, avait été à même d'obéir à cet ordre, il ne l'aurait pu. La réprimande de Boyle fut interrompue par une voix venant de l'autre bout du hall d'entrée. Une femme sortait de l'appartement par lequel était entré Boyle. A en juger par son état, elle aussi avait été victime de ce maraudeur ; mais par son arrivée dans l'appartement, Dooley avait de toute évidence détourné l'importun avant qu'il n'ait pu faire de sérieux dégâts.

« Arrêtez-le ! » dit-elle, en montrant du doigt l'individu au sourire mauvais. « Il a essayé de me violer. »

Dooley se rapprocha pour s'emparer du prisonnier, mais Jérôme avait d'autres plans. Il appliqua sa main sur le visage de Dooley et le repoussa contre la porte d'entrée. Le paillasson de coco lui glissa sous le pied : il faillit tomber. Lorsqu'il eut retrouvé son équilibre, Jérôme avait déjà filé à l'étage. Boyle avait fait une misérable tentative pour l'en empêcher, mais il avait des lambeaux de son pantalon entortillés autour du mollet et Jérôme, au pied léger, fut bientôt à mi-escalier.

« Appelez du renfort, ordonna Boyle à Dooley. Et vite. »

Dooley fit « oui » de la tête et ouvrit la porte d'entrée.

« Y a-t-il une sortie par le haut ? » demanda Boyle à Mrs Morrisey. Elle secoua la tête. « Alors nous le tenons, le salaud, pas vrai ? dit-il. Allez Dooley ! » Dooley clopina jusqu'à la voiture. « Et vous, dit-il à la femme, allez me chercher de quoi faire une arme. N'importe quoi du moment que c'est solide. »

La femme hocha la tête et retourna sur ses pas, laissant Boyle affalé à côté de la porte ouverte. Une douce brise rafraîchit son visage en sueur. Dehors, Dooley appelait du renfort de la voiture.

Boyle pensa que les voitures seraient là bien trop tôt, et qu'on allait embarquer le type pour qu'il fasse sa déposition. Finies les occasions de revanche une fois qu'il serait détenu ; la loi suivrait sereinement son cours, et lui, la victime, ne serait qu'un spectateur. S'il voulait sauver les ruines de sa virilité, il allait le faire *maintenant*. Sinon s'il restait là à languir, les boyaux en feu, il n'arriverait jamais à se débarrasser de l'horreur ressentie quand son corps l'avait trahi. Il devait agir sur-le-champ, faire disparaître une bonne fois pour toutes le sourire du faciès de son violateur, sinon il n'éprouverait que dégoût de lui-même jusqu'à ce qu'il perde la mémoire.

Ce choix n'en était pas un. Sans en débattre plus longtemps, il se redressa et entreprit de monter l'escalier. Arrivé au demi-palier il s'aperçut qu'il n'avait pas pris d'arme, cependant, il savait que s'il redescendait il perdrait son impulsion. Prêt à mourir si nécessaire, il continua son chemin.

En haut, sur le palier, il n'y avait qu'une porte ouverte ; derrière on entendait une radio. En bas, dans la sécurité du hall d'entrée, il entendit Dooley revenir lui annoncer qu'il avait appelé, et s'arrêter net au milieu de son rapport. Sans se laisser distraire, Boyle entra dans l'appartement.

Il n'y avait personne. Boyle ne mit qu'un instant à vérifier dans la cuisine, dans la minuscule salle de bains, et le séjour : tout était vide. Il retourna dans la salle de bains, dont la fenêtre était ouverte et passa la tête dehors. Il semblait tout à fait possible de se laisser tomber sur l'herbe en contrebas. On voyait l'empreinte d'un corps. Le type avait sauté. Filé.

Boyle maudit sa lenteur et rentra la tête. Une coulée tiède dégoulinait le long de sa jambe. Dans la pièce à côté, la radio débitait toujours ses chansons d'amour.

Pour Jérôme, il n'y avait aucune possibilité d'oubli, pas cette fois. Sa rencontre avec Mrs Morrisey, interrompue par l'arrivée de Dooley, et la scène qui avait suivi, avec Boyle, n'avaient servi qu'à attiser le feu qui brûlait en lui. Maintenant, à la lumière de ces flammes, il voyait clairement ses crimes. Il se rappela, avec une horrible lucidité, le laboratoire, l'injection, les singes, le sang. Pourtant, les actions dont il se souvenait (et elles étaient nombreuses) n'éveillaient aucunement en lui le sentiment d'avoir péché. Toute conséquence morale, toute honte tout remords, se consumaient dans le feu qui, à présent même, ravivait sa chair à de nouveaux enthousiasmes.

Il se réfugia dans un cul-de-sac tranquille pour se faire présentable. Les vêtements dont il s'était saisi à la va-vite avant de filer étaient dépareillés, mais lui éviteraient d'attirer une attention importune. En se boutonnant (son corps semblait tendu d'être couvert, comme s'il lui en voulait de le cacher) il essaya de contrôler le brasier qui rugissait entre ses oreilles. Mais les flammes ne voulaient pas refroidir. Chacune de ses fibres semblait consciente de l'existence du monde autour de lui. Les arbres alignés sur le bord de la route, le mur derrière son dos, et même les pavés sous ses pieds nus lui arrachaient une étincelle, et brûlaient à présent de leur propre feu. Il sourit de voir s'étendre la conflagration. Le monde, et toutes ses singularités avides, lui rendait son sourire.

Excité au point d'en perdre le contrôle de soi, il se tourna face au mur où il s'était jusque-là appuyé. Le soleil l'avait chauffé : les briques sentaient l'ambre. Il couvrit leur face rapeuse de baisers, ses mains en explorèrent chaque creux, chaque fente. Murmurant des petits mots doux, il ouvrit sa braguette, trouva une niche accommodante, et la combla. Son esprit dévidait un flot d'images liquides : de corps mêlés, mâles et femelles, inextricablement réunis. Au-dessus de sa tête, même les nuages avaient pris feu; charmé par leur tête brûlante, il sentit son membre s'emplir de vie. Sa respiration était hachée. Mais l'extase? Elle continuerait sûrement l'éternité.

Soudain, un spasme lui parcourut la colonne vertébrale de la nuque aux testicules, puis remonta, le tordant de douleur. Ses mains lâchèrent prise et il finit son orgasme atroce dans le vide en tombant sur le trottoir. Pendant plusieurs secondes il y resta étendu, tandis que l'écho du spasme initial ricochait le long de ses vertèbres, diminuant un peu plus chaque fois. Il sentait le goût du sang au fond de sa gorge ; il ne savait pas s'il s'était mordu les lèvres ou la langue, mais il pensait que non. Au-dessus de sa tête, les oiseaux tournaient en rond, s'élevant paresseusement sur une spirale d'air chaud. Il regarda déborder le feu des nuages.

Il se remit sur pieds et baissa les yeux sur le sperme de mauvais aloi qu'il avait répandu sur le trottoir. L'ombre d'un fragile instant, son œil accrocha de nouveau un aperçu du tableau qu'il venait de voir, il imagina l'union de sa semence et des pavés. Il songea aux enfants sublimes dont le monde pourrait s'enorgueillir si seulement lui, Jérôme, pouvait s'accoupler avec la brique ou le bois ; il supporterait volontiers les affres de la conception si de tels miracles étaient possibles. Mais le pavé n'était guère ému par les sollicitations de son sperme ; le tableau se refroidit, ainsi que le feu au-dessus de lui, et voila ses splendeurs.

Il rangea son membre ensanglanté, et s'appuya contre le mur, tournant et retournant dans sa tête les étranges événements vécus ces derniers temps. Il ne doutait pas une seconde qu'un changement fondamental s'opérait en lui ; la transe qui s'était emparée de lui (et qui recommencerait sans aucun doute) ne ressemblait en rien à ce qu'il avait vécu jusque-là. Ce qu'on lui avaient injecté dans le système n'avait pas l'air de vouloir se dissiper naturellement, loin de là. Il sentait toujours la même chaleur qu'en quittant le laboratoire ; mais cette fois le rugissement de cet embrasement grondait plus que jamais.

Il vivait une sorte de nouvelle vie, et même s'il avait peur, il songea qu'elle l'exaltait. Il ne vint pas une seule fois à son esprit survolté et érotisé que cette nouvelle forme de vie pourrait, en son temps, exiger une nouvelle forme de mort.

Ses supérieurs avaient prévenu Carnégie qu'ils voulaient des résultats; et voilà qu'il passait à ses inférieurs la raclée verbale qu'il avait reçue. C'était une chaîne d'humiliation qui encourageait le plus grand à frapper sur le plus petit qui, à son tour, tapait sur plus petit que lui. Carnégie s'était parfois demandé ce sur quoi l'homme du bout de la chaîne passait sa colère; son chien probablement.

« Ce mécréant est toujours en liberté, messieurs, bien qu'il y ait sa photo dans presque tous les quotidiens du matin, et malgré sa méthode d'opération qui est, pour le moins, insolente. Nous l'attraperons bien entendu, mais tâchons de le faire avant qu'il nous colle un nouveau meurtre sur les bras, ce salaud. »

Le téléphone sonna. Migeon, le remplaçant de Boyle décrocha tandis que Carnégie concluait son petit discours enflammé devant ses agents réunis.

« Je le veux ici dans les prochaines vingt-quatre heures, Messieurs. C'est le délai qu'on m'a donné, et nous n'aurons pas plus. Vingt-quatre heures. »

Migeon l'interrompit. « Chef? C'est Johannson. Il dit qu'il a quelque chose pour vous. C'est urgent.

— Bon. » L'inspecteur prit le combiné. « Ici Carnégie. »

A l'autre bout du fil, la voix était si basse qu'on l'entendait à peine. « Carnégie, dit Johannson, nous avons passé le laboratoire au crible, déniché tous les renseignements possibles sur les recherches de Danse et Welles.

— Et alors?

— Nous avons également analysé les traces du produit restant sur la seringue dont ils se sont servi pour piquer notre suspect. Je crois que nous avons trouvé l'*Aveugle,* Carnégie.

— Quel aveugle? » demanda Carnégie — l'obscurité des propos de Johannson l'irritait.

« L'*Aveugle,* Carnégie.

— Et alors ? »

Sans pouvoir l'expliquer, Carnégie fut certain qu'à l'autre bout du fil son correspondant souriait avant de répondre :

« Il me semble que vous feriez bien de venir voir par vous-même. Midi, ça vous irait ? »

Johannson aurait pu être l'un des grands empoisonneurs de l'histoire : il possédait toutes les qualités requises : un esprit bien ordonné (d'après l'expérience de Carnégie, les empoisonneurs étaient des conjoints modèles), une nature patiente (le poison pouvait demander du temps), et, plus important que tout, un savoir encyclopédique sur la toxicologie. Le regarder travailler, ce qu'avait déjà fait Carnégie à une ou deux reprises, c'était voir un homme mystérieux à son travail mystérieux, et le spectacle lui glaçait le sang dans les veines.

Johannson s'était installé dans le laboratoire du dernier étage, où l'on avait assassiné le docteur Danse, plutôt que d'utiliser les locaux mis à sa disposition par la police pour son enquête, car, avait-il expliqué à Carnégie, le matériel dont s'enorgueuillissait les Laboratoires Hume ne se trouvait pas ailleurs. Depuis qu'il exerçait son empire sur l'endroit, avec l'aide de ses deux assistants, la pagaille laissée par les chercheurs s'était transformée en ordre de rêve. Seuls les singes restaient une constante. Il aurait pu tout essayer qu'il ne serait pas parvenu à contrôler leur comportement.

« Nous n'avons pas vraiment eu beaucoup de peine à trouver la drogue utilisée sur votre homme, dit Johannson. Nous avons opéré par recoupement des traces restées sur la seringue hypodermique et sur les matériaux trouvés dans la pièce. En fait, il semble qu'ils fabriquaient ce produit, ou des variations sur le même thème, depuis un certain temps. Ici on prétend ne rien savoir de tout cela, bien sûr. Et je serais porté à le croire. Je suis sûr que les expériences de ces bons docteurs ici était de nature tout à fait personnelle.

— Quel genre ? »

Johannson ôta ses lunettes et se mit à les astiquer avec le bout de sa cravate rouge. « Nous avons d'abord pensé qu'ils fabriquaient une sorte d'hallucinogène, dit-il. A certains égards, le produit utilisé sur votre homme ressemble à un narcotique. En fait — mis à part leur méthodes — je pense qu'ils ont fait des découvertes formidables. Des faits nouveaux qui nous entraînent dans un domaine tout à fait neuf.

— Ce n'est pas un médicament alors ?

— Oh que si ! dit Johannson, en remettant ses lunettes. Mas il est fabriqué dans un but très spécifique. Voyez par vous-même. »

Johannson le mena vers la rangée des cages de singes à l'autre bout du laboratoire. Au lieu de les laisser enfermés séparément, le toxicologue avait cru bon d'enlever les séparations entre les cages, permettant ainsi aux animaux de se regrouper à leur gré. Evidemment, la conséquence allait de soi : les macaques s'absorbaient dans une série élaborée d'actes sexuels. Carnégie se demanda pourquoi les singes avaient sans arrêt ces comportements obscènes. Ils présentaient toujours les mêmes scènes de rut quand, jadis, il emmenait ses rejetons au zoo de Regent's Park ; l'enceinte des primates avait soulevé de leur part plus d'une question embarrassante. Au bout d'un temps, il avait cessé de les y emmener. Il trouvait cela trop humiliant.

« N'ont-ils donc rien de mieux à faire ? » demanda-t-il à Johannson, détournant son regard avant de le reporter sur un ménage à trois, si imbriqué que l'œil n'aurait su attribuer chaque membre à son propriétaire.

« Croyez-moi, fit Johannson avec un sourire affecté, ceci est bien tiède comparé aux comportements observés depuis que nous leur avons injecté une dose du produit. Dès lors ils ont abandonné tous les schémas de comportement normal; ils ont laissé de côté tous les signes d'excitation, les rituels d'approche. Ils ne montrent plus aucun intérêt pour la nourriture. Ils ne dorment pas. Ils sont devenus des obsédés sexuels. Toute autre stimulation a été oubliée. A moins que le produit ne se dissipe de façon naturelle, j'aurais tendance à penser qu'ils vont baiser à en crever. »

Carnégie laissa glisser son regard sur les autres cages : mêmes scènes pornographiques. Viol collectif, liaisons homosexuelles, masturbation fervente et extatique.

« Rien d'étonnant à ce que les docteurs aient tenu leur découverte secrète, continua Johannson, ils tenaient un sujet qui aurait pu faire leur fortune. Un aphrodisiaque qui fonctionne effectivement!

— Un aphrodisiaque?

— Ils sont inefficaces bien sûr, pour la plupart. La corne de rhinocéros, les anguilles vivantes dans une sauce à la crème : du symbole tout ça. C'est fait pour exciter par association d'idées. »

Carnégie revit le désir brûlant des yeux de Jérôme. Il se retrouvait ici, chez les singes. Cette envie assoiffée, et le désespoir qu'elle entraîne.

« Et les pommades aussi, inutiles. *Cantharis vesticatora...*

— Qu'est-ce que c'est?

— Vous connaissez peut-être la mouche d'Espagne? Il s'agit d'une pâte à base de scarabée. En voilà encore une qui ne sert à rien. Au mieux ces produits peuvent exciter. Mais ceci... » Il prit une fiole d'un liquide incolore. « *Ceci* touche au génie, bon sang!

— D'après moi, cela ne semble pas tellement les réjouir.

— Oh ! le produit n'est pas encore affiné, dit Johannson. Je pense que les chercheurs ont été trop pressés, ils ont voulu faire les tests sur des sujets vivants quelque deux ou trois ans trop tôt. La substance est pratiquement mortelle sous sa forme actuelle, aucun doute là-dessus. Mais *il est possible* de la rendre fonctionnelle, avec du temps. Voyez-vous, ils ont sauté les problèmes mécaniques : ce produit agit directement sur l'imagination sexuelle, sur la libido. Si vous excitez *l'esprit,* le corps suit. Voilà le truc ! »

L'attention de Carnégie fut détournée des traits pâles de Johannson par une femelle singe qui griffait le treillage. Apparemment insatisfaite des attentions de plusieurs mâles, elle était écartelée contre sa cage et essayait d'atteindre Carnégie ; ses partenaires, pour ne pas rester délaissés, pratiquaient la sodomie. « *L'Aveugle ?* dit Carnégie. Serait-ce Jérôme ?

— C'est Cupidon, n'est-ce pas ? dit Johannson. “ *L'amour ne voit pas avec les yeux mais avec l'imagination. Aussi représente-t-on aveugle le Cupidon ailé.* ” C'est dans *Le Songe d'une Nuit d'Eté.*

— Shakespeare n'a jamais été mon fort », dit Carnégie. Et il retourna à son observation de la femelle singe. « Et Jérôme ? dit-il.

— Il a de ce produit dans les veines. Une bonne dose.

— Alors, il est comme eux !

— J'aurais tendance à penser que, ses facultés intellectuelles étant plus développées, le produit ne fonctionnera pas d'une façon aussi *débridée.* Mais ceci dit, le sexe peut rendre singe le meilleur d'entre nous, n'est-ce pas ? » Johannson se permit un demi-sourire. « Tous nos problèmes prétendus très importants passent après la conquête amoureuse. Pendant un bref instant la sexualité nous obsède ; elle nous fait faire, ou du moins elle nous laisse *penser* que nous pouvons faire, des choses qu'à posteriori nous trouvons extraordinaires.

— Je ne trouve rien d'extraordinaire dans le viol », observa Carnégie, qui tentait d'arrêter la sérénade de Johannson. Mais l'autre ne se laissait pas faire.

« Une activité sexuelle sans fin, sans compromis, sans excuses, dit-il. Imaginez un peu ! C'est le rêve de Casanova ! »

Le monde avait traversé tant de siècles. Le Siècle des Lumières ; le Siècle de la Réforme, celui de la Raison. Et maintenant, enfin, le Siècle du Désir. Après cela, la fin des Siècles ; de tout, peut-être. Car les feux de maintenant étaient plus violents que ne l'avait escompté le monde innocent. C'étaient des feux terribles, des feux sans fin, qui embraseraient le monde dans une dernière flamme sauvage.

Ainsi pensait Welles, couché dans son lit d'hôpital. Il avait repris conscience depuis plusieurs heures, mais il avait choisi de ne pas le laisser voir. Chaque fois qu'une infirmière entrait dans sa chambre, il fermait bien les yeux et ralentissait le rythme de sa respiration. Il savait qu'il ne pourrait pas les tromper ainsi très longtemps, mais ces heures lui avaient donné le loisir de réfléchir à la marche à suivre en sortant de là. Sa première démarche serait de retourner au laboratoire ; il s'y trouvait des papiers qu'il fallait déchirer ; des bandes qu'il fallait effacer. Il avait décidé que désormais toute information ayant trait à la recherche sur l'*Aveugle* devait uniquement exister dans sa tête. De cette façon, il contrôlerait complètement son chef-d'œuvre, et personne ne le lui arracherait.

Il ne s'était jamais beaucoup intéressé à la fortune que pourrait lui rapporter sa découverte, même s'il était très conscient des bénéfices que pouvaient procurer un aphrodisiaque efficace; mais il se moquait bien de la richesse matérielle. Sa motivation initiale pour la fabrication de la drogue — qu'ils avaient découverte par hasard en testant un produit sur un schizophrène — était scientifique. Mais ses motifs avaient mûri pendant les mois de travail secret. Il en était venu à penser qu'il était le Messie du Troisième Millénaire. Il ne laisserait personne le dépouiller de ce rôle sacré.

Ainsi pensait Welles, couché dans son lit d'hôpital, en attendant le moment de filer.

Arpentant les rues, Jérôme aurait volontiers approuvé la vision de Welles. De tous les hommes, il était peut-être le plus pressé d'accueillir le Siècle du Désir. Il en voyait partout les augures. Sur les panneaux publicitaires et sur les affiches de cinéma, dans les vitrines, sur les écrans de télévision : partout, le corps en tant que marchandise. Quand le corps n'était pas utilisé pour faire vendre des produits d'acier et de pierre, ces produits adoptaient ses propriétés. Les automobiles qui dépassaient Jérôme avaient tous les attributs de la volupté sauf la respiration : une ligne sinueuse et luisante, un intérieur douillet accueillant; les bâtiments l'assaillaient de jeux de mots sexuels. Aiguilles; passes; fontaines d'eau fraîche sur des places ombragées. Sous l'ivresse des hauts-fonds — ces milliers de distractions banales qu'il rencontrait dans les rues et les squares — il sentait le bouillonnement de vie de son corps communiquer avec le paysage urbain.

Ce décor entretenait bien le feu qui brûlait en lui; c'était tout ce que pouvait faire sa volonté pour lui éviter d'honorer de ses attentions les créatures qu'il croisait des yeux. Certaines semblaient sentir sa chaleur et se gardaient de l'approcher. Les chiens la sentaient aussi. Plusieurs le suivirent, émoustillés par *son* excitation. Des escadrons de mouches lui tournaient autour de la tête.

Mais le fait d'être de plus en plus à l'aise avec sa condition lui en donnait une sorte de maîtrise rudimentaire. Il savait que s'il étalait publiquement son ardeur, les forces de l'ordre lui tomberaient dessus, ce qui entraverait ses aventures. Bientôt, l'embrasement qu'il avait initié s'étendrait : *alors* il sortirait de sa cachette et s'y plongerait à sa guise. Jusque-là mieux valait être discret.

Il était arrivé qu'il se paie la compagnie d'une jeune femme de Soho; il alla la trouver. L'après-midi était d'une chaleur étouffante, mais il n'en ressentait aucune fatigue. Il n'avait pas mangé depuis la veille au soir, mais il ne sentait pas la faim. En fait, en grimpant l'étroit escalier qui montait à la chambre d'Angela, au premier étage, il se sentait aussi fort qu'un athlète, resplendissant de santé. Le maquereau au regard de pierre et tout de blanc vêtu qui trônait habituellement en haut de l'escalier n'y était pas. Alors Jérôme alla frapper à la chambre de la fille. Pas de réponse. Il tapa de nouveau à la porte, de façon plus pressante. Le bruit attira une femme d'une petite quarantaine d'années à une porte du bout du couloir.

« Qu'est-ce que vous voulez ?

— La femme, répondit-il simplement.

— Angela est partie. Et vous feriez mieux de vous en aller vous aussi, dans l'état où vous êtes. C'est pas un bordel ici.

— Quand revient-elle ? » demanda-t-il, en s'efforçant de maintenir la bride aussi serrée que possible sur ses appétits.

La femme, aussi grande que Jérôme et deux fois plus lourde que son squelette décharné, avança vers lui.

« La fille ne reviendra pas, dit-elle, alors, foutez-moi le camp d'ici, avant que j'appelle Isaïe. »

Jérôme la regarda; elle avait sans aucun doute la même

profession qu'Angela, mais ni sa jeunesse ni sa beauté. Il lui sourit. « J'entends votre cœur, dit-il.

— Je vous ai dit... »

Avant qu'elle ait fini sa phrase, Jérôme s'était avancé à sa rencontre. Il ne l'intimidait pas, il la dégoûtait, simplement.

« Si j'appelle Isaïe, vous allez le regretter », lui annonça-t-elle. Le rythme de son cœur s'était accéléré, il l'entendait.

« Je brûle », dit-il.

Elle fronça les sourcils ; de toute évidence il jouait au plus fin, et elle perdait. « Ne m'approchez pas, dit-elle. Je vous préviens. »

Son cœur battait toujours plus vite. Le rythme, perçant sous la chair, l'attirait. Source de toute vie, de toute chaleur.

« Donne-moi ton cœur, dit-il.

— Isaïe ! »

Mais personne n'accourut à son appel. Jérôme ne lui donna pas l'occasion de crier une deuxième fois. Il tendit les bras vers elle, lui fourra une main sur la bouche. Elle lui lâcha une volée de coups, mais la douleur ne fit qu'attiser sa flamme. Il devenait de plus en plus rouge : tous ses orifices, au ventre, au bas-ventre, à la tête, menaient au brasier. Le haut de sa carcasse n'était pas en reste d'une telle ferveur. Il poussa la femme contre le mur — le rythme de son cœur lui martelait les oreilles — et se mit à la couvrir de baisers dans le cou, en déchirant sa robe pour libérer ses seins.

« Ne crie pas, dit-il, d'un ton qui se voulait persuasif. Je ne veux pas te faire de mal. »

Elle secoua la tête, et souffla : « D'accord », contre sa paume. Il enleva sa main de la bouche de la femme et elle inspira à grands coups désespérés. Elle se demandait où était Isaïe. Pas loin, sûrement. Craignant pour sa vie si elle essayait de résister à cet intrus — comme ses yeux brillaient ! — elle abandonna toute résistance et le laissa faire. Sa longue expérience des hommes lui avait appris que leur provision de passion s'épuisait facilement. Même s'ils menaçaient de remuer ciel et terre, au bout d'une demi-heure leurs forfanteries n'étaient plus que draps humides et ressentiment. Si le pire en venait au pire, elle ferait mine d'accepter ses propos insensés sur le feu qui le ravageait ; elle avait entendu des discours bien plus obscènes dans sa chambre. Quant à son dard, qu'il tentait à l'instant même de lui enfoncer dedans, il n'avait aucun secret pour elle, comme tous ses risibles semblables.

Jérôme voulait toucher son cœur ; il voulait sentir son visage éclaboussé, se baigner dans le sang. Il appliqua sa main sur la poitrine de la femme et sentit les battements sous sa paume.

« Tu aimes ça, hein ? dit-elle, au moment où il se serrait contre elle. Tu n'es pas le premier. »

Il lui griffa la peau.

« Tout doux, mon chou », gronda-t-elle ; et elle regarda par-dessus son épaule pour voir si Isaïe ne se montrait pas. « Du calme. Je n'ai qu'un corps. »

Il ne tint aucun compte de ses recommandations. Ses ongles la firent saigner.

« Ne fais pas ça ! dit-elle.

— I' veut sortir », répondit-il, creusant plus profond, et soudain elle comprit qu'il ne s'agissait pas d'un jeu de l'amour.

« *Arrête !* » dit-elle, tandis qu'il commençait à lui déchirer la peau. Cette fois, elle hurla.

En bas, dans la rue, non loin de là, Isaïe lâcha la part de *tarte à la française* qu'il venait d'acheter et se précipita vers la porte. Ce n'était pas la première fois que son faible pour les sucreries l'éloignait de son poste, mais — à moins de pouvoir très vite réparer le dommage — ce serait peut-être bien la dernière. Des bruits terribles parvenaient du palier. Il grimpa quatre à quatre. Le tableau sur lequel se posèrent ses yeux dépassait de loin tous ses efforts d'imagination. Simone était prise au piège contre le mur à côté de sa porte, et un homme semblait se repaître de son corps. Du sang affluait de quelque part entre eux, il ne voyait pas d'où.

Isaïe hurla. Jérôme, les mains ensanglantées, se détourna de sa besogne et vit un géant en complet veston se tendre vers lui. Jérôme mit quelques secondes vitales à s'arracher à sa ravine, qui suffirent à l'homme pour lui sauter dessus. Isaïe s'empara de lui et l'éloigna de la femme. Elle se réfugia dans sa chambre, en sanglots.

« Salaud de crétin ! » dit Isaïe, le criblant de coups. Jérôme chancela. Mais il était enflammé et nullement effrayé. Dans un moment de relâche, il sauta sur son adversaire comme un babouin enragé. Pris par surprise, Isaïe perdit l'équilibre et tomba en arrière contre une porte qui s'ouvrit sous son poids. Il s'effondra dans un cabinet crasseux, sa tête cogna le rebord du siège lorsqu'il tomba. Le choc le désorienta, et, gémissant, il resta étalé sur le lino maculé, jambes écartées. Jérôme entendait le sang rugissant dans ses veines, il sentit son haleine sucrée. Il fut tenté de rester. Mais son instinct de conservation lui conseilla autrement ; Isaïe tentait déjà de se remettre sur pieds. Avant qu'il ne fût debout, Jérôme fit volte-face et fila par l'escalier.

La canicule l'accueillit sur le pas de la porte, et il sourit. La rue le désirait davantage que la femme du palier, et il était pressé de lui être agréable. Il s'engagea sur le trottoir, son érection butait toujours contre son pantalon. Derrière, il entendit les pas lourds du géant dans l'escalier. Il prit ses jambes à son cou, en riant. Sa flamme n'était pas étanchée, et elle accéléra sa course ; il descendit la rue sans se soucier de la poursuite éventuelle de Bec Sucré. Les piétons, qui, en ce siècle sans passion, ne désiraient pas marquer plus qu'un banal intérêt pour ce satyre couvert de sang, s'écartaient pour le laisser passer. Certains le montraient du doigt, croyant qu'il s'agissait d'un acteur peut-être. La majorité ne fit même pas attention à lui. Il fit son chemin dans le dédale des rues secondaires, conscient, sans même se retourner, de toujours avoir Isaïe sur les talons.

Ce fut peut-être le hasard qui le conduisit dans la rue du marché; mais ce fut peut-être, plus probablement d'ailleurs, la chaleur qui lui apporta l'odeur mêlée de la viande et des fruits aux narines. Il voulut s'y baigner. L'artère étroite était encombrée d'acheteurs, de badauds, et d'étals regorgeant de marchandises. Il se plongea dans la foule avec bonheur, se frottant contre des fesses et des cuisses, croisant de toutes parts le regard tourmenté de collègues de chair comme lui. Quelle journée! Sa bite et lui en croyaient à peine leur chance.

Derrière, il entendit crier Isaïe. Il accéléra le pas, se dirigeant vers les zones les plus peuplées, où il pourrait se perdre dans la foule dense et chaude des gens. Chaque contact était une extase douloureuse. Chaque orgasme — ils se produisaient coup sur coup à mesure qu'il se collait à la foule — lui était un spasme aride. Il avait mal au dos, aux couilles; mais qu'était son corps à présent? Un simple socle pour un monument singulier : sa bite. La tête n'était *rien;* le cerveau n'était *rien.* Ses bras n'étaient là que pour attirer à lui l'amour, ses jambes pour emmener partout où elle pourrait satisfaire sa verge exigeante. Il se vit sous la forme d'une érection ambulante, dans un monde fendu de toutes parts : chair, brique, acier, peu lui importait; il séduirait tout.

Soudain, sans qu'il l'ait cherché, la foule s'ouvrit et il se retrouva en dehors de l'artère principale dans une petite rue. Le soleil brillait entre les bâtiments; son zèle était magnifié. Jérôme allait faire demi-tour pour rejoindre la foule quand il perçut l'odeur et aperçut la scène qui l'avaient attiré là. A peu de distance, dans la chaleur étouffante de la rue, se trouvaient trois jeunes gens torse nu au milieu de piles de cageots de fruits, contenant chacun des douzaines de barquettes de fraises. Ces fruits abondaient cette année, et par cette chaleur harassante la plupart tournait et se gâtait. Le trio triait les barquettes, séparant les fruits abîmés des bons, et jetant les fraises pourries dans la rigole. Leur odeur dominait dans ce petit espace : d'une douceur tellement concentrée qu'elle aurait écœuré tout autre individu que Jérôme, dont les sens avaient perdu toute faculté de révulsion ou de rejet. Le monde était le monde était le monde était le monde; il l'accepterait, comme dans le mariage, pour le meilleur et pour le pire. Captivé, il resta à regarder le spectacle; les trieurs de fruits, en sueur, brillaient sous le soleil, leurs mains, bras et torse éclaboussés de jus rouge; l'air se troublait de toutes sortes d'insectes à la recherche de nectar; les monceaux de fruits jetés suintaient dans le caniveau. Absorbés par leur travail poisseux, les trieurs ne le virent pas d'abord. Puis, l'un des trois leva la tête et vit l'extraordinaire créature qui les contemplait. Son sourire disparut de ses lèvres lorsqu'il croisa le regard de Jérôme.

« Merde, qu'est-ce que c'est? »

Voilà que les deux autres levaient les yeux de leur travail.

« Tout doux, dit Jérôme »; il entendait trembler leur cœur.

« Regardez-le! » dit le plus jeune des trois, montrant du doigt le sexe de Jérôme. « A montrer partout son foutu zob. »

Tous quatre s'immobilisèrent sous le soleil, tandis que

les guêpes tourbillonnaient autour des fruits, et que, dans l'étroite bande de ciel bleu d'été entre les toits, les oiseaux passaient. Jérôme aurait voulu que l'instant fût éternel : son gland trop dénudé goûtait le paradis.

Et puis, le charme fut rompu. Il sentit une ombre dans son dos. L'un des trieurs lâcha la barquette qu'il triait ; les fruits gâtés s'écrasèrent par terre. Jérôme fronça les sourcils, et se retourna à demi. Isaïe avait trouvé la rue ; son arme d'acier brillait. Elle franchit l'espace qui le séparait de Jérôme en une brève seconde. Jérôme sentit une douleur vive dans son flanc lorsque le couteau s'y enfonça.

« *Jésus Marie !* » dit le jeune homme, et il se mit à courir ; ses deux frères, peu désireux d'être les témoins d'une scène de violence, n'hésitèrent pas longtemps avant de lui emboîter le pas.

La douleur fit hurler Jérôme, mais personne ne l'entendit dans le marché bruyant. Isaïe retira la lame ; de la chaleur sortit alors. Il allait frapper à nouveau, mais Jérôme fut trop rapide pour cet empêcheur de tourner en rond ; il se mit hors d'atteinte et traversa la rue en clopinant. L'assassin en puissance, craignant que les cris de Jérôme n'attire trop l'attention, se dépêcha de le poursuivre pour finir le travail commencé. Mais les fruits pourris avaient rendu la chaussée glissante et ses fins souliers de daim lui assuraient moins de prise que les pieds nus de Jérôme. L'espace grandit entre eux.

« Non ! » dit Isaïe, décidé à ne pas laisser fuir l'individu qui l'avait humilié. Il renversa une haute pile de cageots — les barquettes basculèrent et déversèrent leur contenu, barrant la route à Jérôme. Jérôme hésita, prenant le temps de respirer le bouquet des fruits meurtris. Ce petit plaisir manqua de le tuer. Isaïe se rapprocha, prêt à se saisir de lui. Jérôme, poussé à bout par la stimulation de la douleur, et sur le point d'exploser, regarda la lame qui faillit lui ouvrir le ventre. Son esprit imagina la blessure, la fente dans son abdomen, sa chaleur qui se répandait pour rejoindre le sang des fraises dans le caniveau. L'idée fut si alléchante! Il en eut presque envie.

Isaïe avait déjà tué auparavant, deux fois. Il connaissait le vocabulaire muet de l'acte, et il lisait l'invitation dans les yeux de sa victime. Heureux d'y répondre, il s'approcha, couteau à la main. Au tout dernier moment, Jérôme se rétracta, et au lieu de s'offrir à la lame, il décocha un coup au géant. Isaïe se baissa pour l'éviter et ses pieds glissèrent dans la mélasse. Le couteau lui échappa et s'envola pour rejoindre les restes de barquettes et de fruits. Jérôme s'éloigna tandis que le chasseur — qui avait perdu l'avantage — se baissait pour localiser son couteau. Mais sa proie disparut avant que son gros poing charnu ne l'ait retrouvé : elle s'était de nouveau perdue dans les rue bondées. Il n'eut pas l'occasion d'empocher son couteau avant l'arrivée de l'uniforme qui sortit de la foule pour le rejoindre dans le passage accablé de chaleur.

« De quoi s'agit-il? » demanda le policier, les yeux baissés sur le couteau. Isaïe suivit son regard. La lame ensanglantée était noire de mouches.

Dans son bureau, l'inspecteur Carnégie sirotait son chocolat chaud, le troisième en une heure, et regardait s'installer le crépuscule. Il avait toujours souhaité faire ce métier, depuis l'âge de ses premiers souvenirs; et, dans sa mémoire, cette heure avait toujours été chargée de magie. La nuit descendant sur la ville; les myriades de démons enfilant leurs guenilles avant de sortir jouer. C'était l'heure où il fallait de la vigilance, une nouvelle rigueur morale.

Mais dans son enfance, il n'imaginait pas la lassitude

qu'apportait invariablement cette demi-clarté. Il était mort de fatigue et s'il parvenait à piquer un somme ces prochaines heures, il savait que ce serait là, dans son fauteuil, les pieds sur le bureau. Au milieu des gobelets de plastique.

Le téléphone sonna. C'était Johannson.

« Encore au boulot ? » fit-il, impressionné par le zèle de Johannson pour son travail. Il était largement plus de neuf heures. Johannson n'avait peut-être pas non plus de foyer digne de ce nom qui l'incitât à rentrer chez lui.

« J'ai entendu dire que notre bonhomme avait eu une journée bien remplie ! dit Johannson.

— C'est exact. Une prostituée à Soho ; ensuite il s'est fait poignarder.

— Il est passé à travers les mailles du filet, je suppose ?

— Ce sont des choses qui arrivent », répondit Carnégie, trop fatigué pour être susceptible. « Que puis-je pour vous ?

— J'ai pensé que vous aimeriez le savoir : les singes commencent à crever. »

Ces paroles secouèrent Carnégie de sa stupeur fatiguée. « Combien ? demanda-t-il.

— Trois sur quatorze jusqu'ici. Mais les autres seront morts d'ici l'aube, je pense.

— De quoi meurent-ils ? D'épuisement ? » Carnégie se souvint des débauches désespérées qu'il avait vues dans les cages. Quel animal — humain ou autre — aurait pu sans flancher maintenir un tel rythme de jouissance ?

« La cause n'est pas physique, dit Johannson. Ou du moins pas dans le sens que vous supposez. Il nous faut attendre les résultats de la dissection pour avoir des explications détaillées.

— Et à votre avis ?

— Pour ce qu'il vaut..., dit Johannson..., ce qui n'est pas peu, je crois qu'ils deviennent *marteaux !*

— Vous dites ?

— Overdose, en quelque sorte, dans le cerveau. Le cerveau cède, tout simplement. Le produit ne se dissipe pas, voyez-vous ; *il s'auto-alimente.* Plus ils sont fébriles, et plus la drogue augmente ; plus la drogue augmente, et plus ils sont fébriles. C'est un cercle vicieux. Ils deviennent de plus en plus enflammés, de plus en plus déments. A la fin, le système n'en peut plus, et soudain je me retrouve avec des singes crevés jusque par-dessus la tête. » Un sourire revint dans la voix, un sourire froid et tordu. « Les autres ne se laissent pas troubler le moins du monde. La mode est à la nécrophilie par ici. »

Carnégie jeta un coup d'œil à son chocolat qui refroidissait ; une fine pellicule de peau le recouvrait, elle se rida lorsqu'il toucha le gobelet.

« Alors, c'est une question de temps ? dit-il.

— Avant que le bonhomme en crève ? Oui, je pense que oui.

— Bon. Merci du renseignement. Tenez-moi au courant.

— Vous voulez venir voir les restes ?

— Des cadavres de singes ! Je peux m'en passer, merci. »

Johannson rit. Carnégie raccrocha. Lorsqu'il se retourna vers la fenêtre, la nuit était bel et bien tombée.

Au laboratoire, Johannson traversa la pièce pour aller allumer la lumière ; le temps qu'il avait appelé Carnégie, les dernières lueurs du jour avaient disparu. Il aperçut le coup qui l'occit un dixième de seconde avant de le recevoir ; il fut touché en plein travers du cou. Il eut une vertèbre cassée net, et ses jambes flanchèrent. Il s'effondra sans avoir atteint l'interrupteur. Lorsqu'il atteignit le sol, la distinction entre le jour et la nuit n'avait plus d'intérêt pratique.

Welles ne se soucia pas de vérifier le résultat de son

coup ; le temps avait une importance capitale. Il enjamba le corps et se dirigea vers la table où avait travaillé Johannson. Là, comme dans le dernier acte d'une tragédie simiesque, un singe crevé gisait sous la douche lumineuse de la lampe de bureau. Visiblement, il avait péri en pleine crise de frénésie ; son faciès était tout froncé, sa bouche grande ouverte et maculée de bave, ses yeux figés dans un dernier regard d'épouvante. Il avait eu des touffes de poil arrachées dans la fièvre de ses copulations ; son corps, miné par la fatigue, n'était plus qu'une masse meurtrie. Welles réfléchit une demi-minute avant de reconnaître les implications de ce cadavre, ainsi que des deux autres, qu'il voyait à présent sur une autre table.

« L'amour tue », se murmura-t-il avec philosophie, et il entreprit sa destruction systématique de l'*Aveugle*.

Je meurs, pensa Jérôme, je meurs de *jouissance fatale*. Cette pensée l'amusa. C'était la seule qui eût un sens pour le moment. Depuis qu'il avait rencontré Isaïe, et qu'ensuite il avait échappé à la police, il n'avait guère de souvenirs cohérents. Les heures passées à se cacher et à panser ses plaies — à sentir son feu interne augmenter à nouveau, et à s'en libérer — s'étaient depuis longtemps fondues dans un songe d'été où, il en avait l'agréable certitude, seule la mort saurait le réveiller. Le brasier de ses entrailles le dévorait complètement. Si l'on avait dû lui ouvrir le ventre à ce moment précis, les témoins n'auraient vu que braises et cendres.

Pourtant son ami le gland en demandait *davantage ;* en route pour le laboratoire (où pouvait se rendre le pantin fabriqué lorsqu'il se décousait, sinon à l'atelier d'origine ?), il voyait les regards des caniveaux béer devant lui avec séduction, et chaque mur de brique lui lançait une centaine d'invitations râpeuses.

La nuit était douce : une nuit faite pour des chansons d'amour et la romance. Dans l'intimité relative d'un parking, à quelques pâtés de maisons de sa destination, deux personnes faisaient l'amour à l'arrière d'une voiture, portières ouvertes pour laisser passer l'air et les jambes. Jérôme s'arrêta pour regarder le rituel, ravi comme toujours par l'enchevêtrement des corps, et par le bruit — si puissant qu'on aurait dit l'orage — des deux cœurs battant sur un rythme de plus en plus rapide. Au spectacle, sa verge s'enflamma.

La femme le vit la première, elle avertit son partenaire qu'une loque humaine les regardait avec un ravissement tellement enfantin ! L'homme tourna la tête pour voir. Jérôme se demanda s'il brûlait, si ses poils s'enflammaient, si enfin son illusion se matérialisait. A en juger par l'expression de leur visage, la réponse ne pouvait être que négative. Il ne les épouvantait pas, il les enrageait, les dégoûtait.

« Je suis enflammé », leur dit-il.

L'amant se mit debout et lui cracha dessus. Jérôme s'attendait presque à ce que le crachat se vaporise en l'approchant, mais il lui atterrit sur le visage et sur le haut de la poitrine, comme une douche rafraîchissante.

« Fichez le camp, dit la femme. Laissez-nous tranquilles. »

Jérôme secoua la tête. L'amant l'avertit que s'il faisait un pas de plus, il se verrait obliger de lui fracasser le crâne. Ce qui ne troubla pas notre ami d'un poil ; ni les mots, ni les coups n'auraient pu réduire sa verge au silence.

En avançant sur eux, Jérôme se rendit compte que leur cœur ne battait plus à l'unisson.

Carnégie consulta le plan, vieux de cinq ans, punaisé au mur de son bureau, pour localiser le site de l'attaque qui venait juste d'être signalée. Apparemment aucune des deux victimes n'était sérieurement blessée; l'arrivée d'une voiture pleine de noceurs avait dissuadé Jérôme (il s'agissait indiscutablement de lui) de s'attarder. La zone était à présent envahie par la police dont une demi-douzaine d'agents en armes; avant longtemps, toutes les rues proches du lieu de l'attaque seraient bouclées, c'était une question de minutes. Contrairement au quartier bondé de Soho, cet endroit n'offrirait pas de nombreuses cachettes au fugitif.

Carnégie mit le doigt à l'endroit de l'attaque, et se rendit compte que c'était à quelques pâtés de maisons du laboratoire. Ce n'était sûrement pas un hasard. Le criminel retournait sur les lieux de son crime. Blessé, et sans aucun doute au bord de l'effondrement (les amants avaient décrit un homme qui semblait plus mort que vif), Jérôme serait probablement épinglé avant d'avoir atteint sa destination. Mais il y avait toujours le risque qu'il se faufile à travers les mailles du filet, et parvienne au laboratoire. Johannson y travaillait seul; la sécurité du bâtiment était, en ces temps de crise économique, nécessairement réduite.

Carnégie décrocha son téléphone et composa le numéro de Johannson. Le téléphone sonna à l'autre bout sans que personne ne décroche. Il avait dû rentrer chez lui, pensa Carnégie, heureux d'être débarrassé de son souci, il était vingt-deux heures quinze et il avait bien gagné de se reposer. Mais au moment où il allait replacer le combiné, on décrocha à l'autre bout.

« Johannson ? »

Personne ne répondit.

« Johannson ? C'est Carnégie. »

Toujours pas de réponse.

« Répondez-moi, bon sang. Qui est-ce ? »

Au laboratoire, on avait abandonné le combiné. On ne

l'avait pas replacé dans son encoche, on l'avait laissé sur la table. Au bout de la ligne qui n'était pas coupée, Carnégie entendit clairement la voix aiguë des singes.

« Johannson? demanda Carnégie. Vous êtes là? Johannson? »

Mais les macaques continuaient à hurler.

Welles avait empilé deux tas de matériaux de l'*Aveugle* dans les éviers, ensuite il y avait mis le feu. Ils s'enflammèrent avec enthousiasme. Fumée, chaleur et parcelles noires emplirent la grande pièce, épaissirent l'air. Lorsque le feu eut bien pris, il jeta toutes les bandes qu'il put trouver dans les flammes, et y ajouta toutes les notes de Johannson, par précaution. Il remarqua que plusieurs cassettes vidéo avaient déjà disparu des dossiers. Mais ce qu'elles montreraient au voleur ne serait que des scènes alléchantes de transformation : le cœur du secret restait en lui. Procédés et formules à présent détruits, il ne restait plus qu'à vider les doses restantes de produit dans l'évier, à tuer les animaux, et à les incinérer.

Il prépara une série d'injections mortelles, travaillant avec méthode, contrairement à son habitude. Cette destruction systématique lui plaisait. Il ne ressentait aucun regret de la façon dont s'étaient déroulées les choses. Il comprenait à présent que dès le premier moment de panique, lorsque, impuissant, il avait regardé les terribles effets du sérum, l'*Aveugle*, sur Jérôme, jusqu'à cette élimination finale de tout le travail antérieur, il s'était agi d'un processus immuable de complet nettoyage. Avec ces flammes, il mettait un terme à la prétention de la recherche scientifique ; désormais il serait indiscutablement l'Apôtre du Désir, son saint Jean dans le désert. Cette pensée l'empêchait d'en avoir d'autres. Sans se soucier de leurs raclements sur les grilles, il tira les singes un par un de leur cage pour leur administrer la dose fatale. Il s'était déjà débarrassé de trois animaux et ouvrait la quatrième cage, lorsqu'une silhouette apparut à la porte du laboratoire. A travers l'air enfumé il était impossible de voir qui. Les singes encore vivants semblèrent pourtant la reconnaître : ils arrêtèrent de s'accoupler pour entamer un vacarme de bienvenue.

Welles resta immobile et attendit que le nouveau venu fasse un pas.

« Je meurs », dit Jérôme.

Welles ne s'attendait point à cela. Jérôme était bien le dernier qu'il aurait pensé voir là !

« Vous m'avez entendu ? » voulut savoir le jeune homme.

Welles hocha la tête.

« Nous sommes *tous* en train de mourir, Jérôme. La vie est une lente maladie, ni plus ni moins. Mais quel *éclat,* hein ?

— Vous *saviez,* n'est-ce pas ? Vous saviez que le feu allait me dévorer, dit Jérôme.

— Non. Non, je ne le savais pas. C'est vrai », répondit l'autre très sobrement.

Jérôme quitta l'embrasure de la porte pour avancer dans la clarté enfumée. On aurait dit le rescapé d'un carnage : en loques, le corps en sang, les yeux en feu. Mais Welles savait qu'il ne fallait pas se fier à l'apparente vulnérabilité de cet épouvantail. Le produit qu'il avait dans le corps le rendait capable d'accomplir des actes surhumains : il avait vu les quelques gestes nonchalants qui avaient dépecé Danse. Il fallait du tact. Bien que très proche de la mort, Jérôme était toujours redoutable.

« Je n'avais pas l'intention de provoquer cela, Jérôme, dit Welles, tentant d'atténuer le tremblement de sa voix. En un sens, j'aimerais proclamer le contraire. Mais je ne voyais pas si loin. J'ai mis du temps et j'ai beaucoup peiné avant de voir clairement l'avenir. »

L'homme enflammé le regardait, d'un regard intense.

« De telles flammes, Jérôme, qui n'attendent qu'une étincelle.

— Je sais... répondit Jérôme. Croyez-moi..., je sais.

— Vous et moi, nous sommes la fin du monde. »

Le misérable monstre réfléchit un instant à cela, avant de hocher lentement la tête. Welles poussa tout bas un soupir de soulagement; sa diplomatie de la dernière heure faisait de l'effet. Mais il avait peu de temps à perdre en bavardages. Si Jérôme était là, les autorités ne tarderaient pas à se montrer...

« J'ai un travail urgent à faire, mon ami, dit-il d'un ton calme. Allez-vous me trouver mal élevé si je le continue ? »

Sans attendre la réponse, il déverrouilla une nouvelle cage, en tira le singe condamné, et tourna l'animal d'un geste expert pour faciliter l'injection. La bête se convulsa un instant dans ses bras, puis elle mourut. Welles dégagea ses doigts parcheminés de sa chemise, puis il balança le corps et la seringue vide sur la table, se tournant avec une économie de bourreau pour prendre sa victime suivante.

« Pourquoi ? » demanda Jérôme, fixant les yeux ouverts de l'animal.

« C'est le coup de grâce, répondit Welles en prenant une nouvelle seringue. Vous voyez comme ils souffrent ! »

Il tendit le bras vers une autre cage.

« Non ! dit Jérôme.

— Pas de sentimentalisme, répondit Welles. Je vous en prie ; il faut en finir. »

Sentimentalisme, pensa Jérôme, en se rappelant nébuleusement les chansons qu'il avait entendues à la radio et qui avaient rallumé en lui la flamme. Welles ne comprenait-il pas que les opérations de l'esprit, du cœur et du bas-ventre étaient indivisibles ? Que le sentimentalisme, même éculé, pouvait mener à des régions inexplorées ? Il voulait en parler au docteur, il voulait lui expliquer tout ce qu'il avait vu et aimé au cours de ces heures sans espoir. Mais son explication se perdit quelque part entre son cerveau et sa langue. Tout ce qu'il fut capable de dire, pour montrer sa compassion à l'égard de toutes les souffrances du monde fut ce « Non ! », tandis que Welles enlevait le crochet de la cage suivante. Sans tenir compte de lui, le docteur passa la main dans la cellule grillagée. Elle contenait trois animaux. Il saisit le plus proche et l'arracha à l'étreinte de ses compagnons, malgré ses protestations. Il connaissait sans aucun doute le sort qui l'attendait ; une cascade de cris aigus marqua sa terreur.

Jérôme ne put supporter cette élimination froide. Il s'avança pour arrêter le massacre, souffrant la torture de sa plaie au côté. Welles, distrait par l'approche de Jérôme, lâcha son fardeau gigotant ; le singe fila entre les plateaux des tables. Au moment où il allait reprendre l'animal, les autres prisonniers de la cage saisirent l'occasion de se glisser dehors.

« Sapristi, hurla Welles, furieux contre Jérôme. Vous ne voyez donc pas que nous n'avons plus le temps ? Vous ne comprenez donc pas ? »

Jérôme comprenait tout, et pourtant il n'y comprenait rien. La fièvre qu'il partageait avec les animaux, il la comprenait ; le propos de cette fièvre : transformer le monde, il le comprenait aussi. Mais la raison pour laquelle tout devait finir ainsi — la jouissance, la vision —, la raison pour laquelle tout devait finir par une pièce sordide remplie de fumée et de douleur, par la fragilité, le désespoir — cela il ne le comprenait pas. Welles non plus d'ailleurs, il s'en rendait compte à présent, Welles qui avait été l'architecte de ces contradictions.

Tandis que le docteur s'emparait de l'un des fuyards, Jérôme se hâta de traverser la pièce jusqu'aux cages restantes et il les déverrouilla toutes : les animaux bondirent vers la liberté. Welles avait quand même réussi à reprendre ses trois singes, il les maintenait fermement, malgré leurs protestations, et il allait leur délivrer sa panacée. Jérôme s'avança vers lui.

« Laissez-les ! » cria-t-il.

Welles appuya sa seringue dans le corps d'un singe, mais avant qu'il ait pu presser sur le piston, Jérôme lui tirait le poignet. L'aiguille cracha son poison dans l'air avant de tomber par terre ; le singe, qui se débattait pour se libérer, tomba aussi.

Jérôme attira Welles à lui. « Je vous avais dit *de le laisser* », dit-il.

Welles lui répondit par un coup de poing en plein sur sa blessure. Jérôme en eut les larmes aux yeux, mais il ne lâcha pas le docteur. Le stimulus, aussi déplaisant fût-il, ne l'empêchait pas de vouloir retenir ce cœur battant contre lui. En étreignant Welles tel l'enfant prodigue, il espérait mettre sa personne à feu : il espérait que son rêve de chair fumante deviendrait réalité, consumant créateur et création en une seule et même flamme purificatrice. Mais sa chair n'était que chair ; ses os n'étaient que des os. Les miracles qu'il avait observés ne s'étaient révélés qu'à lui, et maintenant il ne lui restait plus assez de temps pour communiquer leur splendeur ou leur horreur. Ce qu'il avait vu mourrait avec lui, et serait redécouvert (peut-être) par un quidam futur, avant d'être oublié et redécouvert à nouveau. Comme l'histoire d'amour de la radio ; même bonheur perdu et retrouvé, retrouvé et perdu. Il fixa Welles avec une lueur nouvelle de compréhension, il entendait toujours battre son cœur terrifié. Le docteur *se trompait.* Si Jérôme le laissait vivre, Welles s'apercevrait de son erreur. Il n'y avait pas d'annonciateurs du troisième millénaire. Ils avaient tous deux rêvé.

« Ne me tuez pas, supplia Welles. Je ne veux pas mourir. »

Espèce d'idiot, pensa Jérôme, et il le laissa partir.

Welles en fut visiblement ahuri : il n'arrivait pas à croire que sa prière avait été entendue. Craignant une attaque à chacun de ses pas, il s'éloigna à reculons d'un Jérôme qui se contenta de lui tourner le dos pour s'en aller.

Un cri monta d'en bas, puis plusieurs autres. Police, pensa Welles. Les agents avaient sans doute trouvé le corps du type de garde à la porte. Dans un instant ils monteraient. Il n'avait plus le temps de finir la tâche qu'il s'était fixée. Il fallait qu'il s'en aille avant qu'ils arrivent.

A l'étage en dessous, Carnégie regarda les agents armés disparaître dans l'escalier. Il y avait une légère odeur de brûlé dans l'air ; il craignit le pire.

J'arrive toujours après la bataille, pensa-t-il ; le gros de l'action s'est déjà immanquablement déroulé quand je suis dans la place. Si habitué qu'il fût à attendre, et malgré sa patience de chien fidèle, cette fois il ne put garder pour lui ses inquiétudes alors que les autres allaient de l'avant. Sans s'occuper des voix qui lui conseillaient d'attendre, il s'engagea dans l'escalier.

Le laboratoire était vide à l'étage supérieur, excepté les singes et le cadavre de Johannson. Le toxicologue, le cou brisé, gisait par terre, sur le ventre, à l'endroit de sa chute. La sortie de secours menant à l'escalier de secours était ouverte ; l'air enfumé était aspiré vers l'extérieur. Tandis que Carnégie s'éloignait du corps de Johannson, les policiers étaient sur l'escalier de secours et criaient à leurs collègues d'en bas de chercher le fugitif.

« Chef? »

Carnégie regarda le subalterne moustachu qui s'était approché de lui.

« Qu'y a-t-il ? »

L'officier de police indiqua l'autre bout du laboratoire : du côté de la salle d'expériences. Il y avait quelqu'un derrière la vitre. Carnégie reconnut ses traits, même s'il avait beaucoup changé. C'était Jérôme. Il crut d'abord que l'homme le regardait, mais un bref examen mit fin à cette impression. Les larmes aux yeux, Jérôme contemplait son image sur la vitre sale. Pendant que Carnégie le regardait, le visage disparut dans l'obscurité de la pièce.

D'autres agents l'avaient également remarqué. Ils se répartirent sur la longueur du laboratoire, prenant position derrière les tables d'où la visibilité était bonne, prêts à tirer. Carnégie s'était déjà trouvé dans des situations similaires; elles avaient leur propre et redoutable cynergie. Sauf intervention de sa part, il y aurait du sang.

« Non, dit-il, ne tirez pas. »

Il écarta les agents mécontents et se dirigea vers la salle d'expériences, sans même essayer de dissimuler son approche. Il passa devant les éviers où s'écoulaient les restes d'*Aveugle,* devant le banc sous lequel, quelque temps auparavant, on avait découvert le cadavre de Danse. Un singe, tête baissée, se traîna en travers de sa route, sourd à ses pas. Carnégie le laissa chercher un trou pour y mourir et continua vers la salle d'expériences. Elle était entrouverte. Il tendit la main vers la poignée. Derrière lui, le silence s'était abattu sur le laboratoire; tous les regards le suivaient. Il poussa la porte. Les doigts se crispèrent sur les détentes. Mais personne ne tira. Carnégie entra.

Jérôme se tenait contre le mur opposé. S'il avait vu entrer Carnégie, ou s'il l'avait entendu, il ne le montrait pas. Un singe mort gisait à ses pieds, une main encore serrée sur l'ourlet de son pantalon. Un autre geignait dans le coin, la tête entre les mains.

« Jérôme? »

Etait-ce son imagination, ou Carnégie sentait-il une odeur de fraises ?

Jérôme cligna des yeux.

« Vous êtes en état d'arrestation », dit Carnégie. Hendrix aurait apprécié l'ironie de la situation, pensa-t-il. Le prévenu retira sa main de la plaie sanglante de son flanc pour la descendre devant sa braguette, et il se mit à se frotter.

« Trop tard », dit Jérôme. Il sentait sa dernière flamme s'élever en lui. Même si ce type traversait la pièce pour venir l'embarquer, les secondes nécessaires à l'action le priveraient de sa proie. *La mort était là.* Qu'était-elle, maintenant qu'il la voyait distinctement ? Une nouvelle séduction, voilà tout, un nouveau puits de douceur à combler, à faire jouir, à féconder.

Un spasme lui contracta le périnée, et de là, l'éclair fila dans deux directions opposées : vers la pointe de sa verge et vers le haut de sa colonne vertébrale. Sa gorge émit une sorte de rire.

Dans son coin, en entendant la gaieté de Jérôme, le singe recommença à geindre. Ce bruit attira un instant l'attention de Carnégie, et lorsque son regard revint sur Jérôme, les yeux myopes s'étaient fermés, la main était retombée : il était mort, debout contre le mur. Pendant un bref instant le corps défia les lois de la pesanteur. Puis, les jambes se replièrent avec grâce, et Jérôme tomba en avant. Carnégie vit qu'il n'était plus qu'un sac d'os. Il était étonnant qu'il ait vécu si longtemps.

Avec précaution, il se rendit près du corps et appliqua son doigt contre le cou de Jérôme. Pas de pouls. Les vestiges de son dernier rire flottaient pourtant toujours sur son visage, refusant de s'effacer.

« Dis-moi... », lui murmura Carnégie à l'oreille, avec le sentiment que malgré son avantage sur les autres, il avait encore loupé le coche ; qu'une fois encore il n'était que témoin des conséquences — ce qu'il serait peut-être toujours... « Dis-moi, *qu'est-ce que c'était la blague ?* »

Mais l'aveugle, selon les coutumes de son clan, ne répondit pas.

Remerciements

Je remercie Doug Bennett qui le même jour m'a permis d'entrer à Pentonville (et d'en ressortir), et qui plus tard m'a fait part de sa connaissance des prisons et de leur monde ; Jim Burr, de sa visite guidée imaginaire de White Deer, Texas, et de nos aventures new-yorkaises ; Ros Stanwell-Smith, de sa description enthousiaste des fléaux et de la façon de les susciter ; et Barbara Boote, mon infatigable éditrice, dont l'enthousiasme a sans aucun doute été le meilleur aiguillon de mon imagination.

Table

Le corps politique 11
La condition inhumaine 65
Apocalypse 119
Retro Satanas 181
Le siècle du désir 191

COLLECTION « BLÊME »

RICHARD BACHMAN
Marche ou crève

CLIVE BARKER
Cabale
Confessions d'un linceul
Apocalypses

JONATHAN CARROLL
Os de lune

JAMES HERBERT
L'Empire des rats

DEAN R. KOONTZ
Les Yeux foudroyés
Le Temps paralysé

« *SPÉCIAL SUSPENSE* »

RICHARD BACHMAN
La Peau sur les os
Chantier
Rage

CLIVE BARKER
Le Jeu de la Damnation

GERALD A. BROWNE
19 Purchase Street
Stone 588
Adieu Sibérie

ROBERT BUCHARD
Parole d'homme

JEAN-FRANÇOIS COATMEUR
La Nuit rouge
Yesterday
Narcose
La Danse des masques

CAROLINE B. COONEY
Une femme traquée

PHILIPPE COUSIN
Le Pacte Prétorius

JAMES CRUMLEY
La Danse de l'ours

JACK CURTIS
Le Parlement des corbeaux

ROBERT DALEY
La nuit tombe sur Manhattan
L'Année du Dragon (hors série)

WILLIAM DICKINSON
Des diamants pour Mrs Clark
Mrs Clark et les enfants du diable
De l'autre côté de la nuit

FRÉDÉRIC H. FAJARDIE
Le Loup d'écume

CHRISTIAN GERNIGON
La Queue du Scorpion
(Grand Prix de littérature policière 1985)

JAMES W. HALL
En plein jour

JEAN-CLAUDE HÉBERLÉ
La Deuxième Vie de Ray Sullivan

JACK HIGGINS
Confessionnal
L'Irlandais (hors série)

MARY HIGGINS CLARK

La Nuit du renard

(Grand Prix de littérature policière 1980)

La Clinique du Docteur H

Un cri dans la nuit

La Maison du Guet

Le Démon du passé

Ne pleure pas, ma belle

Dors ma jolie

Le Fantôme de Lady Margaret

TOM KAKONIS

Chicane au Michigan

STEPHEN KING

Cujo

Charlie

Simetierre (hors série)

Différentes saisons (hors série)

Brume (hors série)

Running man (hors série)

Ça (hors série)

Misery (hors série)

Les Tommyknockers (hors série)

La Part des ténèbres (hors série)

DEAN R. KOONTZ

Chasse à mort

Les Étrangers

FROMENTAL / LANDON

Le Système de l'homme-mort

PATRICIA J. MACDONALD

Un étranger dans la maison

Petite sœur

Sans retour

LAURENCE ORIOL

Le Tueur est parmi nous

Le Domaine du Prince

ALAIN PARIS

Impact

Opération Gomorrhe

RICHARD NORTH PATTERSON

Projection privée

STEPHEN PETERS

Central Park

NICHOLAS PROFFITT

L'Exécuteur du Mékong

FRANCIS RYCK

Le Nuage et la Foudre

Le Piège

BROOKS STANWOOD

Jogging

« SPÉCIAL POLICIER »

WILLIAM BAYER
Voir Jérusalem et mourir

NINO FILASTÒ
Le Repaire de l'aubergiste

CAROLINE GRAHAM
Meurtres à Badger's Drift

HUGUES PAGAN
Last Affair (hors série)
L'Étage des morts

PATRICK RAYNAL
Fenêtre sur femmes
Arrêt d'urgence

LAWRENCE SANDERS
Le Privé de Wall Street
Les Jeux de Timothy

ANDREW VACHSS
La Sorcière de Brooklyn
Blue Belle

« SPÉCIAL FANTASTIQUE »

CLIVE BARKER
Livre de Sang
Une course d'enfer

JAMES HERBERT
Pierre de Lune

ANNE RICE
Lestat le Vampire

La composition de ce livre
a été effectuée par Bussière à Saint-Amand,
l'impression et le brochage ont été effectués
sur presse CAMERON
dans les ateliers de la S.E.P.C. à Saint-Amand-Montrond (Cher)
pour les Éditions Albin Michel

Achevé d'imprimer en janvier 1991.
N° d'édition : 11500. N° d'impression : 3955-557.
Dépôt légal : février 1991.